Sol em Júpiter

LOLA SALGADO

Copyright © 2018 por Lola Salgado

Todos os direitos desta publicação são reservados por Casa dos Livros Editora LTDA.

Diretor editorial *Omar de Souza*
Gerente editorial *Renata Sturm*
Assistente editorial *Marina Castro*
Copidesque *Luciana Bastos Figueiredo*
Revisão *Renata Lopes Del Nero e Tania Lopes*
Projeto gráfico de capa e miolo *Marina Avila*
Diagramação *Marina Avila*
Imagens do miolo *Shutterstock e Freepik*

CIP-BRASIL. CATALOGAÇÃO NA PUBLICAÇÃO
SINDICATO NACIONAL DOS EDITORES DE LIVROS, RJ

S158s
  Salgado, Lola
    Sol em Júpiter / Lola Salgado. - 1. ed. - Rio de Janeiro : HarperCollins, 2018.
    256 p.
    ISBN 9788595082298
    1. Ficção brasileira. I. Título.

18-47295   CDD: 869.93
                    CDU: 821.134.3(81)-3

Harlequin é um selo da Casa dos Livros Editora LTDA.
Todos os direitos reservados à Casa dos Livros Editora LTDA.
Rua da Quitanda, 86, sala 218 – Centro
Rio de Janeiro, RJ – CEP 20091-005
Tel.: (21) 3175-1030
www.harpercollins.com.br

PRÓLOGO

SE VOCÊ ME PERGUNTASSE EM QUE EU PENSAVA enquanto corria em direção ao carro com o coração quase saindo pela boca, eu não saberia responder. Mas estava determinada, isso ninguém podia negar. Naquele momento, não existia razão dentro de mim, tampouco juízo, apenas as emoções se espalhando por cada centímetro do meu corpo, como combustível.

Quando estava a poucos centímetros de distância do automóvel, eu me lancei contra ele com pressa. Destravei a porta com os dedos trêmulos, sem medir as consequências de estar prestes a roubá-lo.

Isso mesmo, eu disse "roubá-lo"!

Mas não estamos aqui para julgamentos, certo?

Atirei-me porta adentro. Meu peito subindo e descendo. A adrenalina me fazia acreditar que era invencível, eu quase podia sentir a energia pulsando na corrente sanguínea. Prendi o cinto de segurança com calma — afinal, havia uma diferença enorme entre quebrar as leis e ser imprudente. Para que as coisas dessem certo, eu precisava, de preferência, permanecer viva.

Soquei a chave na ignição, soprando para afastar o cabelo que caía sobre o rosto. Agarrei o volante, e minhas palmas suadas deslizaram pela circunferência. Resolvi ignorar o pequeno detalhe. Não importava, nada tiraria meu foco. Aquilo *precisava* ser feito. Sim, com ênfase.

Quando o ronco característico do motor ressoou, percebi que não havia mais volta. Era isso. Eu estava ferrada. Mas, talvez, estar ferrada fosse uma boa coisa. *Se já está com problemas, faça valer a pena.* E sorri como uma maluca. Foi o suficiente. No segundo seguinte, pisei de uma só vez no acelerador e o carro arrancou, cantando os pneus. Ótimo, Juba, revirei os olhos, *está indo muito bem em não chamar atenção*.

Engatei a segunda e, nessa fração de segundo, meu pensamento foi parar na mamãe. Ela não ficaria muito feliz quando descobrisse e eu não poderia culpá-la, afinal roubo não é exatamente o que os pais almejam para os filhos. Apertei o volante com um pouco mais de força e decidi não pensar muito nela. Nem em... hum... mais ninguém. Era melhor não pensar em nada. Só nas imagens piscando na minha cabeça. Eram lembretes do porquê de estar ali. Eu só precisava delas naquele momento. Lidaria com o resto depois. Agora só precisava dirigir. O destino era tão claro quanto a luz de um farol a me guiar pela escuridão da noite.

A raiva se sobressaía ao medo. E raiva, meus amigos, é uma excelente *motivação*. Ainda mais para uma escorpiana ávida por vingança. É sério, as pessoas precisavam ter um pouco de amor à vida! Mexer justamente com alguém cujo signo tem fama de vingativo? Ainda mais quando o ascendente é *Satanáries*? Quero dizer, dois signos regidos por Marte, o senhor da guerra, da violência e do trabalho! Por favor, né, era quase implorar para arrumar dor de cabeça.

É isso. Avistei meu destino na quadra seguinte. A rua estava deserta, como era de se esperar; já era bem tarde. As circunstâncias estavam a meu favor. Mesmo assim, fraquejei. Freei o carro de uma só vez, começando a imaginar todas as maneiras de aquilo dar muito errado *mesmo*. Meu joelho esquerdo tremia tanto que o pé mal parava no pedal.

Não pense em nada.
Ou melhor, pense, pense em tudo!
Vá em frente, você tem motivos para isso!
Apenas ACELERE ESSE CARRO, Juba!

Engoli em seco e assenti, embora não houvesse ninguém com quem concordar. Fitei o radar de fiscalização eletrônica com atenção. Ele me encarou de volta como se me desafiasse a seguir em frente. E foi o que fiz. Soltei a embreagem e pisei no acelerador antes que perdesse a coragem de novo. A placa de sinalização indicava o limite de quarenta quilômetros por hora, mas isso não me impediu de atingir o dobro de velocidade ao passar pelo radar.

Com uma gargalhada desafinada, engatei ré e voltei alguns metros. Eu me sentia um pouco insana. E era bom! Aliviava aquela dor pungente que se alimentava das minhas entranhas.

Então, repeti tudo de novo. E de novo. E de novo. E de novo...

Tantas vezes que, em determinado momento, perdi as contas. Mas nem isso foi o suficiente para me parar.

Conforme eu pisava no acelerador, um misto de emoções aflorava em mim. Nervosismo, excitação, medo, prazer. Eu estava adorando tudo aquilo – o que era um problema. A expectativa de ser pega era instigante. Ou talvez eu só tivesse perdido a droga da cabeça. Provavelmente, a bizarra junção dos dois, eu acho.

Amanhecia quando enfim me dei por vencida. Fui atingida em cheio pelo cansaço, assim que a adrenalina me abandonou. Um bocejo preguiçoso escapou. Vislumbrei o relógio no painel e decidi que era hora de voltar.

A diversão acabou.

Mas, na verdade, não tinha nem começado.

Eu mal podia esperar o momento de todas aquelas multas começarem a chegar...

Mordi o lábio inferior quando uma gargalhada altíssima preencheu o carro. Embora minha última vontade do mundo fosse rir, fazer maldades tinha sido um gatilho para isso. Eu era um ser humano horroroso!

Ok, tudo bem, receio que não estejamos começando muito bem. Você conheceu o pior de mim, assim, em uma tacada só. Burlei a lei. Roubei um carro e com certeza devo ter batido o recorde de multas em um curto intervalo de tempo.

Mas, veja bem, ninguém faz esse tipo de coisa de graça. Bem, até deve existir gente assim... A questão é que *eu* não sou esse tipo de pessoa. Estava apenas colocando em prática a lei do retorno. Você sabe, sobre toda ação ter uma reação. O bom e velho "pagar na mesma moeda".

Imagino que nesse exato instante você deva estar se perguntando como vim parar aqui, no que chamo de "fundo de poço". E, para isso, vamos precisar voltar um pouco no tempo.

CAPÍTULO 1

Três meses antes

EU DEVERIA TER SUSPEITADO QUANTO AQUELE DIA daria errado. Existia algo na atmosfera logo quando acordei que indicava isso. Era como se o universo tentasse me dar pistas de que o melhor a fazer seria ficar na cama até o dia seguinte. Cancelar aquela sexta-feira. Se eu soubesse como seriam as horas seguintes, certamente essa teria sido a minha escolha. Porque é assim que lido com os meus problemas: ignorando-os.

Para começar, eu não havia apenas despertado do sono de maneira natural e sutil, como acostumava acontecer todos os dias. Não, a louca da minha mãe me arrancou de maneira brusca de um sono calmo e reparador, ligando sem parar para o meu celular, que costumava ficar embaixo do travesseiro — detalhe do qual ela tinha total consciência.

Resmunguei um "alô" sem muito ânimo quando consegui acabar com o barulho infernal. Minha mente se recusava a começar a trabalhar. Eu não podia julgá-la, a cama estava muito convidativa aquela manhã.

— MEU DEUS, SOL, VOCÊ TEM CELULAR PRA QUÊ? — primeiro ela berrou, no ritmo frenético a que eu já estava pra lá de acostumada. — Espera... você estava *dormindo*?

— Tentando, no caso.

— Uma da tarde?! — Senti a pontada de desaprovação no seu tom. Minha mãe era adepta do estilo de vida saudável. Saudável até demais. Eu adoraria ter herdado esse mesmo espírito cheio de boa vontade dela, mas os deuses não foram tão bondosos comigo. Eu costumava preferir coisas que a deixariam de cabelo em pé. Era como se ser prejudicial à saúde fosse uma condição para eu gostar de algo. — Isso é hora, filha?

— Passei a madrugada editando um vídeo — expliquei, dando de ombros. — Enfim, não importa. Do que você precisa?

— Quem disse que preciso de algo? — Ela se fez de sentida, mas o leve vacilo na sua voz não passou despercebido.

— Mãe... — Usei meu tom que dizia com clareza "não precisamos ir por esse caminho".

Não adiantou.

— Estou ofendida! Uma mãe não pode só querer conversar com a filha? — Ela bufou alto. "Rainha do drama" a descrevia muito bem.

— Pode, mamãe. Mas não acho que seja o caso. Você só me liga quando quer alguma coisa.

— Sol! A visão que você tem de mim é horrível!

— Tá bom, tá bom! — Resolvi entrar no jogo. Às vezes, eu me esquecia de que ela era a mãe por ali. Parecia o contrário. — Você venceu! Vamos apenas conversar. Sobre o que quer falar?

— Como estão as coisas por aí?

— Tudo certo, você sabe — respondi sem muita vontade, percebendo que ela apenas não queria dar o braço a torcer. Ela tinha me visitado há dois dias, afinal.

— E o André... ele está bem? — Meu coração deu uma leve palpitada. Ultimamente, apenas ouvir o nome dele já causava a profusão de diversas sensações. Meus olhos foram de súbito para a delicada pedra no anel no meu dedo anelar esquerdo.

— Agora, nesse momento? — perguntei, com um sorriso travesso no rosto. Eu não era muito de facilitar as coisas. — Não faço a menor ideia.

— Como você é chata, Sol! Eu, hein...

— Ele está bem, mamãe. Eu estou bem. Meu vizinho de baixo está bem. O de cima também. As pessoas correndo na orla da praia estão bem. Dona Rita está bem. Está todo mundo bem, eu juro.

— Quem é dona Rita?

— Sei lá, acabei de inventar.

Ela estalou a língua com impaciência. Quase pude vê-la rolar os olhos nas órbitas. Precisei me segurar para não gargalhar.

— Como está sua agenda hoje? Muito apertada?

— Na verdade, sim. — Suspirei, quando por fim meu cérebro conseguiu processar todas as informações. Era sexta-feira. Eu tinha um evento dali a cinco horas e ainda estava emaranhada nos lençóis da cama, com os olhos remelentos e, muito provavelmente, baba seca nas bochechas. Isso porque mamãe tinha ligado, senão, sabe-se lá que horas eu acordaria. — Tenho compromisso às 18 horas. Sou convidada especial para o lançamento da coleção de verão de uma loja. E ainda preciso gravar essa tarde.

— Ah.

A maneira murcha como ela murmurou o "ah" foi muito suspeita. Muito suspeita mesmo. E eu, é claro, não deixei isso passar.

— *Ah*?! Por que *ah*?

— Não é nada... — Desconfiei de que nem mesmo ela havia se convencido com aquilo. — Eu ia te chamar para dar uma passadinha aqui.

— Hummm... Pensei que não fosse me pedir nada — soprei com malícia. No fundo, eu me sentia vitoriosa. Tinha sido rápido! Ela costumava demorar bem mais para admitir.

— Não estou *pedindo* nada. Estou fazendo um convite, é diferente — protestou.

Esfreguei os olhos com calma, tomando impulso para me sentar na cama.

— Eu tenho a opção de negar?

— Vai negar uma visita à sua mãe?

— Tenho ou não tenho? — insisti.

— É importante!

— Importante? — ecoei, desconfiada. — Em uma escala de zero a dez, quão importante é?

— Nove — falou sem hesitar. Quase me convenceu. Isso se eu não conhecesse minha mãe bem o suficiente para presumir que, se fosse mesmo importante, ela não estaria tão calma. De jeito nenhum.

— Sônia, Sônia... por que tenho a sensação de que você está mentindo para mim?

— Ah, quer saber? Pode deixar, Sol. Você não tem tempo para a sua mãe, então tá. Só sabe pensar em trabalho. Tudo é trabalho! Depois, quando eu morrer, não adianta ficar chorando no caixão, não.
— *É, não tenho a opção de negar*, respondi à minha própria pergunta.
— Ah, Deus do céu, viu... — resmunguei. Era sempre a mesma coisa. — Tudo bem, eu vou. Mas se eu chegar atrasada no evento, a culpa vai ser toda sua. E é bom ser importante mesmo, hein?

Desliguei o telefone depois de ela me fazer jurar, pelo menos três vezes, que daria mesmo uma passada por lá. Eu não podia culpá-la pela desconfiança. Mais de uma vez prometi ir e acabei não indo. Não que eu não a amasse, porque, caramba, eu a amava loucamente. Ela era tudo para mim. Mas mamãe podia ser muito carente e, se eu fosse na onda dela, acabaria fazendo as malas e voltando a morar no meu antigo quartinho de paredes lilases. Até hoje ela não consegue aceitar o fato de eu ter me mudado da sua casa. E olha que já faz três anos!

Suspirei, levantando da cama enquanto repassava os afazeres do dia. Eu precisava otimizar o tempo, e tudo daria certo. Nem eram tantos compromissos assim, no fim das contas... Em um dia normal, por exemplo, eu teria passado por duas cidades diferentes, ficado de molho em um aeroporto qualquer e precisado de algumas corridas de Uber. Deus, minha vida era um verdadeiro furacão.

Só que eu amava! Era viciada na rotina frenética de sempre ter a agenda apertada e, na maioria das vezes, correr contra o tempo para conseguir dar conta de tudo. E mesmo os momentos desesperadores em que eu parecia prestes a fracassar eram bem-vindos — apenas pela onda de prazer incomparável que me tomava depois de superada alguma dificuldade. Um sentimento de ser útil, sabe? Se precisasse escolher a minha favorita entre qualquer coisa no mundo, sem sombra de dúvidas, eu escolheria aquela calmaria deliciosa, com direito a quentinho no coração e tudo mais, de ser bem-sucedida em alguma tarefa.

Bem-sucedida. Eu me sentia assim em relação ao meu trabalho. Tudo o que eu já havia alcançado até ali — e não era pouco — fora sozinha. Com suor, persistência e dedicação. Mas saber que ainda havia tanto para conquistar me dava um sentimento de urgência. Por isso eu trabalhava sem parar. Sentia como se pudesse dominar o mundo se quisesse, bastava me esforçar bastante para isso. E era exatamente o que estava fazendo.

Comecei meu canal, "Delírios de Juba", em uma fase bem complicada. Tinha dezessete anos na época. Eu me sentia sozinha na maior parte do tempo. Mamãe podia até reclamar que eu só ligava para o trabalho hoje em dia, mas seria hipócrita em negar que tive um ótimo exemplo em casa. Se pudesse descrevê-la em uma única palavra, seria "*workaholic*". Eu não tinha com quem conversar, considerando que minha mãe dividia o tempo entre trabalhar e malhar obsessivamente, e minha melhor amiga, Clarice, estava ocupada demais sendo consumida viva pela faculdade. A solidão estava me deixando maluca. Por isso, liguei minha câmera certa tarde e comecei a jogar as palavras para fora, sem pretensão alguma. Fiz isso algumas vezes, mas nunca fui além. Os vídeos ficavam lá, salvos na câmera. Eram minha válvula de escape.

Até que um dia contei para Clarice. Foi um grande, grande erro. Ela me atormentou por horas, insistindo para mostrar unzinho que fosse. Acabou me vencendo na insistência porque eu era uma pessoa nada calma. Novamente, mal de ser escorpiana — ou talvez seja só essa minha mania de culpar o zodíaco pelos meus defeitos. Mas esse é um segredinho nosso. Bem, não importa. Eu mostrei a porcaria do vídeo e ela passou mais longas horas me convencendo a colocar no YouTube. Algum dos seus argumentos deve ter funcionado, porque eu editei um deles e fiz o upload na mesma noite.

O sucesso não veio rápido. Mas veio. E agora, cinco anos depois, estava certa de que nada mais no mundo me fazia tão feliz na vida. Embora fosse um trabalho intenso, eu amava cada faceta dele. Amava todas as coisas proporcionadas por ele. Amava o rumo que minha vida havia tomado depois dele. E amava, principalmente, a maneira como me sentia em relação a mim mesma, graças a ele. *Pra que terapia quando se tem um canal com 6 milhões de inscritos, não é?*

Escovando os dentes com a mão esquerda — meu dentista gritaria horrorizado se desconfiasse disso — enquanto verificava a quantidade de curtidas na minha última foto no Instagram, não percebi quão perigosamente perto do armário do banheiro eu me achava. Meu dedinho do pé me fez descobrir da pior maneira, quando o esmaguei com toda a força contra a quina sólida de madeira.

— PUTA. MERDA. PUTA. MERDA. PUTA. MERDA — repeti, aos berros, enquanto pulava em um pé só, no melhor estilo Saci Pererê, com a escova de dente na boca, que espumava, o celular em uma das mãos e, para fechar o combo, lágrimas nos olhos.

Segui em direção à cama ainda pulando. Por que será que bater o dedo em quinas doía tanto? Devia ter uma explicação lógica. Fiz uma anotação mental para pesquisar isso quando pudesse. Joguei o corpo contra o emaranhado de lençóis e edredons – nem parecia ser o ápice do verão. Graças ao ar-condicionado, meu quarto era sempre como o Polo Norte –, afagando meu próprio pé com certo desespero. Em momentos como esse, eu aceitaria voltar para o antigo quarto lilás da casa da minha mãe, apenas para ser paparicada ao máximo. Ser adulto tinha desses detalhes chatos.

Depois de um tempo considerável – tempo que eu não tinha –, percebi que a dor havia se dissipado. Sequei as lágrimas com as costas das mãos, decidindo não olhar o celular *e* andar ao mesmo tempo. Meu pé agradeceria. Em vez disso, abandonei o aparelho que mais parecia uma extensão do meu corpo sobre a cama e corri até o banheiro, dessa vez com mais cuidado. Lavei o rosto com um pouco de pressa, varrendo o sono para bem longe.

Então, entrei no modo automático. Fui até a cozinha e coloquei uma cápsula na máquina de café expresso – se eu não começasse o dia com uma boa dose de cafeína correndo pelas veias, tinha até pena de quem cruzasse meu caminho. Nos vinte segundos que levava para a xícara ser preenchida pela bebida fumegante, corri de volta para meu pequeno closet, escolhendo uma roupa para usar no vídeo que gravaria dali a alguns minutos. Quero dizer, escolhendo a parte de cima da roupa. A realidade nunca era tão glamorosa quanto aparentava ser nos vídeos. Passei a regata pelo pescoço enquanto voltava para a cozinha. A janela da sala estava aberta, mas não me importei. Perdi as contas de quantas vezes já paguei peitinho para os vizinhos. Não faria diferença justo agora.

Tomei a xícara nas mãos e, bebericando o café, caminhei até meu quartinho de gravação. Sentei de frente para a penteadeira, ligando cada uma das seis lâmpadas que contornavam o espelho – e que me cegaram, a propósito. Era sempre assim e eu nunca aprendia. Pisquei algumas vezes, sem me deixar abalar.

As coisas precisam ser feitas, repeti mentalmente. Esse era meu lema número um e sempre funcionava.

Abri a primeira das cinco gavetas, tirando de lá tudo o que eu precisava para preparar a pele. O lado ruim de ser uma blogueira de beleza estava na cláusula do contrato imaginário que me impedia de aparecer de qualquer jeito em um vídeo, como eu adoraria que fosse na maior parte das vezes. Eu amava maquiagem, mas adoraria ter a liberdade de usar apenas pijama de vez em quando, como fazemos com uma visita que já é de casa. No entanto, mostrar meu rosto da maneira como ele era — com poros dilatados, olheiras muito roxas e um pouco mais de oleosidade do que eu gostaria — seria quase um crime. Ou *pior* que isso. Só a possibilidade de chover comentários criticando minhas olheiras de panda já me convencia a começar todo o ritual de passar o *reboco* no rosto.

Intercalando a maquiagem com pequenos goles de café, terminei a função rapidamente. Passei as mãos no cabelo para armá-lo ao máximo. Os cachos bem volumosos eram minha marca registrada. Lancei uma piscadela para a imagem refletida no espelho. *Nada como uma camada bem espessa de maquiagem para nos fazer sentir bonitas.*

Soltei um suspiro desanimado. Era agora que vinha a parte chata. Olhei para o cenário posicionado na parede oposta à penteadeira, onde eu gravava a maior parte dos vídeos — exceto pelos de maquiagem, por motivos óbvios. Era composto por uma cadeira de um amarelo que doía nos olhos, com um pelego branco jogado por cima. Ao fundo, o papel de parede imitando concreto queimado, como era moda ultimamente. Alguns quadrinhos com molduras de formatos e tamanhos diferentes o preenchiam. O principal, no entanto, estava de frente para tudo isso. Duas câmeras profissionais nos tripés, o microfone e mais toda a parafernália de iluminação. Eu não me dava muito bem com isso.

Liguei as duas câmeras, ajustando o foco de cada uma. Depois arrumei a luz de fundo, testei o som e quando enfim me sentei na cadeira, cerca de meia hora depois, pronta para começar a gravar, o vizinho do lado decidiu que era uma boa hora para furar a merda da parede dele.

— Não... — lamentei, esfregando as têmporas com nervosismo.

Que seja rápido.

Que seja rápido.

Que seja rápi... Ah, mas que droga, agora começou o martelo!
Eu odiava o vizinho. Na verdade, era bem mais que isso. Eu o detestava com todas as forças. Desde quando me mudei para aquele apartamento, não houve um único dia em que eu não usei todo o meu portfólio de xingamentos contra ele — e eram muitos, acredite. Ele era barulhento de uma maneira irritante. E parecia ter a bosta de uma intuição para descobrir os horários das minhas gravações. Isso sem contar os barulhos que eu precisava ouvir quando a namorada vinha visitá-lo... droga, encontrá-lo no elevador era a coisa mais constrangedora do mundo, ainda mais depois de tê-lo ouvido várias vezes mandando a namorada... hum... deixa pra lá. Você não vai querer saber. Eu gostaria de apagar da memória, se pudesse.

Encarei o relógio, cheia de frustração. Justo hoje que eu tinha o tempo contado! Não era possível que ele tivesse tanta coisa para reformar assim... Os apartamentos daquele prédio eram minúsculos, pelo amor de Deus!

Busquei o celular no meu quarto, decidida a esperar um pouquinho mais, na esperança de o barulho cessar rápido. De vez em quando acontecia de ele me enganar. Era só eu arrancar a roupa e a maquiagem que o silêncio voltava. Eu juro, ele tinha a merda de uma ligação bizarra comigo. Ah, como eu o odiava!

Respondi alguns comentários nas redes sociais. Procurei uma luz boa, perto da janela e, como não consegui, fui até a varanda. Pela primeira vez naquela sexta, eu me permiti relaxar e apenas contemplar a paisagem. A areia fofa parecia um tapete sumindo de leste a oeste, sobre o qual ondas mansas se quebravam com tranquilidade, como se não valesse o esforço de um mar revolto. Era tão relaxante. Era possível sentir o cheiro de maresia dali da varanda e, fora isso, tinha a brisa de cadência suave, ritmada, que ia e vinha, abrandando a alma.

O aluguel que eu pagava para morar ali era caríssimo, mas valia cada centavo. Não existia vista mais bonita. Também não era *só isso*. O mar servia como um apoio, uma certeza. Quando as coisas não estavam legais, eu tinha uma direção certa para onde olhar. Mesmo se tudo ruísse ao meu redor, eu sabia que ele sempre estaria ali para mim, como um ponto de apoio. Era uma pena que eu aproveitasse tão pouco.

Dei de ombros, virando de costas para a paisagem e esticando o braço em frente ao rosto, para uma *selfie*. Não tinha tempo para ficar divagando sobre bobagens. Ao fundo, a praia servia como cenário. Eu me distraí observando os banhistas salpicando a faixa de areia no visor do celular e lamentei que, muito em breve, quando a alta temporada começasse, não daria mais para ver a areia. Apenas um borrão de cores, estampas e tamanhos, de muitos guarda-sóis aglomerados. Se eu tivesse o controle usado por Adam Sandler no filme *Click*, avançaria, ano após ano, as altas temporadas, porque, vai por mim, tudo ficava pior. O trânsito se tornava impossível, os restaurantes, mais caros, a cidade, mais suja e barulhenta. E, de repente, Florianópolis virava terra sem lei.

Quando consegui tirar a foto perfeita, que realçava cada pequeno ângulo do meu rosto devidamente maquiado, meus dedos se apressaram em digitar a legenda.

Tem como ficar de mau humor com essa vista?

Bem, a verdade é que tem, sim. Ainda mais quando meu vizinho era um barulhento e estava atrapalhando a gravação de um vídeo antes de eu fazer minha visita obrigatória na casa da mamãe. Mas, ninguém precisava saber disso, não é? Na internet, todo mundo quer ver a vida perfeita que adorariam ter para si. E não sou eu quem vai arruinar essa ilusão. Ah, não mesmo.

Inspirei fundo, saindo da varanda em seguida. Por um milagre divino, deparei com um silêncio desconcertante do lado de dentro do apartamento.

Obrigada, universo! Fui atingida em cheio por uma nuvem de positividade. No quartinho de gravação, meus olhos recaíram sobre o cenário e fiz uma careta.

Agradeci cedo demais.

É claro que eu devia ter imaginado que tinha sido muito fácil. Meu segundo lema de vida era: desconfie de coisas fáceis. Sempre.

Eu tinha esquecido tudo ligado. Filmando! Qual era meu problema, hein? Bati as mãos nas laterais do corpo, bastante irritada. A luz de bateria das duas câmeras piscava, indicando estarem prestes a desligar. Era tudo culpa minha, pois gravei um vídeo ontem e não coloquei as baterias para carregar depois. Talvez desse para trabalhar agora, caso eu não tivesse *me esquecido* de desligar o equipamento. Argh!

Olhei feio para a parede que dividia com o vizinho, resolvendo culpá-lo. Se não fosse o barulho infernal dele, é certo que eu já teria terminado a uma hora dessas. Preparei meus melhores xingamentos, mas, antes disso, reparei no relógio logo acima da penteadeira. Então, soltei um gritinho exasperado.

Se aquele relógio marcava a hora correta — que era o caso, embora eu torcesse para não ser —, eu estava ferrada. O evento seria dali a três horas e eu nem tinha passado na minha mãe ainda. E isso me assustava. Era impossível fazer uma visita breve, afinal essa era uma palavra inexistente no vocabulário dela.

Resignada, desisti de gravar o vídeo. Não porque eu quisesse, mas porque realmente não tinha o que fazer. Tinha quase certeza de que eu me arrependeria disso em um futuro muito próximo, mas estava preparada para lidar com as consequências. Por ora, só precisava conseguir chegar ao evento a tempo, pois o cachê tinha sido muito generoso e eu queria preparar o terreno para novos convites. Se dependesse de mim, frequentaria todos os eventos que essa marca quisesse fazer dali para a frente. Todinhos.

Tirei a calça do pijama e procurei uma parte de baixo adequada. Jamais arriscava sair desarrumada de casa porque, bem, você sabe, eu era uma blogueira de beleza e moda. E aqui as coisas funcionavam como na questão das maquiagens — uma escolha errada e precisaria estar preparada para ouvir sobre isso pelo resto do mês.

Olhei para as prateleiras forradas de sapatos de salto alto como se elas estivessem cobertas de merda. Droga, eu odiava usar saltos com todas as minhas forças. Só que isso não era bem o que eu contava aos meus seguidores, para falar a verdade. Não me leve a mal, todo mundo precisa de uma mentirinha aqui ou ali. Faz parte da vida, não é?

Eu fingia amar saltos porque minhas seguidoras piravam com os sapatos que eu ganhava dos patrocinadores. Acabou virando uma das minhas marcas registradas. Mas, se eu pudesse escolher, eles seriam a última opção, de verdade. Simplesmente porque ferravam com meus pés de uma maneira cruel. Eu não sabia se existia algum tipo de deficiência genética neles, ou se todas as mulheres do mundo passavam por isso. A questão é que os sapatos altos eram como instrumentos de tortura para mim. Na melhor das hipóteses faziam bolhas e calos. Na pior, deixavam meus dedos em carne viva. E eu precisava passar por tudo isso com um sorriso no rosto.

Revirei os olhos, pegando um par de chinelos escondidos por trás de todos aqueles saltos. *Dane-se*, calcei os chinelos, *mamãe não vai se importar*.

E esse foi um grande erro. Grande erro mesmo.

Porque meu terceiro e último lema era: se existe a mais remota possibilidade de uma coisa dar errado, ela dará errado. Inevitavelmente.

CAPÍTULO 2

COMO EU JÁ ESPERAVA, MAMÃE NÃO TINHA nada importante para me contar, além de uma lista interminável de coisas que a irritavam sobre seu namorado, Davi. Basicamente, era sempre isso. Fazia pouco mais de dois anos que eles estavam juntos e, tirando o primeiro mês, quando ela ainda parecia estar cega pela fumacinha mágica do amor, não houve uma única vez em que nos encontramos que ela não tenha sido prolixa nas queixas sobre ele. Eu tinha um pouco de pena de Davi porque aquele clichê de "não é você, sou eu" se encaixava muito bem na relação dos dois. O cara poderia ser o Brad Pitt pintado de ouro e, mesmo assim, mamãe arrumaria mil defeitos para apontar.

O problema estava no fato de ela ser muito autossuficiente. Sempre foi. Papai e ela se separaram quando eu ainda era bebê e, desde então, ela desempenhou todos os papéis sozinha. E diga-se de passagem, desempenhou-os muito, muito bem mesmo. Mamãe era foda. De verdade. Eu me espelhava muito nela em vários aspectos, porque aquela mulher era o sinônimo de força. No entanto, isso tinha o lado ruim. Primeiro porque assustava metade dos pretendentes. Sabe como é, alguns homens têm a masculinidade bem frágil... E os que sobravam ela dava um jeito de afastar, com sua personalidade forte e difícil. Com pequenas provações, para saber se sabiam mesmo onde estavam se metendo. E eles nunca sabiam. Porque, Senhor, ela podia ser terrível quando queria.

Davi era o que tinha conseguido permanecer por mais tempo. E, por alguma razão, era também de quem eu mais tinha gostado, entre todos os namorados da mamãe ao longo da vida. Talvez porque ele fosse apenas três anos mais velho que eu — esse provavelmente era um ponto —, mas também porque eu notava a maneira carinhosa com a qual ele a olhava, mesmo quando ela parecia soltar fumaça pelo nariz. Dava para perceber quanto Davi a amava e isso era algo que tínhamos em comum.

— Quem ele pensa que é, para vir aqui em casa sem me avisar e ficar bravo porque eu o mandei embora? — perguntou ela, pelo que parecia ser a décima vez, enquanto batia uma vitamina de um marrom esverdeado muito nojento.

— Seu... *namorado*?

— Exatamente! — exclamou, olhando para mim por cima do ombro. — Ele é meu *namorado*, não meu dono! Quer dizer, essa é a minha casa. Tenho o direito de ficar aqui sozinha quando bem entender, né?

— Mamãe, ele só queria te ver. Devia estar com saudade. Davi é tão carente... Não tem nada por trás disso, tenho certeza. O cara é louco por você — falei distraída, enquanto escrevia um *tweet*. E isso explica por que arrisquei minha vida dessa maneira.

— Você está do lado dele agora, Sol?! É isso? — Ela não escondeu a pontada de ciúmes na voz. — Quando viraram tão amiguinhos assim, hein?

— Sônia...

— Não acredito que ele conseguiu te colocar contra mim! — murmurou para si mesma, atônita.

— Minha Nossa Senhora, mãe! Esse monte de linhaça, quinoa e suplemento que você toma para a academia deve estar mexendo com seus miolos — falei entre risadas, roubando um punhado de uvas da fruteira. — Ouça o que você está dizendo. É sério. Pare e ouça.

Mamãe me encarou com os mesmos enormes olhos castanhos avermelhados que eu havia herdado dela — assim como todas as outras características físicas —, cruzando os braços sobre o peito.

— Você acha que estou sendo implicante, filha?

— Nãããão, imagina, que é isso! — Balancei a mão no ar teatralmente, pouco antes de enfiar as uvas na boca. — Você é um anjinho, mãe. Tão *boazinha*. Tenho certeza de que Davi vai direto para o céu só por ter te aguentado por tanto tempo.

— Ai, sua exagerada!

— Puxei a você! — brinquei. Então, meus olhos focaram nas horas e todo o bom humor se dissipou em uma fração de segundo.

Faltavam cinquenta minutos para o evento.

Cinquenta minutos!

E eu estava um lixo. A maquiagem derretida, o corpo suado. Usando chinelos, a propósito.

Como fui deixar aquilo acontecer?

Por que o dia estava tão bagunçado?

Pulei da cadeira, sobressaltada.

— Já está indo? — perguntou mamãe, decepcionada.

— Eu já devia estar lá — respondi da melhor maneira possível, por conta da boca cheia. — Ainda nem me arrumei. Estou ferrada.

— Não quer se arrumar aqui, querida?

Meus olhos recaíram para suas roupas de academia: uma *legging* rosa neon com recortes demais e transparências em lugares desnecessários, uma regata com o clássico NO PAIN, NO GAIN e, para completar, tênis com plataforma embutida. Eu não conseguia *entender* por que ela precisava de um salto no tênis. Ainda mais em um tênis cuja finalidade era fazer exercícios.

— Hummm, acho que dessa vez vou deixar passar — murmurei, pegando minha bolsa no sofá e marchando com pressa em direção à porta.

— Por quê? — Ela uniu as sobrancelhas. E aquilo era um mau, um péssimo sinal.

— Preciso usar roupas da loja — menti. — E estão lá em casa.

Mamãe pareceu se convencer. Ponto para mim!

Então, embora eu estivesse nitidamente atrasada e desesperada para sair dali, ela iniciou o ritual de despedida de sempre. Primeiro me abraçou e pediu para visitá-la mais vezes — nós nos víamos quase todos os dias da semana, e isso só confirmava seu desejo de que eu voltasse a morar lá —, depois, alisou meu cabelo com as duas mãos — eu odiava — apenas para dizer quanto se sentia orgulhosa por mim e que todo o seu trabalho tinha valido a pena.

Eu amava minha mãe mais do que a mim mesma. Mas, às vezes, desejava que ela fosse um pouco menos *mãe*, se é que isso faz algum sentido. Eu sabia que ela sentia muita culpa por sua ausência na maior parte da minha vida, quando mais precisei dela. Depois que me mudei da sua casa, mamãe virou praticamente outra pessoa. Como se quisesse compensar o tempo que não voltaria mais e, principalmente, a solidão que me fez companhia durante todos aqueles anos. Mamãe queria se fazer presente a todo custo. Queria que seu amor pudesse remendar as feridas do passado. Por isso agora tudo nela era *demais*: o carinho, o cuidado e a carência.

Faltava apenas meia hora quando consegui me livrar dela.

Corri para o carro. Lá dentro, meus olhos foram direto para o anel de noivado e estremeci. Não tinha falado com André o dia todo.

Coloquei a chave na ignição da Cinderela (sim, meu carro tinha um nome. De princesa, ainda por cima), abri a janela para circular o ar, pois o dia estava muito abafado, e disquei o número familiar. Para minha surpresa, a ligação chamou até cair. Esfreguei os olhos, torcendo para ele não ter esquecido a droga do evento do qual falei obsessivamente durante a semana inteira.

Teimosa como era, disquei pela segunda vez e, no décimo toque, André atendeu.

— Está pronto? — perguntei ansiosa, começando a ser afetada pelo pavor que sempre me assolava quando as coisas desandavam e pareciam estar prestes a dar errado.

— Oi para você também, linda.

— Oi, amor. Está pronto ou não?

— Pronto para...?

Ah, não...

— Você esqueceu, André? Não acredito!

Houve um silêncio na linha. Eu pressentia que ele estava buscando a lembrança na memória enquanto ponderava sobre o quão encrencado ficaria caso não a encontrasse.

Como ele estava demorando muito, resolvi ajudá-lo.

— O lançamento? De verão? Importantíssimo?

— Puuuutz! — ele estalou a língua, parecendo irritado. — Era hoje?

— Ainda é! Daqui a 25 minutos, para ser mais exata!

— Caramba... Eu confundi tudo, gatinha. Pensei que fosse na próxima sexta.

Bati com a mão no volante, bastante frustrada.

Ele sempre fazia isso. Sempre mesmo. Sabe quando as pessoas dizem que só não esquecem a cabeça porque está grudada no corpo? Quem inventou essa frase estava, com toda a certeza, pensando em André.

— Não tem problema. Você demora muito para se arrumar? Eu ainda nem comecei. Se quiser posso passar aí.

— Ahnnn...

Não, ele não pode me dar um toco justo agora. Eu queria morrer.

— *Ahnnn?* — ecoei, fazendo a desentendida.

— É que eu tenho compromisso.

— Você... Espera. O quê? — indaguei, passando o cinto pelo tronco com uma mão só. — É brincadeira, né? — Uma risadinha nervosa escapou lá do fundo da garganta. Eu me remexi no banco, recusando-me a aceitar.

— Infelizmente, não, linda. O Guilherme está aqui. Estamos gravando uns vídeos juntos.

Soltei todo o ar dos pulmões, bastante chateada. Ele deve ter percebido, porque se adiantou em falar:

— Eu compenso depois. Prometo!

— Não é essa a questão... é só que... — Respirei fundo outra vez. — Nada. Deixa pra lá.

— Vai ficar triste comigo porque eu fiz uma confusão boba?

— Deixa pra lá, André — repeti, girando a chave da ignição. — Nos falamos depois, tá? Estou atrasadíssima.

Desliguei. Sem dar oportunidade de ele falar qualquer outra coisa.

Não me orgulho muito em admitir que "paciente" não era uma palavra usada quando precisavam me descrever. Eu me irritava muito fácil. Mas, nessa situação, não era nem isso. André andava mais esquecido do que nunca. Sempre com os *meus* compromissos. Com os dele, nunca. Era como se não levasse meu trabalho a sério. E isso me aborrecia um pouco, já que tínhamos a porcaria da mesma profissão.

Como o carro não ligou da primeira vez, tentei uma segunda. O motor respondeu com um barulho não muito animador. Meu coração congelou de medo no mesmo instante. Cruzei as mãos em frente ao rosto e olhei para o teto, como se tivesse alguém ali.

Por favor, universo! Não estou pedindo muito! Eu estava era desesperada. Só preciso chegar lá a tempo. E arrumada, de preferência.

Fechei os olhos e levei a mão à ignição, minhas entranhas reviraram de expectativa. Contei até três e então girei a chave mais uma vez, querendo acreditar que agora daria certo.

Não foi o caso.

— Qual é, hein? — perguntei para ninguém, enquanto minha cabeça despencava para a frente, caindo sobre o volante e acionando a buzina. Uma senhorinha que caminhava na calçada, à minha direita, levou as mãos ao peito, assustada. Depois me lançou um olhar ameaçador. Eu estava tão desanimada que nem tive tempo de sentir culpa.

Por um segundo, tive vontade de chorar.

Mas, como em todas as outras vezes, dissipei essa vontade em poucos segundos.

E aqui é importante fazer um adendo sobre mim: eu não choro. Nunca. Desde os meus dezessete anos. Desde o fatídico dia quando fui marcada para sempre. Depois disso, decidi que não queria ser o tipo de pessoa que chora. Posso até sentir vontade, mas apenas engulo o choro. De forma literal mesmo.

Em vez de ceder ao pânico, pensei com racionalidade nas minhas alternativas.

Faltavam quinze minutos. O shopping onde aconteceria o evento era mais próximo dali do que da minha casa — ou seja, voltar para meu endereço estava fora de questão. E eu também tinha meu kit de primeiros socorros dentro da bolsa — um *nécessaire* com maquiagem, perfume, desodorante e outros itens do tipo. Nem tudo estava perdido. Eu só precisava chamar um Uber (mamãe definitivamente não era indicada para uma situação como essa), correr ao banheiro e retocar a maquiagem, então tudo estaria bem.

Viu só? É só manter a calma que tudo se resolve.

O motorista chegou bem rápido, para a minha felicidade. Pulei para fora da Cinderela me sentindo um pouco mal por abandoná-la ao relento. Mas ela não ficaria para sempre ali. Então, tudo bem.

Somente ao descer, já no shopping, foi que percebi ter me esquecido do principal. O chinelo! Eu estava usando a droga do chinelo!

Senti o sangue ser drenado para fora do rosto. Eu não podia ser vista daquela maneira. Era a minha reputação que estava em jogo!

Engoli em seco e corri para a entrada de carga do shopping, fugindo da entrada principal. Esgueirando-me como uma policial em filmes de ação, consegui me infiltrar sem ser vista. Minha cabeça virava de um lado para o outro em ritmo frenético. Eu nem ousava olhar no relógio porque sabia que estava encrencada.

Subi pelas escadas de emergência e, tão logo alcancei o segundo patamar, deparei com uma porta larga que tinha uma janelinha circular, pela qual pude espiar o outro lado. Percebi que ela dava acesso ao corredor onde ficavam os banheiros daquele andar.

Graças a Deus!
Fui inundada por uma onda de alívio.

Meu celular tocou de súbito e me deu um susto, varrendo qualquer vestígio de paz para longe de mim. Atendi sem nem ao menos conferir o visor. A voz do outro lado da linha me fez estremecer inteira. Era Fernanda, responsável pelo marketing da loja para a qual eu trabalharia aquela noite. Ou seja, *ela* havia me contratado.

— Juba? Onde você está, querida?

— Chegando — menti, indo em direção ao banheiro. — Sinto muito. O trânsito está uma loucura, mas estou fazendo o possível. Devo chegar em dez minutos.

— T-tudo bem — respondeu, desconcertada. — Estamos te esperando *ansiosas*!

Escorei o corpo na parede por um segundo, limpando o suor da testa com as costas da mão. Que dia! Abri minha bolsa e procurei o kit de primeiros socorros, enquanto entrava no banheiro. Pesquei-o lá de dentro, erguendo o rosto em seguida. Então, soltei um gritinho abafado com a imagem que vi.

Deus do céu, eu não estava no banheiro feminino!

Sabia disso porque em banheiros femininos não existem mictórios.

Muito menos homens ocupados em fazer xixi, como aquele na minha frente!

Soltei um berro horrorizado e cobri a boca com a mão. O tempo congelou. Eu sabia que precisava sair de lá o mais rápido possível e queria muito fazer isso, mas fiquei paralisada. Um pouco chocada, diria.

Ele girou a cabeça por cima do ombro, me buscando com os olhos curiosos *e* assustados. Eram de um azul claríssimo. Seu olhar me encontrou e, com uma expressão atônita, deu um pulo, ficando de frente para mim.

A coisa toda desandou nesse exato momento.

Porque, veja bem, foi impossível não descer o olhar para o que havia entre suas pernas. Na verdade, eu fiz meio que *imediatamente*.

Ele virou, eu olhei.

Olhei para o *pau* dele!

Engoli em seco, sem conseguir desviar o olhar de jeito nenhum. Um calor inoportuno subiu pelo meu corpo quando me dei conta de todo o seu tamanho. E nem era só o tamanho. Pelo amor de Deus, eu nunca tinha visto uma piroca tão *bonita* como aquela. Entreabri os lábios, estupefata. *Minha nossa, que sorte a namorada desse cara tem!*

Foi aí que o tempo voltou a correr na velocidade normal e me dei conta de estar dentro do banheiro masculino, olhando o órgão sexual de um desconhecido enquanto ele tentava tirar água do joelho.

Antes que eu pudesse sequer digerir tudo isso, corri para longe dali o mais depressa que meu condicionamento físico permitiu. Afinal, era assim que lidava com os problemas.

Enfiei-me no banheiro feminino com o coração prestes a entrar em pane por sobrecarga.

— Mas que droga, mas que droga, mas que droga... — murmurava baixinho, até que deparei com uma mulher muito pequenininha, na casa dos quarenta anos, olhando para mim com atenção.

— Precisa de algo, meu bem? — *Desaparecer*, foi o que pensei, mas limitei-me a balançar a cabeça em negativa. — Tem certeza? Você está pálida.

Olhei-a com mais cuidado e reparei no seu uniforme. Ela parecia ser da equipe de limpeza do shopping.

— Na verdade, sim — murmurei, ainda rouca pela adrenalina. — Eu... hum... Você poderia comprar um sapato para mim, por favor?

A maneira como ela arregalou os olhos foi o indicativo do teor de insanidade contido nas minhas palavras.

— Eu vou te dar o dinheiro, claro. É que eu não posso. Não posso *ser vista*, entende? — atirei as palavras e, tirando por sua expressão, constatei que tudo só piorava. — Por favor, por favor, por favor! Minha vida depende disso! É sério! — Enfiei a mão na bolsa, em busca da carteira. Tirei uma quantia que julguei suficiente para um sapato aceitável e entreguei nas suas mãos. — Vou te reverenciar para todo o sempre se puder fazer esse favor para mim!

— O-ok — Minha nova melhor amiga do mundo assentiu. Devia me achar maluca, mas nem liguei. — Qual seu número?

— Trinta e sete. Pode ser qualquer modelo, desde que seja preto, tá bom? E bem alto! E, por favor, preciso dele em cinco minutos!

Assentindo outra vez, ela me deu as costas.

Pouco antes de sumir do meu campo de visão, porém, pude ouvi-la murmurar baixinho:

— Coitadinha, outra vítima do capitalismo...

Fisguei o lábio inferior, sentindo um pouco de medo pela primeira vez. Em uma escala de zero a dez, quão seguro era dar dinheiro na mão de uma estranha para ela comprar algo para mim?

Esfreguei o rosto, acreditando com todas as minhas forças naquela mulher. *Tomara que ela não seja um ser humano horrível e aproveitador da fragilidade alheia.* Entoei o mantra, ocupada em melhorar minha aparência o máximo que pudesse.

Enterrei as mãos no cabelo para aumentar o volume. Depois disso, usei pelo menos meio vidro de perfume, para compensar o fato de ainda não ter tomado banho.

Eu terminava de passar o batom quando minha salvadora voltou, segurando uma sacola.

— Espero que goste — disse, estendendo a mão para me devolver o troco.

— Ah, não precisa! — respondi, abrindo a caixa. — Fique com ele pelo trabalho de ter comprado o sapato para mim.

Se ela agradeceu, não ouvi.

Isso porque eu olhava para o que deveria ser, muito provavelmente, os sapatos mais ridículos dentre todos os sapatos ridículos em todo o planeta!

É sério. Como alguém em sã consciência podia considerar aquilo bonito? Não dava para *conceber* a ideia!

E eu nem sabia apontar o que me incomodava mais. Talvez os zíperes dourados aplicados em toda a superfície, ou então o grande e desajeitado laço de oncinha fixado nos calcanhares. Isso sem contar o salto durado, de material muito duvidoso... Inferno, era como se tivessem tentado bater o recorde de coisas horrorosas em um único calçado.

Suspirei, consternada.

Que merda de dia! Eu só queria cancelar e começar do zero.

— Gostou? — perguntou ela.

— Eu... ahn... — tentei falar, mas graças aos céus fui salva pelo celular. Então percebi que, na verdade, esse não era um bom sinal. — Preciso ir. Obrigada!

Não tive coragem de atender a chamada. Em vez disso, calcei os sapatos e corri para meu destino. Eu não estava causando exatamente a melhor impressão do mundo, sabia disso, ainda mais levando em conta que aquele era meu primeiro trabalho com eles. Mas eu torcia para que ainda desse tempo de ajeitar as coisas.

Fernanda me esperava em frente à loja, os braços cruzados sobre o peito, batendo a ponta do pé no chão sem parar. Era alta, usava um vestido tubinho preto — *Que escolha mais previsível!* E decepcionante — e o cabelo louro estava preso em um coque despojado. Sua expressão não era nada animadora. Estremeci de medo. Ainda mais quando seus olhos desceram pelo meu corpo até pararem nos sapatos. Eu consegui perceber o choque no seu rosto, apesar de ela ter lutado para disfarçar. Cheguei à conclusão de que talvez nunca mais ouvisse falar daquela marca em toda a minha vida. Minhas chances de conseguir outro trabalho com eles foram dizimadas. E eu nem podia culpá-la, isso era o pior.

— Juba, querida, *até que enfim*! — Sorriu amarelo ao me cumprimentar, sem desviar a atenção dos meus pés, no entanto. — Estávamos preocupadas com você!

— Sinto muito — comecei a justificar, mas, como ela não subiu o olhar, deixei minha voz morrer no ar e pigarreei. Duas vezes, aliás. Não adiantou nada, por isso dei de ombros e continuei assim mesmo. — Meu dia foi um caos. Tudo deu errado. Até a Cinderela me deixou na mão... morreu aqui perto.

— Cinderela?

— Meu carro.

— *Ah* — grunhiu, lembrando que eu tinha um rosto. — Falando nisso, cadê o André?

Suspirei com desânimo. Primeiro por não entender muito bem como a Cinderela poderia, de alguma forma, remeter ao André. Mas, principalmente porque, se existisse um gráfico de quão mal eu estava me saindo em causar uma boa impressão, estaria em uma ascensão desenfreada. Era um desastre.

— Teve diarreia — menti sem nem corar. — Foi terrível, tadinho. Vou precisar de anos de terapia para apagar a imagem da cabeça.

Não sei se foi impressão minha, mas seu olho esquerdo deu uma leve tremida. Comecei a sentir um pouco de pena de Fernanda. Tinha certeza de que ela lamentava com todas as suas forças o dia em que entrou em contato comigo. Maldita hora em que resolveu me contratar, era o que ela devia estar pensando agorinha mesmo. Eu a entendia porque também lamentava muitas coisas naquele momento.

Ela assentiu, com cara de quem ia vomitar a qualquer momento, e seu coque balançou de uma maneira engraçada.

— Bem, vamos lá?

Meneei a cabeça e só então vislumbrei o que me esperava.

Meus olhos logo foram atraídos para os balões perolados cobrindo cada centímetro das superfícies disponíveis no interior da loja. De *todas* elas. Eram bonitos, mas eram muitos. Para alguém como eu, que considerava menos como mais, aquela quantidade de informação dava um pouco de dor de cabeça. Eu me sentia dentro daqueles quartos acolchoados de hospícios, sem brincadeira.

Reparei, então, nos garçons deslizando com maestria entre os convidados. Eles equilibravam nas mãos bandejas cheias de aperitivos — que deveriam ser mais bonitos que saborosos — e taças de champanhe. *Embebedar os clientes deve tornar bem mais fácil concretizar as vendas.* Eu me segurei para não rir da minha própria piada.

Logo em seguida, não pude deixar de notar a equipe de vendedoras tão maquiadas que poderiam muito bem ir para a festa do Oscar depois do expediente. Elas corriam de um lado para o outro com sorrisos nervosos, enquanto tentavam dar conta daquela quantidade alarmante de gente. Que, por sinal, eram, em grande parte, minhas seguidoras.

Soube disso porque muitas delas eram cacheadas, assim como eu. O que era legal pra caramba! Quer dizer, eu ajudava as pessoas de alguma forma. Pessoas que passaram a vida odiando os cachos, como eu mesma fiz durante tanto tempo. Mas, agora, ostentavam a cabeleira da maneira como os cachos mereciam.

Fernanda agarrou meu braço e me arrastou para dentro antes que eu tivesse oportunidade de preparar meu psicológico. Bastou eu pisar no chão de madeira corrida para todos sentirem minha presença. Depois disso, veio o que eu chamava de *explosão do amor*. Houve um silêncio estupefato, como se todo mundo tivesse prendido a respiração ao mesmo tempo, seguido por gritos histéricos e excitados.

Só que, diferente de todas as outras vezes, ninguém avançou para me encher de abraços e beijos, enquanto tiravam *selfies* de todos os lados. Não mesmo. Em vez disso, senti, de uma vez só, dezenas de olhares descendo pelo meu corpo e parando nas porcarias de sapatos ridículos nos meus pés.

Quis morrer com todas as minhas forças. Prometi para mim mesma nunca mais confiar no gosto de um desconhecido. E também nunca mais sair de casa usando chinelos, para não correr o risco de *precisar* confiar no gosto de um desconhecido.

Ah, droga, anotei mentalmente muitos outros erros cometidos naquela sexta-feira que eu não podia repetir nunca mais.

Essa será uma longa, uma longuíssima noite. Cogitei arrancar os sapatos e atirá-los para longe, para que todo mundo parasse de observá-los com obsessão. Então, com uma nuvem de mau humor pairando sobre minha cabeça, peguei uma taça de champanhe de um garçom que passava por mim, e bebi um generoso gole enquanto reunia força para sobreviver pelas próximas horas, afinal, as coisas *precisavam* ser feitas.

CAPÍTULO 3

Os erros daquela sexta-feira não ficaram no passado, como eu gostaria. Pelo contrário, se levasse em conta os pequenos sinais começando a surgir aos poucos nas minhas redes sociais durante o dia seguinte, podia constatar com total certeza que os sapatos ainda renderiam muito assunto ao longo dos dias seguintes.

Isso era uma grandessíssima droga.

A internet podia ser ao mesmo tempo libertadora *e* carrasca. Quer dizer, se por um lado havia espaço para todos se mostrarem da maneira como realmente eram, por outro abrigava o que, para mim, é a escória da sociedade: os *haters*. Gente que encontra no anonimato uma oportunidade de destilar ódio apenas para satisfazer um prazer bizarro de ferir os sentimentos de pessoas que eles sequer conhecem. É assustador e desnecessário. Mesmo sem nenhum embasamento científico, estou certa de que são pessoas frustradas com as próprias vidas em um nível preocupante.

Com isso, um detalhe tão pequeno quanto a escolha errada de um sapato para um evento, por exemplo, pode tomar proporções catastróficas. Como peças de dominó enfileiradas, basta uma cair para levar o resto junto. E, de repente, eu fui obrigada a ler toda sorte de ofensas gratuitas, enquanto me perguntava como o assunto tinha terminado em mim e no que parecia uma competição bizarra para descobrir quem conseguia me chatear mais.

Abandonei o celular sobre o sofá, bufando aborrecida. Espreguicei e estiquei os pés pelo tecido camurçado, apreciando a textura macia. Ao longo daquela tarde, meu mau humor havia piorado de maneira exponencial. Em dias assim, nos quais eu deveria me firmar na certeza de que a maioria dos meus seguidores me admirava e apoiava o meu trabalho, acontecia justamente o oposto. Acabava focando nas poucas pessoas tentando me atingir e começava a me perguntar se eu era mesmo merecedora das minhas conquistas até ali. A sensação era como uma sementinha germinando de maneira quase inocente para, então, quando eu menos esperasse, espalhar seus galhos de incerteza sobre todo o meu ser.

Nessas ocasiões, eu não conseguia me sentir feliz pela vida que a maioria dos meus seguidores adoraria ter. Ficava apavorada! Tinha a sensação de que, a qualquer momento, a *patrulha dos verdadeiros talentos existentes no mundo* entraria pela porta, pronta para me algemar e me prender por enganar as pessoas. Todos descobririam a fraude que eu era. Todos descobririam que eu não merecia estar ali porque não tinha um terço da Juba dos vídeos. Sequer gostava de sapatos de salto. Ou de comidas saudáveis. E só usava roupas de academia para tirar fotos, porque eu era a maior sedentária de Florianópolis inteirinha. Bem, para resumir, eu era uma mentira! Seria acusada por ter chegado tão longe apenas por sorte. Por estar no lugar certo e na hora certa. Depois disso perderia tudo, afinal nada do que eu possuía me pertencia de verdade.

Eu tinha total consciência de quão sem sentido e autodestrutivos eram esses pensamentos, mas saber disso e me manter imune a eles eram coisas bem diferentes. Por ora, o melhor que eu poderia fazer a respeito era desviar a atenção e evitar que minha mente seguisse por caminhos perigosos. Não valia a pena. Existiam essas duas opções, no fim das contas: surtar achando que vivia mais ou menos como no filme O *Show de Truman* e que todo mundo sabia dos meus segredos mais íntimos, ou apenas seguir a vida com a ideia de que, se eu *realmente* estivesse em uma situação parecida, não havia nada a se fazer a respeito. O desespero era desnecessário.

Encarei o celular momentaneamente esquecido. Antes mesmo de perceber o que estava fazendo, agarrei o aparelho com força e busquei o número de Clarice, minha melhor amiga. Só ela poderia me distrair da insatisfação que me dominava aos pouquinhos.

Como sempre, ela atendeu a chamada super-rápido, como se o celular fosse acoplado a seu corpo — o que eu não duvidava nada. A única pessoa pior do que ela era eu, obviamente. Mas, veja bem, essa era a minha profissão. Eu precisava manter meu foco nas redes sociais, pois era assim que pagava minhas contas altíssimas no fim do mês. Já ela? Apenas viciada e nada mais.

Sua voz familiar, fina e estridente me acalmou com um simples "oi".

— Você parece feliz — resmunguei, sem esconder a irritação. Eu era o tipo de pessoa que não gostava da alegria alheia quando estava de mau humor.

— Eu *estou* feliz! E você parece rabugenta.

— Eu *estou* rabugenta. E foi por isso que liguei. Mas, antes de desabafar pelas próximas horas, quero perguntar o motivo da sua felicidade, para não ficar me sentindo mal por ser insensível e só ligar para mim mesma.

— Você sabe que isso não muda o fato de que você é insensível e só liga para você mesma, né?

— Cala a boca, japa. Conta logo quais são as novidades.

— Meu irmão acabou de ir embora, ele passou o dia aqui... — suas palavras morreram no ar, dando lugar a um suspiro sonhador.

É só isso?

Esse é um motivo bem estranho.

— Tudo bem que Serginho não é a animação em pessoa, mas a visita dele foi assim tão chata?

— Eu ainda não terminei de contar, Juba! — protestou, o que foi engraçado, pois sua voz ficou ainda mais aguda.

— Ué, você parou de falar, achei que era só isso.

— Eu estava só *suspirando*.

— Então! — exclamei. — Quem é que interrompe uma história para suspirar?

— Vai me deixar contar ou não?

— Anda logo, Cla — falei, começando a perder a paciência. Ela deve ter notado, porque foi direto ao ponto:

— Eu vou ser tia!

— O quê?! — Um sorriso genuíno dominou meus lábios. — Não brinca! Que notícia maravilhosa! Eu nem imaginava que seu irmão e a Bianca faziam esse tipo de coisa — admiti e torci o rosto em uma careta nauseada quando, inevitavelmente, a cena se projetou na minha cabeça. Afinal de contas, era uma raridade presenciá-los trocando carícias. Até mesmo encontrá-los de mãos dadas era bem difícil.

— Faziam o *quê*? — Clarice entendeu enquanto perguntava. Sei disso por causa do guincho horrorizado que ela soltou de repente. — Ai, que horror, Sol! Você está ciente de que acabou de arruinar um momento lindo e sagrado, né?

— Eu sou mesmo ótima nisso — brinquei, levantando do sofá.

Uma intensa luz alaranjada invadia a varanda e coloria a sala. Fui fisgada como se um anzol imaginário me arrastasse para contemplar a vista. O que foi muito bom, pois, do contrário, teria perdido o show de luzes do lusco-fusco. Era de tirar o fôlego! Tanto que as palavras da minha amiga passaram a soar como um chiado irritante.

—... é sério, que tipo de pessoa pensa nisso quando recebe uma notícia assim? Você tem uma imaginação perturbadíssima, sabia? Fora que agora não consigo mais me livrar dessa imagem! Puta merda, viu, Juba.

Observei as pinceladas de rosa refletidas no mar que, dessa vez, estava agitado e com ondas muito fortes. Adorava o fato de o mar nunca estar igual, independentemente de quantas vezes eu o admirasse. Trazia sempre uma surpresa, uma carta na manga prontinha para me deslumbrar.

— JUBA! — Clarice gritou do outro lado da linha, ferindo meus tímpanos. Troquei o telefone de lado, esfregando a orelha enquanto ponderava se tinha ficado surda.

— Desculpa. O pôr do sol está tão lindo... viajei para bem longe e nem percebi. Mas, não importa. É muito legal que sua família esteja crescendo — falei de repente, enfim levando o assunto com seriedade. — Como você se sente em relação a isso?

Quando ela começou a falar, pude notar o sorriso na sua voz, como se tivesse esperado por essa pergunta desde o momento em que jogou a notícia no ar.

— Eu estou feliz pra caramba! Bem surpresa também, porque, por mais que odeie admitir, você *está* certa... nem dava para imaginar meu irmão tendo um filho a essa altura. Acho que ninguém esperava essa notícia depois de tantos anos.

— Bem, só posso dizer que isso é muito legal. Tomara que não puxe a tia! — Falei com malícia. — Essa criança *precisa* ser superdotada. De japa do Paraguai já basta você, né?

Nós duas rimos juntas, porque essa era uma brincadeira nossa. Clarice se arrependia todos os dias da sua vida por ter escolhido cursar Química quando era péssima em exatas. E, sabe como é, persistir em algo que detestamos não é muito animador. Por isso ela tinha uma coleção enorme de dependências na faculdade, que a fizeram ficar retida por um ano. Isso só piorava ainda mais o quadro. No entanto, resumíamos tudo isso dizendo que ela não honrava os genes orientais, uma vez que não era incrivelmente inteligente. Foi daí que surgiu a expressão japa do Paraguai, que sempre nos rendia boas risadas.

— Aff, desisto! — falou por fim. — Pode parar de fingir agora.

— Parar de fingir o quê?

— Que você não está se segurando com todas as fibras do seu ser para contar o que quer que seja.

— Merda, você me conhece mesmo, hein? — perguntei, com um sorriso largo no rosto.

— Infelizmente.

Gargalhei alto, assustando duas pombinhas que descansavam sobre o parapeito da varanda. Enrolei uma mecha de cabelo no dedo indicador — que na luz do sol ficou ainda mais dourado —, enquanto preparava meu psicológico para falar sem respirar pelo maior intervalo de tempo possível. Então, comecei a disparar todos os acontecimentos do dia anterior nela.

Clarice sempre foi uma ótima ouvinte e eu era muito grata por isso, afinal, acreditava que colocar para fora era um passo importantíssimo para aliviar as dores da alma. Não foi por menos que virei *youtuber*. Tinha muito para falar e acabei descobrindo que minhas angústias eram as mesmas de muitas outras pessoas. E, às vezes, descobrir que não somos os únicos do mundo passando por determinado problema é reconfortante. Mas esse não é o foco aqui. O fato é que eu amava demais aquela garota. E embora adorasse meu novo endereço, não tê-la mais no andar de baixo era uma perda muito grande para mim.

Nós nos conhecemos no parquinho do prédio onde cresci. Lembro-me tão bem desse dia... Clarice brincava sozinha no gira-gira, de um jeito *bem* incomum — as pernas enganchadas no apoio de mão suportavam o corpo de cabeça para baixo enquanto ela girava em uma cadência moderada, o cabelo negro e muito liso balançando no ar.

Por alguma razão, aquilo me fascinou demais. Sabe como é, crianças são facilmente impressionáveis. Eu me aproximei dela e perguntei se podia fazer o mesmo, o que não foi a melhor ideia da minha vida, diga-se de passagem. Eu gostaria muito de que tivesse um adulto ali para me impedir. Porque, bem, se eu já era bastante desastrada em situações que não ofereciam o menor risco, imagine, então, girando de ponta-cabeça.

Bastaram duas voltinhas para me deixar tão tonta quanto alguém que bebeu cinco doses de tequila e depois teve a cabeça chacoalhada com vigor por uma pessoa usando um sombreiro — embora, naquela época, eu ainda não fizesse ideia disso para poder comparar. Enfim, não importa. Eu despenquei da porcaria do brinquedo como uma fruta madura e isso me rendeu quatro pontos e uma cicatriz não tão discreta na testa, bem perto de onde meu cabelo começa a nascer. E isso explica *muita coisa* sobre minha sanidade — ou a falta dela.

Cla fez a gentileza de correr até meu apartamento e chamar minha mãe, que por sorte estava lá. A primeira coisa que mamãe fez foi surtar, é claro. Afinal, ela sabia mesmo como ser *intensa*. Ainda consigo me lembrar com clareza da sua expressão cheia de pânico e da imagem dela correndo de um lado para o outro com as mãos na cabeça, repetindo "meu Deus" sem parar enquanto eu estava ocupada demais sangrando até morrer.

Logo depois do susto inicial, ela não tardou em ativar o botãozinho que todas as mães do mundo têm e que, em um instante, as transforma em super-heroínas. Fui arrastada para o hospital às pressas e nem o fato de ter um talho na testa me impediu de levar uma bronca estrondosa.

Naquele dia aprendi uma importante lição sobre jamais, em hipótese alguma, contrariar as leis da gravidade. Mas, além disso, ganhei também uma amizade. Porque, quando voltei para casa, Clarice me esperava com olhos muito ansiosos e uma caixa de bombons mandada por sua mãe — a minha, por sua vez, não ficou muito feliz com isso. Ela odiava comidas industrializadas. Ainda mais quando tinham açúcar. Cla me fez companhia pelo resto da tarde e no comecinho da noite, coisa que continuo apreciando muito, depois de todos estes anos.

Desde então, nós duas nunca mais nos separamos. Sei que é um pouco batido dizer que amigos são como irmãos, só que, nesse caso, ela era *mesmo* uma irmã para mim. Nós crescemos juntas. Cuidamos uma da outra, fomos confidentes e o ombro onde cada uma podia afogar as lágrimas. Se isso não é a definição exata de família, juro que não sei qual é.

Hoje vejo quanto sua companhia foi *necessária* ao longo da infância e da adolescência. Fiz dela meu alicerce para uma fase complicada. No entanto, tenho certeza de que nossa amizade não foi essencial só para mim. Uma precisava da outra desesperadamente. Receio que não teria suportado metade das merdas por que passei se não fosse Clarice e o mundinho leve que construíamos ao nosso redor, dia após dia. Mesmo quando tudo o que eu queria fazer era abraçar o travesseiro e chorar por horas depois de um longo dia na escola — afinal, nem sempre fui uma pessoa que não chora. Na verdade, chorei o suficiente para a vida inteira até os dezessete anos e ela estava lá comigo. Então, a tristeza era dissipada e, no seu lugar, risadas ocupavam as paredes lilases do meu quartinho, onde passávamos a maior parte do tempo.

É por isso que, quando olho para o passado, nem tudo está consumido pelos eventos traumáticos. Em vez disso, há um punhado de lembranças agradáveis que eu faria questão de guardar no coração para sempre.

— E é isso — concluí, depois de um relato bem prolixo e dramático. Não podia negar que eu era uma cópia exata da mamãe, no fim das contas. — Estou ferrada pelos próximos dias.

— Veja pelo lado bom, Juba — começou ela, com uma tranquilidade irritante. — Sempre que acontece alguma polêmica, seu número de seguidores triplica.

— Triplica de *haters*! — exclamei, indignada. Por qual razão eu teria uma melhor amiga se não fosse para ela aprovar todo o meu drama sem questionar? Eu *não queria* ver o lado bom de nada naquele momento.

Queria apenas alguém para concordar comigo na minha infelicidade.

Saco, eu odiava gente muito alto astral. Assim como odiava gente saudável demais. A ironia disso tudo era que as duas pessoas mais próximas de mim no mundo todo eram exatamente assim.

O que fiz para merecer?

— Você está sendo boba — Cla vomitou as palavras, como se estivessem entaladas por muito tempo, e precisei piscar algumas vezes para acreditar que ela havia mesmo falado aquilo.

— Japa, eu te contei tudo isso e até exagerei um pouco no drama com um único objetivo: você concordar comigo. Entende? Preciso que me diga como sou coitadinha, que meu carma é terrível e que, com certeza, isso tem a ver com meu inferno astral! Se isso ainda não ficou claro, espero que eu tenha conseguido passar a mensagem agora.

Ela gargalhou.

Isso mesmo, gargalhou na minha cara.

Estava decretado: eu precisava de uma nova melhor amiga, porque ela não sabia desempenhar o papel da maneira correta.

— Ok, você é a pior BFF do mundo. — Bufei, espiando as horas no relógio de pulso. — Preciso desligar.

— Mas já? Faz só cinco horas e meia que estou ouvindo sua ladainha.

Foi a minha vez de rir com seu exagero. Joguei a cabeça para trás, enquanto voltava para dentro.

— Eu sei que você queria muito mais, mas infelizmente tenho compromisso.

— Ah, é?

— Me ligaram lá da loja hoje cedo avisando que esqueci minha carteira. A pior parte é que ainda nem tinha percebido.

— Isso é *tão* você — comentou entre risadas, que morreram até acabarem em um silêncio cheio de cumplicidade. — Estou morrendo de saudade. Da próxima vez que vier aqui, tenha a decência de fazer uma visita. De preferência sem estar atrasada para um compromisso, por favor.

— Você também pode levantar essa bunda magra do sofá e vir aqui me ver!

— Vou pensar no seu caso — respondeu, e se despediu em seguida.

Desliguei o telefone com um sorriso bobo no rosto.

Como já havia previsto, conversar com ela tinha melhorado 80% do meu humor. Se não estivesse morrendo de fome, talvez a ligação tivesse preenchido a barrinha de felicidade por completo. Mas não se pode ter tudo na vida.

Olhei para a cozinha e fui tomada pela culpa. Tinha extrapolado na noite anterior e comido muito além do que podia. Fiz um julgamento precipitado dos aperitivos. Eles não eram apenas muito bonitos como também quase dolorosamente deliciosos. Se é que isso faz algum sentido.

E, para uma pessoa como eu, que engordava só de pensar em comida, isso era um problema gravíssimo. Ainda mais quando minhas fotos de biquíni com o corpo magérrimo eram as mais curtidas. Era uma pena que meus seguidores não fizessem ideia do sacrifício por trás disso. Não que estivesse me queixando, de jeito nenhum. O sacrifício valia a pena. Tudo em nome de ter mais seguidores. Era *sempre* em nome de ter mais seguidores.

Fisguei o lábio inferior, rumando em direção ao quarto.

Nada de comida por enquanto.

Em vez disso, tirei as roupas pelo caminho, livrando-me de uma por uma, até chegar ao banheiro completamente nua. Liguei o chuveiro, ajustando a temperatura, e me enfiei embaixo dele quando enfim ficou da maneira como amava: escaldante. Mamãe sempre pegou no meu pé quanto a isso. Dizia que além de ressecar a pele e o cabelo, me faria chegar à idade dela parecendo uma uva-passa. Bom, por mim tudo bem. Eu podia lidar com isso. Se para ficar bonita era preciso passar frio, aceitava de bom grado minha pele parecida com uma fruta desidratada. Afinal de contas, existiam limites para o que se podia fazer em nome do sucesso, e aquele, com toda a certeza, era o meu.

Ela, por exemplo, tinha um hábito bizarro de mudar a chave do chuveiro no meio do banho. Dizia que o choque térmico fazia muito bem para o corpo e para a alma. E tudo bem se ela mantivesse essa maluquice apenas no verão. O problema era que, por mais insano que pudesse parecer, ela também mantinha a prática no inverno. Eu ainda estremecia de vez em quando, ao me lembrar dos seus gritos quando mudava a temperatura da água de quente para fria. É sério, minha mãe era louca. E ela nem ao menos tinha batido a cabeça e levado pontos para justificar!

Meus banhos eram os momentos ideais para ser introspectiva e, por isso, cada movimento era de uma calma exagerada. Eu adorava. O meio ambiente, nem tanto. Estava com os pensamentos tão longe que pulei de susto quando ouvi a campainha ressoar pelo apartamento. Revirei os olhos, pensando que a pessoa do outro lado da porta tinha o pior *timing* do mundo para visitas. Se tivesse chegado poucos minutinhos atrás, eu ainda estaria vestida e seca, por exemplo.

Tentei fingir que não havia ninguém em casa, mas como o sino estridente continuou ecoando, aceitei que eu não tinha outra escolha se não atender a porta antes que o desejo de pegar uma faca me dominasse. Eu não tinha culpa se a fila do céu para paciência estava muito longa. Simplesmente não aguentei e pulei para a próxima. Eu era assim.

Desliguei o chuveiro com pressa, sem nem ao menos conferir se tinha conseguido tirar todo o shampoo do cabelo.

E eu não tinha.

Um filete de espuma escorreu para os olhos, ardendo tanto quanto se alguém tivesse jogado ácido neles.

— Deus do céu! — exclamei aturdida, tateando a parede. Xingando a visita, senti uma onda de alívio quando meus dedos tocaram a superfície felpuda da toalha, puxando-a rapidamente. Esfreguei meus olhos. Quando me encarei no espelho, não fiquei muito feliz em constatar quanto estavam vermelhos e inchados, como os de alguém que tinha acabado de fumar maconha.

Alcancei o roupão no cabideiro atrás da porta do banheiro e me vesti apressada. Naquela altura do campeonato, todo o progresso resultante da ligação de Clarice havia se perdido. Fiquei possessa. Tudo o que eu queria era um banho relaxante para me arrumar com calma. Então, eu chamaria um Uber e voltaria para o shopping com toda a dignidade que me faltou ontem. Mas, pelo jeito, o universo tinha outros planos para mim.

Marchei em direção à entrada e fiquei na ponta dos pés para espiar o olho mágico. Torci os lábios com impaciência quando me deparei com ele coberto por um dedo. Ainda mais porque a única pessoa conhecida por fazer isso era André. E se seu intuito era me impedir de saber quem era, ele sempre falhava miseravelmente.

Abri a porta com um movimento brusco. Em parte porque ainda estava um pouco chateada, em parte porque havia herdado um pouco da dramaticidade da mamãe. Como eu *já sabia*, André estava mesmo parado do outro lado da porta, olhando para mim com um sorrisinho torto que tornava difícil a tarefa de permanecer irritada.

Eu o havia ignorado ao longo do dia, apesar das inúmeras mensagens. Esse era o mal de ser escorpiana — além de rancorosa, eu tinha certa dificuldade em perdoar. Mesmo coisinhas pequenas. E nesse caso nem era tão pequena assim. Aquele era um evento importante e talvez a presença dele tivesse facilitado consideravelmente as coisas para mim.

— O que você está fazendo aqui? — perguntei, apenas para manter minha pose de durona, quando, na verdade, eu estava abalada pela sua aparição inesperada.

— Visitando minha noiva? — Ele cruzou os braços sobre o peito, apoiando o corpo no batente da porta. Os bíceps ficaram ainda maiores. Pareciam prestes a rasgar as mangas da camiseta.

Eu sabia que ele tinha total ciência do seu efeito sobre mim — e sobre todas as mulheres que cruzassem seu caminho. Cada gesto era premeditado. Ele se sentia muito confortável com o próprio corpo e conseguia administrar cada movimento ao seu favor. Até mesmo coisas como observá-lo respirando eram sensacionais. Tratava-se de um homem muito bonito e bem consciente disso. O cabelo raspado, os músculos e seu tamanho conferiam-lhe virilidade e presença. Não bastasse isso, ele possuía um brilho naqueles olhos castanhos que desconcertavam qualquer uma. E eu conhecia aquele brilho: era confiança. André honrava muito bem seu signo. Como um bom leonino — com ascendente em Leão ainda por cima! —, tinha amor-próprio para dar e vender. Isso não me incomodava, porque ele *tinha* razões para isso. Mas, às vezes, eu ficava um pouco intimidada perto dele. Não que não me achasse bonita. Eu me achava. No entanto, isso não mudava o desequilíbrio gritante entre nós.

— Bem, sinto te informar, mas estou brava com você desde a mancada de ontem. E isso anula seu direito à visita.

— Até se o motivo for tentar me redimir? — Sua expressão de carência não passou despercebida.

— Bem, depende... como você pretende fazer isso?

— Te levando para jantar e sendo todo seu pelo resto da noite.

— André... — Soltei o ar dos pulmões. — Você não pode me deixar na mão e depois achar que tudo vai se resolver com um jantar.

Que a propósito, vai ser onde mesmo? — Deixei a pergunta escapar. Eu e minha maldita curiosidade!

Ele riu em deleite.

— Vai precisar vir comigo se quiser descobrir. — Deu de ombros e aproveitou a oportunidade para avançar um passo na minha direção.

Estava cheirosíssimo. Merda, isso dificultava ainda mais a tarefa já complicada de me manter impassível. Queria me fazer de difícil para que ele entendesse quanto eu tinha ficado magoada, mas não estava tendo muito sucesso.

— Por favor — começou, pouco antes de me segurar pela cintura e me puxar, gentilmente, para junto de seu corpo. — Eu odeio quando estamos mal. Você sabe como sou esquecido. Devia ter me avisado um pouco menos em cima da hora...

— Eu passei a semana toda falando sobre isso, André!

— Poxa, linda, já vai começar? Estou tentando ajeitar as coisas entre nós... — Suas mãos abandonaram minha cintura e logo foram parar no meu rosto.

Antes mesmo que eu pudesse absorver sua resposta, sua língua invadiu minha boca. Então, qualquer chance de permanecer brava foi dizimada, porque se existia algo que ele fazia muito, muito bem mesmo, era beijar na boca. Novamente, tinha tudo a ver com a autoestima. Com isso e também com as oitocentas namoradas que vieram antes de mim. Mas vamos ignorar esse detalhe, por ora, e focar apenas em como eu dominava com maestria a arte de ser trouxa. Quer dizer, sério que eu já o havia perdoado?

Caramba, Juba, honre suas raízes escorpianas!

Não foi o que fiz, no entanto. Em vez disso, abracei-o pela cintura, ainda ocupada em misturar minha saliva à dele, puxando-o para dentro.

— Está tentando me distrair com esse beijo? — perguntei sem separar nossos lábios. — Porque está funcionando!

Engolimos a risada um do outro, enquanto eu usava a ponta do meu pé direito para fechar a porta, sem esconder o desejo nos meus atos. Porque, se existia uma coisa boa em nossas brigas — que eram muitas, por sinal —, com toda certeza eram as reconciliações. Ainda mais quando envolviam camas e nenhuma peça de roupa para contar história. E esse foi, definitivamente, o caso daquela.

Capítulo 4

Fazia pouco mais de seis meses que André e eu namorávamos quando ele me pediu em casamento — e isso foi há duas semanas. Pode parecer uma decisão precipitada, eu sei, mas a verdade é que nosso relacionamento foi muito intenso, desde o começo.

No entanto, antes de entrar nesse tópico da minha vida, é importante dizer que, exceto por ele, jamais tive sorte com relacionamentos. Diferentemente da maioria das pessoas, meu primeiro beijo aconteceu apenas aos dezenove anos de idade. E, vai por mim, não por escolha própria. Na verdade, passei a adolescência toda ansiando ser como as outras garotas. Porque, enquanto todas começavam a descobrir muitos primeiros momentos, eu permanecia estagnada. Nenhum primeiro beijo, nenhuma primeira tarde no cinema com os dedos entrelaçados, nenhum almoço para conhecer a família. Até os dezessete, quando minha vida virou de ponta-cabeça, era como se eu possuísse uma doença contagiosa responsável por afastar todos os garotos de mim. Bom, não *só* os garotos, já que eu não tinha amigas nessa época, tirando a Clarice.

Depois disso, no entanto, eu me ocupei com coisas bem mais importantes, como minha saúde mental. Mas também — e talvez principalmente —, aprendi a gostar de mim. Foram passos de tartaruga e até hoje eu sinto como se não tivesse *chegado lá* sozinha. O canal do YouTube me ajudou muito. Todos os elogios recebidos dia após dia eram estímulos pra lá de necessários para minha autoestima.

Enfim, o caso é que meu primeiro beijo foi ainda mais traumático do que deve ter sido para a maioria das pessoas. Como qualquer um nessa situação, eu não tinha a menor ideia do que estava acontecendo. E ainda me sentia patética, porque, na minha idade, as pessoas já costumavam ter uma vida sexual bem ativa.

Por meio de Clarice, conheci o primeiro cara que beijei na vida. Ele deve ter percebido minha vulnerabilidade na época, porque foi também o primeiro cara a me levar para a cama. Ou melhor, foi o primeiro a me levar para o banco de trás de um carro. Pois é, essa foi a minha *nada glamorosa* primeira vez. Não sinto orgulho algum em dizer que nenhuma das duas lembranças é minimamente boa. Pelo contrário, são terríveis. O beijo foi tão constrangedor, molhado e descoordenado... Eu estremeço só de lembrar. E suspeito de que não seja a única do mundo a ter pesadelos com essa experiência. Já a primeira vez poderia ter sido boa, se eu não tivesse sido idiota o bastante para me apaixonar por ele. Isso era tão típico! Eu era a menina bobinha entregando o coração para quem tinha conseguido tirar minha calcinha pela primeira vez. Quem nunca? Já ele, estava interessado apenas na parte de tirar a calcinha. E no que vinha depois, é óbvio.

Apesar de ter durado pouco, fiquei destroçada. Sabe o que dizem, né? O primeiro amor a gente nunca esquece. De fato, não esqueci. Como uma escorpiana nata, alimentei o rancor dentro de mim por muito tempo. Não só dele, como de homens em geral. Naquela época, aderi ao manjado lema de "homens são todos iguais". Estufava o peito para dizer que nunca mais me envolveria de novo e tudo bem, porque não precisava de ninguém para ser feliz. O que, diga-se de passagem, seria louvável se fosse verdade. Jamais acreditei nisso, em nenhuma das vezes em que usei esse argumento. E não foram poucas.

De toda forma, somente aos 21 me senti confortável para voltar a desbravar a perigosa e densa selva que era o amor. Depois de sofridos quatro anos, "Delírios de Juba" começava a crescer de maneira significativa e chamar a atenção de marcas grandes. Todas as mudanças acontecendo na minha vida contribuíram para um fenômeno que chamo de *explosão de ego*. Eu, que nunca tive o ego inflado, de repente me sentia a rainha do YouTube — o que, é claro, não era. Mas, você sabe, no começo as coisas sobem à cabeça e saem do controle.

Foi assim comigo. Mas, por incrível que pareça, isso teve um lado bom: eu já não me sentia tão em desvantagem perto dos *crushes*. Pelo contrário, começava a ganhar aquela aura autossuficiente que sempre admirei em mamãe. A inocência de antes, que contribuía para que eu fosse feita de idiota, tinha diminuído um pouco.

Ironicamente, depois disso vieram outros empecilhos na minha vida amorosa: ciúme e desconfiança doentios. Eu adoraria atribuir toda a culpa ao meu signo, como sempre faço, mas reconheço que eu era só escrota mesmo. Morria de medo de sofrer e de ser passada para trás. Esse é o problema da insegurança: ela nos sabota.

Meu primeiro namorado era um homem bom. Tudo bem que tinha um repertório imenso de piadas de tiozão, como a do "pavê ou pra comer", mas *ainda assim* era um homem bom. Poderia ter dado certo, não fosse o simples fato de eu agir como a merda de uma psicótica. Não estou exagerando. Todas as vezes em que me lembro das merdas que já fiz, sinto vontade de ter uma máquina do tempo apenas para voltar ao passado e dar umas boas bofetadas em mim mesma, porque, por Deus, eu era ridícula! Do tipo que pedia localização e foto no WhatsApp para saber onde ele estava. Sim, eu sei, terrível.

Ele fugiu no terceiro mês de namoro e nunca mais o encontrei. Eu nem podia culpá-lo, isso era o pior. Eu *também* teria corrido para as montanhas se tivesse *me* namorado. No entanto, em minha defesa está o fato de que eu ainda era imatura e inexperiente. Além do mais, é errando que se aprende, não? Errar era justamente o que eu fazia.

Tive mais alguns relacionamentos curtinhos pelo caminho e, apesar de evoluir um pouco mais como ser humano em cada um deles, nunca encontrei o amor da minha vida. Nunca cheguei minimamente perto, para ser honesta. O problema maior era que, conforme eu me tornava uma pessoa conhecida, ficava mais e mais difícil achar alguém que não estivesse interessado apenas em: a) me levar para cama; ou b) pegar carona no meu sucesso. Além do mais, *workaholic* como eu era, já estava começando a ficar aborrecida com toda aquela perda de tempo envolvendo conhecer alguém. Ainda mais porque não levava a lugar algum.

Até que, em março desse ano, já com os meus 22 anos, fui convidada para uma ação de marketing de uma marca nova de tequila no Brasil, a *Arriba!*. A ideia era eu e mais quatro *youtubers* passarmos duas semanas em Las Vegas, com uma única missão: gravar a maior quantidade de conteúdo possível. Nós não saberíamos quem seriam os outros escolhidos até o dia da viagem.

Eu topei, é claro. O cachê tinha vários zeros e eu adorava números com vários zeros. Ainda mais quando iam para minha conta bancária. Não bastasse isso, eu seria paga para viajar e festar. Quem, em sã consciência, recusaria uma oferta dessas?

O que eu mal podia sonhar, no entanto, era que voltaria de lá em um relacionamento sério com André. Sabe aquela expressão batida de "acontece em Vegas, fica em Vegas"? Não foi o nosso caso. Pelo menos a segunda parte, pois, se não fosse Vegas, jamais teria acontecido. Foi logo na primeira festa, da primeira noite. Com muita tequila envolvida, aliás. Era impossível não sorrir sempre que me lembrava dele surgindo na minha frente, todo alegre — e sem camisa —, segurando uma garrafinha de *Arriba!*.

— Acho que depois de algumas dessa aqui... — Ele balançou a garrafa no ar. — ... juntei coragem para falar com você.

Não consegui segurar a gargalhada. Porque até mesmo com a mente afetada pelo álcool eu conseguia perceber o absurdo contido em um homem daqueles precisar de algum estímulo para falar com qualquer mulher do mundo. Ele estava mentindo na maior cara de pau.

— O que foi? — perguntou, cruzando os braços sobre o peito. Meus olhos foram parar direto nos seus bíceps. E aquela, meus amigos, foi a primeira vez que fui nocauteada pela sua beleza.

— Nada... — comecei a dizer, ativando meu modo Regina George. Ele só aparecia de vez em quando, mas eu amava. — Só estou aqui pensando de que adianta ser bonito desse jeito se sua cantada é assim tão previsível?

Os lábios dele se separaram em surpresa e, logo em seguida, emolduraram um sorriso admirado.

— Uau — sussurrou, ainda sorrindo. — Direta ao ponto, hein?

— Pois é. — Dei de ombros.

— Eu gosto!

— Então, o que acha de começarmos isso direito? — provoquei, lançando uma piscadela.

— Ok — ele falou e, no segundo seguinte, me puxou para um beijo.

Talvez não fosse a história mais romântica do mundo para se contar aos netos, mas eu não me importava nem um pouco com isso. Era a *nossa* história e não mudaria nadinha, mesmo se pudesse, porque era real.

Aquelas duas semanas foram as melhores da minha vida. Foi como viver em um dos contos de fada de que eu tanto gostava. Quando não estávamos nos eventos programados, quase não saíamos um do quarto do outro. E, indo contra meu medo de que tudo terminasse quando retornássemos ao *mundo real*, aqui no Brasil, nunca mais nos desgrudamos. Ainda passávamos muito tempo um na casa do outro, de maneira que eu já nem me lembrava mais da minha solteirice.

— Hei, gatinha — André me chamou, tentando me trazer de volta para a realidade. — Você nem tocou na sua tapioca...

Foi preciso piscar algumas vezes para me situar.

Olhei para meu prato que de fato permanecia esquecido. Cutuquei a tapioca com o garfo, arrependida por ter ouvido minha consciência pesada justo naquela noite. Eu nem ao menos gostava de tapioca. Mas André tinha feito uma careta bem recriminatória quando sugeri um hambúrguer gourmet, daqueles que são até difíceis de colocar na boca, de tão grandes. É sério, eu até salivava de pensar nas batatas canoa esperando para serem devoradas. Então, para satisfazer tanto ele quanto minha consciência, aceitei sua sugestão sem graça. Esse era o problema de ter um noivo fitness. Ele deveria ser uma boa influência para mim, mas se nem uma mãe nutricionista tinha resolvido meu problema em todos aqueles anos, eu duvidava que ele pudesse fazer muita coisa a respeito.

Apesar de faminta, não me animava muito olhar para a massa branca com textura de esponja e aparência nada apetitosa dobrada, por onde um frango desfiado pálido escapava. Expirei o ar dos pulmões, cheia de desânimo. E, como ele ainda continuava com a atenção voltada para mim, espetei um pedaço generoso e coloquei na boca, mastigando com o mesmo ânimo que teria se fosse um punhado de areia.

As pessoas gostam mesmo disso? Mesmo, mesmo?

— Como estava dizendo, o vídeo ficou muito engraçado. Você precisava ver a cara do Guilherme quando virou a primeira dose de pimenta...

Eu estava concentrada demais mastigando eternamente aquela maldita tapioca para prestar atenção nas suas palavras. Além do mais, fazia meia hora que ele falava sem parar sobre como tinha tido um dia ótimo ontem. Eu queria ser madura o suficiente para separar as coisas e conseguir me importar com sua incrível, divertida e fantástica sexta-feira, eu juro, mas só conseguia pensar em quanto ele era um cuzão por ter preferido beber doses de pimenta a me acompanhar no evento.

—... ficou inteiro vermelho, achei que ele ia vomitar! — Gargalhou em deleite. André ficava lindo gargalhando. Seu nariz se enrugava de um jeito tão bonitinho que eu simplesmente não conseguia olhar para nenhum outro lugar. — Daí, ele precisou...

— Tomar um copão de leite, de uma só vez — murmurei, quando por fim consegui engolir o mesmo pedaço que vinha mastigando há minutos. Precisei de muito autocontrole para não deixar transparecer quanto eu não estava gostando nem um pouquinho daquela gororoba pálida e sem sabor.

Por que comida saudável é tão sem gosto?

— Eu já tinha contado isso? — Ele estreitou os olhos, parecendo genuinamente surpreso por eu ter descoberto o desfecho daquela história tão interessante.

Só umas três vezes. E não faz nem cinco horas que estamos juntos, foi o que desejei responder. Em vez disso, limitei-me a dizer:

— Talvez tenha mencionado, sim — finalizei com um sorrisinho forçado.

— É que foi hilário! Mas chega de falar de mim... — *Graças a Deus!* — Como foi ontem?

Aquela era a primeira vez que perguntava, na noite inteirinha.

Era como se a droga do meu evento não fosse nada para ele.

É sério, eu amava muito o André, mas isso não me impedia de ter uma listinha de coisas nele que me davam uma irritação profunda. E essa atitude ficava no topo.

Como era possível que ele fosse tão desinteressado sobre algumas coisas?

Ou melhor, algumas coisas que não tinham relação com ele, porque, nesse caso, tudo mudava de maneira drástica.

— Uma bosta. O dia deu errado do começo ao fim. Para começar, acordei no meio da tarde com a minha mãe me pedindo para passar lá porque tinha uma emergência...

— Cara, encontrei sua mãe hoje cedo lá na academia — ele me interrompeu sem nem perceber. André era um tagarela nato e parecia não ter controle sobre a própria língua, por isso eu quase sempre relevava as frequentes interrupções. — Estava frenética, como sempre... me arrastou para um canto e ficou um tempão falando do Davi.

— É bem a cara da Sônia mesmo. — Ri baixinho. — Mas, enfim, fiz a besteira de ir desarrumada para a casa dela ontem e você sabe como é difícil dizer "tchau"...

— Como sei! — André sorriu. — Foi difícil voltar para o treino hoje, hein... — Ele deixou as palavras morrerem no ar enquanto bebericava a água do copo como se fosse a bebida mais saborosa do mundo. Olhei para a minha Coca-Cola suada e me senti mal outra vez. Eu adoraria ser esse tipo de pessoa que toma água durante as refeições, achava tão chique, mas tinha muito nojo. Odiava o gosto de comida na minha boca depois de comer e por isso gostava de bebidas bem doces.

— Quando saí do apê dela, faltava, sei lá, meia hora para o evento! — exclamei, para dar efeito à narrativa e tentar prender a atenção dele na história. Pelo menos um pouquinho. — Daria tempo de sobra, só que, para ajudar, a Cinderela simplesmente pifou!

— Sério? — perguntou, pela primeira vez parecendo interessado de verdade.

— Uhum! Não quis ligar por nada.

— E como você chegou no shopping?

— Uber?

— Tá, mas... e seu carro?

— Está na rua ainda. — Dei de ombros. — Vou guinchar na segunda.

— Quê?! — O espanto na sua voz foi um pouco além do necessário, na minha humilde opinião. Pela sua expressão, parecia que eu tinha acabado de admitir que adorava comer cocô *e* correr pelada em lugares públicos. Tudo isso ao mesmo tempo.

— O que é que tem?

— Você está louca, gatinha? E se alguém roubar?

Balancei a mão no ar, descartando a ideia. Cinderela estava parada em uma avenida lotada de prédios. O que mais existiam lá eram carros estacionados na rua, que, aliás, eram bem mais caros e convidativos aos bandidos, se é que alguém roubava carros por lá. Eu não era a melhor motorista do mundo, por isso nunca achei uma boa ideia investir em um automóvel muito novo. Meu carrinho era de 2001, a pintura azul estava queimada no capô e, para ajudar, nem direção hidráulica tinha. Era difícil pra caramba manobrar aquela porcaria. Quem se interessaria por um carro desses perto de tantos outros muito melhores?

— Ninguém vai roubar a Cinderela.
— Como você sabe? — Percebi um tom de irritação.
— Amor, são só dois dias! Meu carro tem duas janelas com película de cor diferente do resto, o banco traseiro está solto e ele tem um amassado considerável na frente. Além disso, não está em um beco vazio. Está tudo bem. Logo a Cinderela estará pronta para voltar à ativa outra vez.
— Tá bom, linda, tá bom. Você está certa — resmungou enquanto tomava seu celular de cima da mesa. Isso dizia com todas as letras que ele não queria conversar mais. André odiava ser contrariado. Odiava quando alguém insinuava que talvez existisse a possibilidade, mesmo a mais remota, de ele estar errado.

Mas eu não queria que ele ditasse quando a conversa deveria acabar. Poxa, eu tinha ouvido pacientemente sua ladainha sobre o desafio com a pimenta. Mais de uma vez ainda por cima! Era um sacrifício assim tão grande ouvir a merda da história sobre o evento ao qual ele deveria ter me acompanhado, pra começo de conversa?

— Bem, como se não bastasse tudo isso — retomei a narrativa, com um tom de voz suave e artificial —, eu tinha saído de casa de chinelos e só me lembrei desse detalhe quando já estava no shopping!
— Hum... — murmurou, como se estivesse prestando atenção em mim. Só que ele nem se deu ao trabalho de desgrudar os olhos do celular.

Isso sempre me remetia à mamãe no telefone com alguém com quem não tinha muito interesse em conversar. Ela, basicamente, limitava-se a responder com vários "hum" até a pessoa do outro lado da linha perceber quanto ela estava cagando para o telefonema. Era tão triste. E por isso mesmo me dava um pouco de raiva que meu noivo estivesse fazendo o mesmo comigo.

— Você ouviu o que eu disse, amor?

— Ouvi! — André encolheu os ombros, e me olhou com expressão preocupada. — Claro que ouvi, gatinha. Estava contando sobre a confusão toda de ontem, não é?

Menos mal. Fiquei satisfeita.

— Estava. — Tomei um gole do refrigerante e me preparei para falar sem parar. — Eu corri pelas escadas de emergência até o banheiro do segundo andar e lá encontrei uma funcionária do shopping. O que foi muita, muita sorte mesmo, caso contrário não saberia o que fazer. Então, dei meu dinheiro na mão dela e pedi para ela trazer um sapato para mim e...

— Calma, *o quê?* — André pareceu chocado. — *Por que* você fez isso?

— Porque eu estava de chinelo! Para um evento importantíssimo com um monte de seguidores!

— Você estava... *de chinelo?*

— Eu acabei de falar! Acabei! — Meu tom de voz aumentou um pouco. — Que droga, amor, dá pra me ouvir, por favor?

— Eu estou ouvindo, Juba! Só me distraí um pouco.

— Você ficou olhando para o celular! — persisti, ainda magoada.

— Nossa, gatinha. Não é só continuar contando? Precisa criar caso por tudo?

— Eu... — comecei a falar, mas, de repente, já não fazia mais sentido prosseguir. Tinha perdido toda a vontade de contar o que quer que fosse. — Deixa pra lá. Quero ir pra casa.

Olhei para a tapioca e, movida pela raiva momentânea, decidi que não colocaria mais um pedacinho sequer dentro da minha boca. *Dane-se, quero comer alguma coisa realmente saborosa e nem me importo com o valor calórico.*

— Amoooor! — protestou ele. — Já vamos começar com isso, cara?

— Você pode me levar, por favor? — Ignorei suas palavras.

André respirou fundo, sua expressão era rígida e impaciente. Seus olhos castanhos fitaram meu prato praticamente intacto por poucos segundos e ele balançou a cabeça em negativa, antes de arrastar a cadeira para trás.

— Vamos.

O caminho de volta para casa foi silencioso e desconfortável.

Mesmo com a sucessão de coisas dando errado desde o dia anterior, nada me chateou tanto quanto aquele jantar, que deveria ser, na verdade, para que tudo ficasse bem entre a gente.

Eu me perguntava se todos os casais do mundo costumavam brigar como nós dois, ainda mais por coisas tão pequenas. E, quando meus pensamentos iam por esse caminho, eu temia um pouco por como seria a nossa vida depois de casados. Quer dizer, se nós já nos desentendíamos tanto agora, imagine só depois...

Fui tomada por uma culpa avassaladora e um nó se formou na minha garganta. Eu me sentia a pior pessoa do mundo quando me pegava pensando nessas coisas, como se não estivesse feliz o bastante com todas as coisas maravilhosas acontecendo entre nós. Mesmo com os defeitinhos dele, eu o amava. Além do mais, eu também tinha defeitos. E, nossa, era uma coleção deles. Mesmo assim, André tinha se apaixonado por mim! Do jeitinho que eu era.

Eu tinha muita sorte.

Precisava ser mais agradecida pela minha vida.

Exatamente por essa razão, quando André estacionou em frente ao meu prédio, eu me ouvi dizendo:

— Desculpa encrencar à toa. Ainda estou cansada e chateada depois de ontem e acabei descontando em você... Fica aqui comigo essa noite?

Ele abriu um sorriso largo, assentindo em seguida.

— Claro que fico, gatinha. Estou morrendo de saudade — respondeu, segurando meu rosto com as duas mãos para me beijar com carinho. Meu estômago roncou bem alto, fazendo-o afastar o rosto alguns centímetros para me encarar nos olhos. — Você não jantou...

— Tenho um resto de pizza na geladeira. — André arqueou as sobrancelhas daquele jeito que me fazia desejar comer só batata-doce pelo resto da vida. — Só hoje. É meu dia do lixo.

— Você precisa se alimentar melhor, linda.

— Eu sei. — Suspirei, porque realmente sabia.

André ligou o carro novamente e deu a volta na quadra para estacionar na garagem do prédio. Entramos no elevador abraçadinhos e cheios de carinhos e risadinhas. Nem parecíamos o mesmo casal do restaurante.

Assim que chegamos ao meu apartamento, ele foi direto para o banheiro, enquanto eu colocava duas fatias de pizza portuguesa no micro-ondas. Tinha planejado assistir a *Pocahontas* essa noite, pela vigésima vez. Era viciada nos filmes da Disney e meio que só conseguia adormecer com eles passando na televisão. Era reconfortante e me trazia um pouco daquele sentimento acolhedor que meu velho quartinho lilás tinha, lá na casa da mamãe. Mas parecia uma ideia ainda melhor ter o corpo musculoso e quentinho do André para me aconchegar, por isso não me importava tanto assim se *Pocahontas* ficasse para outro dia.

Peguei meu celular de dentro da bolsa, conferindo as fotos que havíamos tirado logo quando chegamos ao restaurante. Meu cabelo estava lindíssimo... Além disso, nós dois tínhamos sorrisos tão alegres no rosto — fazia total sentido, levando em conta como havíamos ocupado nosso tempo antes de ir para lá —, que não resisti a editar uma e postar no Instagram, digitando a legenda em seguida:

Noite maravilhosa ao lado do meu príncipe encantado. Te amo muito! <3

 DELÍRIOS DE JUBA
Publicado em
29 de outubro de 2017

INSCREVER-SE: 6,1 MI

AMOR-PRÓPRIO: O COPO ESTÁ MEIO CHEIO OU MEIO VAZIO?

(*A câmera foca no cenário vazio por poucos segundos antes de Juba surgir de repente, pulando de baixo para cima. Ela acena com as duas mãos sem parar, com um sorriso radiante no rosto.*)

Olá, leõezinhos! Tudo bem com vocês?
Essa já é a minha terceira tentativa de gravar esse vídeo. Passei a manhã toda tentando e não vou desistir até conseguir passar a mensagem certa. Faz muito tempo que venho planejando conversar sobre isso com vocês, mas não queria seguir um roteiro. Preciso deixar meu coração falar.
Eu sou a Juba e o tema de hoje é amor-próprio.

VINHETA DE ABERTURA
(*A imagem corta para uma tela azul-turquesa, com o desenho de um leãozinho. A voz de Juba simula um rugido ao mesmo tempo em que as palavras "Delírios de Juba" piscam na tela, no mesmo tom de amarelo da cadeira do cenário.*)

Bem, como vocês já sabem, fui uma criança que não se encaixava em lugar nenhum. O motivo primordial era *não estar nos padrões*. Eu destoava dos demais. Além disso, fui uma criança muito quietinha, tímida e assustada. Bem diferente do que sou agora. Sempre fui um alvo fácil para pessoas que precisavam desesperadamente diminuir os outros para se sentirem grandiosas.

(Ela ergue as mãos no ar e encolhe os ombros. No seu rosto, uma careta de desaprovação aparece.)

As outras crianças pareciam focadas em não me deixar esquecer todos os meus *defeitos* nem mesmo por um único segundo. Então, ao longo dos anos, precisei ouvir muitas vezes que meu cabelo era *ruim*. Que eu era uma chupeta de baleia, uma rolha de poço ou um pudim de banha por ser gordinha. Que eu era a menina mais feia da sala de aula e que ninguém jamais poderia gostar de mim. Isso e mais outra quantidade surpreendente de absurdos.
Todo. Santo. Dia.
Até que comecei a acreditar nesse monte de merda.
Esse foi um erro terrível. Porque, para tentar passar despercebida, tive que fazer coisas que me deixavam mais genérica e menos *eu*. Coisas que apagavam minhas particularidades que me tornavam única, mas que, naquela época, eu via como defeitos. Precisava fingir ser alguém que eu não era. Alguém de quem eu sequer gostava. Queria, com todas as forças, não ser a Juba. Porque os outros me convenceram de que a Juba era uma pessoa desprezível e eu a odiava.

(Close no rosto de Juba. Com um sorrisinho triste, olha para o nada por um instante. Depois tem um estalo, passa as mãos no cabelo até deixá-lo mais volumoso e ajeita a postura.)

Por sorte, minha mãe nunca me deixou alisar o cabelo em todos estes anos. E, por mais que naquela época eu não tenha conseguido compreender, e tenha até mesmo ficado com raiva muitas vezes, hoje sou muito grata.
Ainda bem que ela me proibiu! Olha só pra esses cachos, meu amor! Imagina que desperdício esse cabelo esticado! Não vale a pena tentar ser uma pessoa que você não é, ainda mais por pressão dos outros. É impossível ser feliz assim.
Pode até ser difícil de acreditar nisso agora, mas não tem nada de errado com você. Talvez você ache que tem, sim, e talvez

tenha vontade de ser diferente porque acreditou nos outros e aprendeu a se odiar. Assim como fiz por tanto tempo.

Mas, posso contar um segredo?

Eles mentiram!

Quem disse que seu cabelo é ruim e feio por ser enrolado mentiu.

Quem disse que você não pode usar determinada roupa por ter determinado tipo de corpo mentiu.

Quem disse que tudo bem disfarçar preconceito com o "é só uma brincadeira" também mentiu!

As pessoas estão constantemente tentando nos dizer o que fazer e como agir. Mas, quer saber? Sua própria opinião é a que você precisa ouvir. Depois que aprendi isso, superei todas essas mentiras e aprendi a me amar do jeitinho que sou. Percebi quanto tempo desperdicei encontrando coisas em mim para odiar.

(*Ela se inclina para a direita, pegando algo do chão. A câmera faz um close nas* mãos, *que seguram um copo com água.*)

Vamos pensar assim: se eu mostrar esse copo para vocês, alguns vão achar que está meio cheio e outros, meio vazio. Mas isso não muda o que ele é: um copo com água. O resto é apenas ponto de vista. Para o qual você deve cagar, aliás.

Não importa o que os outros falem, nada pode mudar quem nós somos. Lembre-se sempre disso!

VINHETA DE ENCERRAMENTO
(*A tela fica preta por poucos segundos, mostrando apenas as palavras "Delírios de Juba", dessa vez em branco.*)

Bem, é isso. Espero que tenham gostado!

Inscrevam-se no canal, curtam o vídeo e façam bastante barulho nos comentários.

Um abracinho! Vejo vocês no próximo!

3.293.269 visualizações
458.132 gostei 👍
12.116 não gostei 👎

PRINCIPAIS COMENTÁRIOS

Elise Reis
Juba, que tema mais necessário! Já sofri muito bullying por causa dos meus "dentes de coelho" e até hj evito sorrir em fotos. Mas depois desse vídeo, decidi tocar o foda-se. Vc tá certa, nós temos que nos amar primeiro!
👍 413 curtidas

Bárbara Carvalho
ABAIXA QUE É TIRO!!! Como sempre muito maravilhosa! Te adoooooro, Juba!
👍 263 curtidas

Lulu Jung
Dói muito que eu ainda não consiga me achar bonita e me amar do jeitinho que sou, mas me inspiro muito em você. Obrigada por ser tão incrível!
👍 100 curtidas

CAPÍTULO 5

O DEIO A INTERNET.
Odeio essas pessoas idiotas.
Odeio me importar tanto com elas.
Odeio ser uma fraude.

Suspirei desanimada, sentando no banquinho de frente para a penteadeira. Não fazia nem meia hora que André tinha partido e eu já estava rabugenta outra vez. Perto de mim, o Eustácio, do desenho *Coragem, o Cão Covarde*, parecia um amorzinho. É sério, estava difícil *me* aguentar.

A nuvem de felicidade trazida por André se dissipou no momento em que ele pisou do lado de fora do apartamento. Não porque eu *dependesse* da sua presença para me sentir feliz. Não tinha nada a ver com isso. Adorava minha própria companhia, a propósito. Mas, durante o tempo em que ele permaneceu comigo, eu me esqueci por completo da faceta virtual da minha vida e foquei apenas na que mais importava, a real. E era impossível fazer isso sozinha.

Depois de trancar a porta de casa, a primeira coisa que fiz foi ocupar meu tempo lendo os comentários de todas as redes sociais.

Péssimo erro. Péssimo mesmo.

Porque se eu tinha aprendido uma lição valiosa ao longo daqueles cinco anos era nunca ler os comentários quando o nível de *haters* aumentava. Era pedir para ficar magoada.

Depois disso, gravei alguns *stories* no Instagram, aqueles vídeos de dez segundos que ficam no ar só um dia. A ideia de que esses registros somem permanentemente pode até ser boa, mas não se aplica ao meu caso. O que mais existe na internet, em toda sua vastidão, são pessoas gravando *stories* de blogueiros famosos, como eu, e colocando no YouTube. Ou seja, é preciso pensar bastante antes de falar algo por lá porque, como tudo on-line, é para sempre.

Mas não foi o que fiz naquela tarde.

Em vez disso, tive a *brilhante ideia* de fazer um apelo, dizendo quanto não me importava com a opinião de ninguém, sem pensar em quanto isso apenas provava para as pessoas o oposto. Era quase o mesmo que dizer para todos que tentavam me atingir que eles estavam exatamente no caminho certo. Eu estava me importando, e muito.

E os erros só estavam aumentando...

Só que eu não tinha sangue de barata, droga. Era muito difícil me manter impassível quando existia uma quantidade absurda de bosta a meu respeito lotando meus perfis, nos quais costumava haver apenas muito amor. Por que as pessoas se apegavam a coisas tão minúsculas? E por que logo comigo? Inferno, tinha tanta gente no YouTube... Já não bastava o *bullying* na infância, agora eu precisava lidar com aquilo?

O pior era que o assunto não ficava só nos sapatos. O último comentário que li, por exemplo, mal citava esse detalhe.

Nunca gostei dessa Juba! Ela se acha demais. Vive querendo provar para os outros que está acima de todo mundo. Culpa desse monte de seguidora rasga seda. Querida, vá dar um jeito nesse bombril que você tem na cabeça antes de pagar de boazona, por favor.

Balancei a cabeça em negativa, querendo não pensar em nada daquilo, e encarei minha imagem refletida no espelho. Foi impossível não focar nas grosseiras marcas roxas circundando os olhos, pois contrastavam bastante com minha pele branquinha. Eu ficava com um aspecto meio vampiresco e nada saudável. Mas também pudera, eu dormia muito pouco.

Odeio essas olheiras idiotas.

Abri a gaveta com agressividade, desencaixando-a do trilho.

Argh, odeio essa gaveta idiota!

Peguei o corretivo e apliquei uma quantidade considerável, até esconder aquelas coisas pavorosas. Apesar de levar poucos segundos para cobrir tudo, percebi quanto fiquei instantaneamente mais relaxada. Além de estar livre das olheiras, minha autoestima melhorou em 50%.

Foi aí que tive a ideia de aproveitar a luz do dia e tirar algumas fotos na praia. Mostrar para os meus seguidores que estava na melhor e que nada disso me afetava. Eu não ligava para as críticas. Uma mentira deslavada, sei disso, mas, quem nunca fingiu estar bem quando, na verdade, era bem o oposto disso?

Com uma nova injeção de ânimo, terminei de me arrumar rapidinho. Depois de vestir roupas de academia que eu precisava divulgar e pegar a câmera, abandonei o conforto do meu lar para enfim passar um pouco de tempo junto ao mar, ainda que os motivos não fossem os melhores. Eu nem conseguia lembrar quando tinha sido a última vez em que de fato aproveitei a praia. Que descansei na areia ou dei um mergulho. Todas as fotos que vinha postando ultimamente eram apenas simulações de dias que nunca vivi. Apenas uma fantasia.

Mordi o lábio inferior, decidida a mudar a frequência dos pensamentos. Sempre lia por aí que negatividade era como um ímã para tudo dar errado na vida, que pensamentos tinham poder e que nosso foco determinava nossa realidade. Talvez esse fosse o problema: eu era um pouco pessimista. Não sempre. Esse defeitinho só era desencadeado em momentos como aquele, no qual as coisas saíam um pouco do controle. E virava uma bola de neve. Embora tentasse parecer durona, eu era muito suscetível. Os menores acontecimentos já me abalavam.

Por ser uma tarde de domingo, a praia estava com um movimento razoável e precisei parar o que eu estava fazendo duas vezes para conversar com seguidores que se aproximavam cheios de timidez. Era tão engraçada a forma como eles me colocavam em um pedestal e ficavam nervosos em falar comigo. Se eles soubessem da missa um terço, agiriam de maneira bem diferente perto de mim. Enfim, seria hipocrisia dizer que eu não gostava, porque não era o caso. Eu *adorava* todo o carinho recebido. Era maravilhoso e uma das maiores recompensas da minha profissão. Por isso, nunca me queixava. Sempre dava atenção para cada um deles com um sorriso enorme no rosto, mesmo se, por dentro, minha vontade de sorrir fosse nula.

O acervo de fotos que consegui reunir em cerca de meia hora daria para alimentar minhas redes sociais pelo resto do mês, isso se eu não descartasse a maioria delas, é claro. De cem fotos, eram usadas, no máximo, cinco. E isso quando escolhia muitas, vai por mim. Na internet, as pessoas enjoam muito fácil das coisas. Uma viagem, uma festa, um vídeo novo... não importa. As pessoas têm sede por novidade, por mais conteúdo, por mais um pouco da vida perfeita que adoram acompanhar. E, por isso, tirar fotos era parte da minha rotina, tanto quanto escovar os dentes ou tomar banho. Não existia um único dia da minha vida, desde quando embarquei naquela profissão, em que eu não registrasse pelo menos algum acontecimento. E, às vezes, apenas deixava as fotos guardadinhas, para os dias em que não tivesse nada mais interessante para oferecer. Ossos do ofício: fazer da própria vida um enorme e interminável *show business*.

No entanto, o ar fresco entrando pelos pulmões e o clima bem mais ameno do entardecer me convidaram a não desperdiçar aquele passeio apenas com trabalho. E, por isso, eu me peguei guardando a câmera na bolsa, tirando os tênis de corrida e seguindo pela orla em direção ao shopping onde estivera na sexta-feira. Eu precisava mesmo pegar minha carteira. Assim poderia unir o útil ao agradável e curtir um pouco daquele mundo que me parecia tão estranho, por mais triste que fosse admitir isso. Eu passava tanto tempo on-line... Às vezes, até me espantava com as coisas que existiam somente off-line. Por exemplo, o assobio dos pássaros, ao mesmo tempo esporádico e ritmado. Ou então a textura granulada da areia sob os pés descalços. Isso sem contar o fato de que tinha algo de libertador em estar ali, sem ter nenhum compromisso urgente prestes a dar errado. Eu amava a loucura da minha rotina, mas não havia mal algum em apreciar a calmaria.

Aproveitei cada segundo da caminhada, embora também tenha me cansado rápido demais. *Ninguém mandou ser uma sedentária,* pensei, e molhei o pé na água que ia e vinha, sem nunca parar. Como estava sem dinheiro, precisei ignorar a sede que começou como um incômodo inocente, mas que logo se transformou em algo quase insuportável.

Dividi minha atenção entre apreciar o passeio e lamentar não ter me preparado para minhas necessidades fisiológicas. Com isso, cheguei ao shopping sem nem notar. Foi rápido como um piscar de olhos.

Não me encontrava tão apresentável como gostaria e tinha, inclusive, fantasiado tantas vezes desde o fatídico evento de lançamento. Na minha imaginação, meus cachos esvoaçavam como em comerciais de shampoo e eu desfilava em direção à loja como se fosse a Gisele Bündchen, vestindo as peças mais caras do meu guarda-roupa. Sorri com a imagem se desenrolando diante dos meus olhos. O olhar assustado das vendedoras, Fernanda me convidando para qualquer outra coisa insignificante, que eu não hesitaria em recusar, completando com um "Parece que o jogo virou, não é mesmo?".

Eu adoraria que fosse assim, pois faria muito bem ao meu orgulho ferido. A realidade, porém, não era nada como nas minhas fantasias. Para começar, eu vestia roupas de academia – não eram de mau gosto como as da mamãe, mas, poxa, elas não causavam o efeito que eu queria –, estava inteira suada depois de uma extensa caminhada e pressentia que meu cabelo estava um caos.

Mas, quer saber? Não dava a mínima. Era tudo culpa deles!

Se não fosse aquele lançamento idiota, eu não teria passado pela pior sexta-feira dos últimos anos, muito menos precisado dar meu dinheiro para uma desconhecida e confiar meu estilo a ela.

Eu só precisava entrar naquela loja, pegar minha carteira e depois correr para o café daquele mesmo andar. Céus, estava faminta e também muito irritada. O tipo de irritação ocasionado pela falta de cafeína no meu sangue, a propósito. Bem, você pode chamar assim. Mas há quem chame de "abstinência" também.

Enquanto subia a escada rolante, tive um estalo. Abri a bolsa e remexi seu interior gigante e cheio de tralhas – a bolsinha da Hermione Granger era insignificante perto da minha – até encontrar meus óculos de sol. Não existia no mundo inteirinho nada mais "você é tão insignificante para mim" do que nem se dar ao trabalho de tirar os óculos escuros. E eu era esse tipo de pessoa.

Parei de frente para a loja por poucos segundos, reunindo coragem. Então, entrei como um raio, munida do meu melhor *carão*. Aproveitando a vantagem de ter os olhos escondidos, vislumbrei o rosto das vendedoras presentes e não reconheci nenhuma delas.

— Pois não? — Uma delas surgiu da esquerda, parando na minha frente com um sorriso intimidante.

Levei as mãos ao peito, antes mesmo de conseguir evitar.

— Que suuuusto! — exclamei e me arrependi no mesmo instante. Passou um significado *bem* errado, levando em conta a maneira como ela uniu as sobrancelhas, deixando a testa com alguns vincos. — Não me assustei *com você*. É que... eu só...— deixei minha voz morrer no ar. Não valia a pena tentar explicar. Quanto antes terminasse com aquilo, melhor. — Nada, deixa pra lá. — Balancei minhas mãos no ar. — Esqueci minha carteira aqui na sexta. Preciso dela para... hum... viver.

Droga. Eu parecia uma pateta falando assim, toda atrapalhada.

— Juba?! — Algo no espanto dela me ofendeu um pouco. Ainda mais quando seus olhos me examinaram por completo. Eu me senti um pouco exposta, mas relevei.

Falta pouco. Só um pouquinho. Aguenta firme.

Assenti, com um sorrisinho sem graça no rosto.

Eu não queria abrir a boca e acabar piorando ainda mais a situação. Ainda mais quando me conhecia o suficiente para saber que a qualquer momento uma patada poderia escapar. Sabe como é, mal de não ter paciência.

— Nossa, nem te reconheci.

Santa mãe de Deus, você precisa colaborar comigo!

— Os óculos servem para isso, né? Caso contrário, todos reconheceriam o Clark Kent — comentei sem ânimo, numa tentativa de piada.

Não funcionou.

Ela não mexeu um único músculo facial.

Nem mesmo piscou.

— Reconheceriam quem?

Não pode ser!

Que tipo de pessoa não sabia quem era Clark Kent? Ou melhor: que tipo de *mulher* não sabia? Ele era tipo um *crush* supremo. E eu nem me refiro a uma das versões em específico, mas a todas elas. To-di-nhas. Era o verdadeiro significado de "tanto faz". Se existia uma certeza na minha vida — além da morte, é claro —, era que jamais existiria um Superman feio.

— Ninguém importante. — Um nó se formou na minha garganta ao falar um absurdo daquele. — Enfim... estou com um pouco de pressa, você pode pegar a carteira para mim, por favor?

Pestanejei de maneira amável, tentando amenizar o tom meio seco. Demorei alguns segundos para me lembrar de que usava os malditos óculos e ela não podia ver.

— S-sim, claro. Só um momento — respondeu ela, baixinho, batendo os saltos no chão para longe de mim e voltando com a carteira pouco depois.

Agradeci uma dúzia de vezes, cheia de sorrisos, tentando aliviar o peso da consciência por ter sido um pouco escrota com ela. Afinal, não era culpa dela se trabalhava no lugar pelo qual eu nutriria certo ressentimento para todo o sempre. Praticamente corri porta afora e nem me senti mal por isso. Quer dizer, eu tinha dito que estava com pressa, não?

Do lado de fora, deslizei os óculos para cima, fazendo-os de tiara. Meu nariz me guiou para o café, no corredor paralelo. O cheirinho da bebida misturado com o de pão de queijo era uma afronta para alguém como eu, que tentava maneirar nas besteiras. Às vezes, eu sentia como se o universo fizesse piadas com a minha cara. Quem conseguia fechar a droga da boca desse jeito? Bem, não eu.

Tratava-se de um adorável quiosque com acabamento em madeira, cujo teto feito de vigas lembrava o de um gazebo. Em uma das extremidades, a bancada de mármore servia de mesa para as três banquetas e, do outro, quatro pequenas e acolhedoras mesinhas redondas esperavam para ser ocupadas.

Pedi dois pães de queijo e um café gelado tamanho grande, afinal eu *ainda* não havia matado a minha sede. Bebidas cremosas e cheias de açúcar não eram a melhor escolha quando o assunto era hidratar o corpo, eu sabia, mas minha barriga não concordava comigo.

Escolhi a mesinha mais afastada e me joguei na cadeira, com as pernas protestando pela caminhada. Eu até tinha cogitado voltar andando para meu apartamento, mas isso já não passava mais pela minha cabeça. Com toda a certeza do mundo eu chamaria um Uber. Bati minha cota de passos da semana toda naquele domingo.

Devorei os pães de queijo em uma velocidade surpreendente. Então, enquanto apreciava aquela que deveria ser a melhor bebida do mundo todo, senti o peso do olhar de alguém sobre mim.

Sempre quis entender como era possível perceber algo assim. Será que era um tipo de sexto sentido dos humanos? Deveria existir uma explicação lógica para isso, assim como para o fato de que bater o dedinho em quinas doía muito mais do que bater outras partes do corpo.

De toda forma, levantei os olhos em busca da pessoa que me secava sem a menor vergonha e, assim que a encontrei, meu corpo todo amoleceu de pânico.

Graças ao bombardeio das redes sociais, meu cérebro apagou as memórias constrangedoras do desconhecido que eu tinha espiado no banheiro masculino na sexta-feira. Mas, quando deparei com olhos incrivelmente azuis me fitando com atenção a poucos metros do quiosque, não houve uma única célula do meu corpo que não tenha congelado. Porque a memória voltou de uma só vez acompanhada de uma certeza: era ele. Sim, o homem da piroca impressionante. Que, a propósito, eu havia observado como uma maldita *voyeur*, ou sei lá. Talvez esse termo não se aplique aqui, porque ele só estava fazendo xixi. Ah, mas não tem importância, você entendeu o ponto.

É sério, em uma escala de zero a dez, quais as chances de nos esbarrarmos justo hoje?

Maldito inferno astral!

Sem fazer nenhum movimento brusco, desci bem devagar o braço segurando a taça, até sua base colidir contra a superfície da mesa. Nossos olhares estavam fixos um no outro, como nos programas do Discovery Channel que mostram uma onça espreitando sua caça, até que *bam!*, quando menos se espera ela está com um animal qualquer na boca, mastigando-o vivo. Sempre achei isso bem perturbador, para ser honesta. Ainda mais agora, quando me sentia como a presa que seria mastigada a qualquer momento.

Algo me dizia que era uma questão de tempo até ele vir falar comigo. Talvez estivesse só tentando certificar se eu era *mesmo* a maluca do banheiro, de quem ele deve ter falado para todas as pessoas do seu círculo social. Eu pressentia isso porque, caso contrário, ele não continuaria estático no lugar, com as mãos nos bolsos, sem nem ao menos piscar.

Vamos lá, Juba. Se você arrastar a cadeira bem devagar, ele nem vai perceber.

Respirei fundo, aceitando o desafio. Levei minhas mãos aos braços da cadeira, pronta para colocar o plano em prática. Talvez a expectativa nos meus movimentos estivesse perceptível até de longe, porque ele avançou na minha direção antes mesmo de eu terminar de deslizar a cadeira.

CORRA E SALVE SUA VIDA!

Meu instinto foi acionado e, quando percebi, já tinha pulado para longe da mesa e caminhava depressa — quase corria — para o mais distante possível dele.

Parte de mim lamentava ter deixado praticamente metade do café gelado para trás, mas essa era uma parte bem pequena. Eu não queria passar pela humilhação de ser confrontada. Ou então aguentar ele se gabando por eu tê-lo espionado. Merda, talvez ele me achasse uma pervertida. Que tipo de impressão eu tinha causado?

Por isso, quando vi uma plaquinha indicando que os elevadores ficavam à esquerda, não hesitei em seguir por aquela direção. Era um desfecho perfeito para uma história que não devia nem ter começado. Apertei o passo e, quando me deparei com a porta fechada, soquei o botão pelo menos três vezes, na esperança de que isso fosse trazer o elevador mais depressa.

Olhava por cima do ombro a cada instante, só para confirmar se estava tudo bem. Caso ele aparecesse do nada, eu ainda podia contar com as escadas de emergência. Quando o elevador se abriu diante de mim, corri para dentro com certo desespero e apertei o botão para fechar a porta metálica mais depressa.

No entanto, não tive nem tempo para sentir alívio e agradecer aos céus. Antes mesmo de conceber o que se desenrolava em frente aos meus olhos, um braço bronzeado surgiu pela frestinha mínima que faltava para a porta fechar, fazendo-a travar e recuar.

E, para o meu pavor, quem entrou foi justamente a pessoa de quem eu fugia.

Não!

Não! Não! Não!

Nãããããão!

Observei, horrorizada, a porta se fechar em câmera lenta. Por que meu terceiro lema não podia falhar de vez em quando, hein? Estava cansada das coisas dando errado.

Ele assentiu com a cabeça em um movimento quase imperceptível, como se mal pudesse acreditar que tinha me alcançado. Então, soltou o ar dos pulmões, enquanto o cantinho esquerdo dos lábios subia em um sorriso divertido.

Meu rosto queimou e não pude fazer nada para disfarçar a vergonha. Eu daria tudo, tudo mesmo, para fugir dali.

— Ninguém te ensinou que é falta de educação sair correndo depois de espiar uma pessoa no banheiro? Você precisa, pelo menos, dizer um *olá*, sabe? É de bom-tom.

Abri a boca para responder, mas a voz não saiu. Em vez disso, arquejei sonoramente quando as luzes se apagaram em um rompante, deixando-nos no breu. E não contive o impulso de agarrar o braço dele no momento em que o elevador deu um solavanco nem tão suave assim, parando onde estava.

CAPÍTULO 6

MAS QUE INFERNO, VIU!
Não bastasse ter encontrado a única pessoa que eu daria tudo para nunca mais rever na vida, estava presa no elevador com ela! Eu não desejaria isso nem para meu pior inimigo.

— Estamos vivos — falei baixinho, apesar de essa informação não me deixar tão feliz assim naquele instante. — E ilesos.

— Meu braço não pode dizer o mesmo. — Sua voz veio pela escuridão e me fez estremecer. Primeiro por estarmos muito próximos, mas, principalmente, porque percebi tarde demais meus dedos enterrados pouco abaixo de seu cotovelo. Com muita força, a propósito. E minhas unhas não eram nada pequenas.

Soltei-o no mesmo instante, agradecendo o fato de estarmos no breu, caso contrário ele teria notado o rubor que subiu pelo meu rosto inteiro. A situação com meu amigo do banheiro só piorava.

Se é que tinha como.

— Foi mal — murmurei, tateando os bolsos à procura do celular e, como não o achei, comecei a vasculhar a bolsa gigantesca. Não era uma tarefa muito fácil, ainda mais no escuro.

— É por isso que eu nunca uso esse elevador — ele falou baixinho, como se pensasse alto. — Você também não deveria. Por que não escolheu as escadas rolantes?

— Sei lá... não pensei direito — admiti. — Não funciono muito bem em situações de emergência.

— Situações de emergência? — ecoou, com um tom divertido. — Fugir de mim era uma situação de emergência?

— É claro! Eu espiei seu pau e depois saí correndo no outro dia. Se fugir de você não é uma situação de emergência, eu não sei o que é! — Esse é meu grande problema em ficar nervosa: não consigo controlar a língua. Desembesto a falar na esperança de não deixar transparecer a tensão.

Ele me surpreendeu com uma risada calorosa. Mesmo sem conhecê-lo, não pude negar que era um som agradável. O tipo de risada que faz as pessoas ao redor terem vontade de acompanhar, mesmo sem saber o motivo.

— É... isso não costuma acontecer todo dia mesmo. Mas não era razão para correr de mim.

— Eu não estava correndo!

— Faltava *muito pouco*. De verdade.

— Mas não estava. Não tenho culpa de andar rápido.

— Tá. Tudo bem, você estava só *andando*. Mas por que não me deixou falar com você?

— *Por quê?!* — repeti, indignada. — Eu só queria evitar uma conversa constrangedora e desnecessária. O que de bom você teria para falar comigo depois de... hum... depois do nosso encontro?

— Muita coisa. Quem disse que eu ia falar sobre isso?

— Foi a primeira coisa que você falou quando entrou no elevador! — exclamei, provando meu ponto.

— Ok... — Ele pareceu considerar meu argumento. — Ok, mas, em minha defesa, eu só queria quebrar o gelo.

— Bem, o que podemos concluir dessa história toda é que você é péssimo em quebrar gelos, tá? — brinquei, rindo baixinho. Isso exigiu um tremendo esforço. Minha risada era a coisa mais escandalosa que existia em mim. Não havia quem não olhasse na minha direção quando eu gargalhava. — Mas, o que tem de errado com o elevador? — perguntei ao me lembrar das suas palavras.

— Tirando o fato de quebrar praticamente toda semana? — *Ah, que ótimo!* — Na última vez que travou, levou quatro horas para alguém notar e depois mais meia hora para o resgate chegar.

— Quê? — perguntei, chocada. — QUÊ?!

— Isso não significa que vamos ficar todo esse tempo aqui — ele se adiantou em dizer, percebendo meu pânico.

Eu não era claustrofóbica nem nada parecido, no entanto era difícil manter a calma diante da possibilidade de ficar naquele cubículo fechado e escuro por horas, esperando alguém nos resgatar.

Movida pelo desespero, voltei a vasculhar com agressividade o conteúdo da bolsa. Nossa conversa acabou me distraindo e eu queria, pelo menos, enxergar um pouco melhor. Toquei em algo frio que imaginei ser o celular, mas quando estava prestes a pinçá-lo com os dedos, ele escorregou para mais fundo. Suspirei, decepcionada.

— Preciso de luz! — exclamei, frustrada.

Qual era o nosso problema? Em vez de nos preocuparmos em escapar dali o mais depressa possível, estávamos ocupados demais fazendo sala. Droga, nossas prioridades estavam, definitivamente, deturpadas. Em questão de segundos, um feixe de luz intensa veio direto para meus olhos e me fez piscar algumas vezes pela visão ofuscada. Demorei algum tempo até conseguir enxergar novamente.

— Obrigada — resmunguei, enquanto vislumbrava meu telefone escondido logo abaixo do *kit de primeiros socorros* e o pescava com movimentos dramáticos.

Como já suspeitava, não tinha sinal. Ou seja: nada de telefonar para os bombeiros pedindo ajuda.

É claro, senão seria fácil demais. Resignada e querendo manter a calma, liguei a lanterna e subi o olhar em seguida.

A luz dos dois celulares era suficiente para o pequeno espaço em que estávamos. Melhorava bastante a situação, tirando aquela sensação horrorosa de estar em um filme de terror com a chance de a qualquer momento ser cortada ao meio por uma serra elétrica. Nunca soube muito bem de onde surgiu meu medo, mas ele sempre esteve lá. E esse era um dos motivos pelos quais eu só conseguia dormir com a televisão ligada, era incapaz de ficar sozinha no escuro. Eu surtava da pior maneira possível.

Observei meu companheiro de confinamento ocupado em socar o botão de emergência que, obviamente, não funcionou.

Digo obviamente porque *eu* continuava ali dentro. Ele balançou a cabeça em negativa e girou nos calcanhares até estarmos um de frente para o outro.

— É, acho que estamos ferrados — comentou simplesmente, como se falasse sobre o clima. E abriu um sorriso largo, meio tortinho para a direita e muito, muito bonito mesmo. Notei as duas covinhas que se formaram nas bochechas e também a maneira como seus dentes da frente eram um pouquinho separados no final. Por alguma razão, isso era um puta charme e funcionava quase como um ímã. Meus olhos grudaram ali e não foram para nenhum outro lugar até ele parar de sorrir.

Foi nesse momento que constatei que estava secando o estranho. Pela segunda vez, aliás. Existia algo de muito errado a respeito desse cara, porque, merda, era impossível desviar o olhar uma vez que se era fisgada por ele. E, embora observar sorrisos fosse bem melhor do que observar paus, eu pressentia que isso ainda me traria sérios problemas.

Respire, Juba.

Ótima ideia. Inspirei fundo, fingindo que não estava abalada.

— Muito ferrados — concordei, mas por motivos bem distintos.

— Percebe a ironia disso tudo?

Meu colega de cativeiro tinha uma expressão curiosa no rosto, como se no fundo isso tudo o divertisse. Neguei com a cabeça, apenas porque fiquei curiosa para saber onde ele queria chegar.

— Você fugiu para não precisar conversar comigo e agora estamos presos em um espaço de pouco mais de um metro quadrado. Sabe-se lá por quanto tempo. — Então ele se sentou no chão, despretensiosamente, como se fôssemos melhores amigos e estivéssemos prestes a passar as próximas horas fazendo um piquenique.

— *Ah* — murmurei com desânimo, olhando-o de cima. — Eu tenho um lema sobre isso. Se existe a mais remota possibilidade de uma coisa dar errado, ela dará. Inevitavelmente.

— Não será tão ruim assim, prometo. Vamos dançar conforme a música.

Ele piscou para mim, arqueando as sobrancelhas como se perguntasse por que eu ainda não tinha me rendido ao piquenique imaginário. A contragosto, deslizei pela parede metálica até que estivesse sentada diante dele.

— Tudo bem. Mas tenho direito à primeira pergunta.

— É justo.

— Você queria falar comigo porque acha que eu sou o tipo de mulher que entra em banheiros masculinos em busca de sex...

— Não! — ele me interrompeu, rindo com prazer. Os dois furinhos voltaram a aparecer nas bochechas e comecei a me perguntar se ele tinha percebido que eu não desviava o olhar da sua boca há uns bons minutos.

— Acha que sou uma maluca com tara em pirocas?

— Pensei que fosse uma pergunta só.

— Anda logo!

— Não, não acho — respondeu com tranquilidade e deu de ombros. — E não julgaria se fosse.

Não consegui controlar minha risada. Ela preencheu cada centímetro do elevador, com toda sua altura. Ele não pareceu se importar.

— Acha que sou esquisita?

— Acho. — Sorriu. — Mas isso não é necessariamente ruim.

— Vou ignorar a última resposta para o seu próprio bem — brinquei.

— Agora é a minha vez? — Assenti com a cabeça. — Como é o seu nome?

Mordi o lábio inferior, desconfiada. Eu até entendia quando alguém mais velho não fazia ideia de quem eu era, mas, em geral, as pessoas da nossa idade costumavam saber.

Por outro lado, seus olhos claríssimos me fitavam com muita atenção, como se ele estivesse ansioso para saber a resposta e, de alguma forma, isso me convenceu da sua honestidade. Ele não me conhecia mesmo.

— Sol, mas pode me chamar de Juba.

— Juba? — repetiu, e notei suas íris irem direto para o volume dos meus cachos.

— Juro que é um apelido carinhoso. — *Bom, pelo menos atualmente.*

— É um prazer, Juba. — Ele estendeu a mão direita, fingindo formalidade. Aquele era o tipo de coisa que eu adorava fazer, por isso entrei na brincadeira, segurando sua mão. Estava quentinha e era bem macia, mas, em contrapartida, seu aperto era firme, mesmo sendo uma brincadeira. — Meu nome é Júpiter.

Uni as sobrancelhas sem nem tentar disfarçar a descrença.

— Seu nome é... *Júpiter*?

— Uhum. — A tranquilidade na sua voz sugeria que ele estava pra lá de acostumado a esse tipo de reação, mas mesmo assim não consegui evitar perguntar:

— O seu nome?!

— Isso.

— Tipo o planeta?

— Tipo o planeta.

Balancei a cabeça, como se concordasse. Eu queria encerrar o assunto porque estava atravessando a linha tênue que separava ser curiosa de ser inconveniente, mas meu cérebro parecia não aceitar essa informação.

— Não é um apelido?

— Não.

— Tem certeza? — insisti, me dando conta de que ainda balançávamos nossas mãos no ar.

— Foi como me chamaram pelos últimos 25 anos... então, acho que sim.

— Nem a pau que seu nome é Júpiter! — exclamei, atônita. Não combinava com ele! Parecia errado um homem com sorriso tão bonito ter um nome tão... bem, diferente. Eu me sentia como se a qualquer momento ele fosse rir da minha cara se eu caísse naquela armadilha.

— Posso mostrar minha identidade, se quiser confirmar.

Ele encolheu os ombros, ainda me encarando com leveza. E, de repente, eu me senti péssima. Percebi a impressão errada que eu estava passando questionando tanto assim seu nome. Droga, às vezes eu era tão inconveniente.

Você e sua porcaria de língua solta.

— Não precisa. Demorou um pouco, mas estou convencida. — Meus olhos recaíram sobre nossas mãos dadas, que ainda chacoalhavam no ar. Pigarreei, um pouco envergonhada. — E acho que já podemos soltar.

— Podemos. — Seus lábios se entortaram para a direita, mas sua mão continuou segurando a minha com firmeza. — Se acha *meu nome* ruim, saiba que poderia ser bem pior. Poderia ser como meu irmão, por exemplo, que se chama Saturno.

Eu sabia que suas últimas palavras vieram apenas para me tranquilizar, como se, nas entrelinhas, ele dissesse que tudo bem meu espanto. Ele não se importava. Isso foi um alívio e me permiti sorrir.

— Caramba, sua mãe estava inspirada, hein? — comentei, antes que um silêncio constrangedor avançasse sobre nós. O que eu menos precisava era de um *climão* naquelas circunstâncias já delicadas.

— Ela queria que eu e meus irmãos tivéssemos nomes únicos. Para que ninguém jamais nos esquecesse nem nos confundisse com outras pessoas. Somos três: Saturno, Vênus e Júpiter.

— Ela cumpriu o objetivo com maestria. — Sorri. — Mas por que planetas?

— Minha mãe é fascinada pelo Universo. Todas as noites, dedica horas a observar o céu e as estrelas. Diz que jamais pensou em nenhum outro nome para nenhum de nós.

— Júpiter — saboreei a palavra, testando-a na minha voz. — E como é ter um nome tão diferente? — Conforme os segundos passavam, a estranheza causada no primeiro momento sumia e eu começava a achar que o nome até podia combinar um pouco com ele, sim.

— Sol também não é o mais comum do mundo... — provocou, abrindo aquele sorriso pelo que parecia ser a décima vez. Era incrível como seus sorrisos vinham fácil. Não que eu estivesse reclamando, porque eram realmente muito bonitos. Muito mesmo. — Eu gosto. Diz muito sobre minha família... e consequentemente sobre mim.

Meneei a cabeça, refletindo a respeito. Jamais tinha parado para pensar em nomes dessa maneira, mas fazia sentido. Juba não era bem o meu nome, mas contava muito sobre a minha história, no fim das contas. Tanto sobre a parte boa, que dizia respeito ao sucesso do canal e toda a felicidade acarretada por ele, como também sobre o passado do qual eu tentava sempre fugir.

O celular dele apitou, roubando sua atenção no mesmo instante.

— Está com sinal — sussurrou, como se falasse para si mesmo. — Mas é só um risquinho.

— Tenta mandar mensagem para alguém! — exclamei, alarmada. Estava morrendo de medo de que se passassem longas horas até alguém perceber que o elevador tinha parado de funcionar.

E se o shopping fechar e ficarmos aqui a noite toda?

O pensamento me deixou sem ar.

A companhia dele estava agradável, o problema seria quando começassem a surgir as necessidades fisiológicas, como fome ou, pior, vontade de usar o banheiro.

Merda, isso seria muito azar. Até mesmo para mim.

Concentrei-me em pensar positivo, afinal os pensamentos tinham poder.

Enquanto focava nas coisas dando certo, foi impossível não encarar um pouco mais os lábios de Júpiter. Não porque ainda estivesse naquele transe esquisito que parecia recorrente perto dele, mas porque enquanto seus dedos digitavam a mensagem no celular, ele fazia algo com a língua que era *des-con-cer-tan-te*. E o pior: sem nem se dar conta.

O quê...?

Estreitei os olhos, notando o brilho prateado que aparecia de vez em quando entre os lábios umedecidos, junto de um barulhinho metálico, como se ele tivesse uma moeda dentro da boca tilintando contra os dentes. A língua passeava por eles, indo e voltando, subindo e descendo. O brilho surgia e desaparecia.

Um *piercing*.

Ele tinha um *piercing* na língua e estava brincando com ele! Quer dizer, se já foi difícil não olhar para sua boca *antes*, agora era praticamente impossível.

Deus do céu, isso é apelação!

Engoli em seco, esquecendo todo o resto. O elevador, o breu, a circunstância desastrosa na qual nos conhecemos. Meu foco permanecia no movimento da sua língua e na bolinha prateada e em como aquilo era sexy demais. Minha mente foi bombardeada por imagens irresistíveis envolvendo nós dois, sobretudo sua língua e todas as possibilidades para ela.

Fui tomada por uma culpa gigantesca logo em seguida. Porque, você sabe, eu usava um anel no dedo anelar esquerdo cujo propósito era justamente me lembrar de quão errado era secar outras pessoas que não fossem meu noivo. Era o que dizia no contrato imaginário que se assinava quando se começava a namorar alguém.

Ô, merda, eu era uma pessoa horrorosa.

Esfreguei o rosto, me sentindo péssima. Tudo bem que o fato de Júpiter possuir um conjunto de características *bem interessantes* não ajudava muito. Eu mal o conhecia e já adorava sua beleza despretensiosa. O jeito como mal fazia ideia de quanto era gato. Ou, melhor ainda, como se ele tivesse, sim, o conhecimento, mas não fosse tão relevante para ele. Era bem diferente de André, que tinha total consciência de cada um dos seus pontos positivos e usava e abusava de cada um deles.

O. Tempo. Todo.

Quando afastei as mãos do rosto, percebi seus olhos claríssimos focados em mim. Júpiter encolheu os ombros e inclinou ligeiramente a cabeça para o lado.

— Você está bem?

— Na medida do possível. — Forcei um sorriso. Se ele fizesse ideia do que eu estava pensando... — Conseguiu mandar a mensagem?

— Ainda está enviando... — Júpiter soltou o ar dos pulmões, um pouco desanimado. — Vamos precisar de paciência.

— Tudo bem. — Fiz um gesto de "deixa pra lá" com a mão. — Seria pior se estivesse sozinha aqui dentro. Provavelmente, eu já teria corrido em círculos e gritado até perder o fôlego. Talvez estivesse desmaiada a essa altura do campeonato.

Uma risada divertida escapou dos seus lábios.

— Isso é o que chamo de manter a calma.

— É como eu disse, não funciono direito em situações de emergência. — Lancei uma piscadela para ele. — Enfim, não importa. Ainda bem que você está comigo.

— Humm, as coisas estão mudando rápido por aqui. — Seu tom debochado não passou despercebido, muito menos sua expressão petulante. — De alguém que fugiu de mim para alguém que se sente grata pela minha companhia. Quem sabe o que pode acontecer até sermos resgatados...

Minha nossa senhora, ele acabou de flertar comigo?

Agradeci aos céus por não estar tão claro assim dentro do elevador, caso contrário Júpiter teria percebido meu rosto vermelho como um pimentão. E ele era o responsável por isso, essa era a pior parte.

Eu não sabia muito bem como reagir. Corresponder ao possível flerte seria uma sacanagem com André, no entanto, eu também não seria louca de dispensá-lo logo de cara. Não por ser esse tipo de pessoa que não leva relacionamentos a sério, mas, caramba, é no mínimo lisonjeador quando alguém mostra interesse em você. Ainda mais quando essa pessoa é tão bonita que dói. Ok, talvez eu estivesse exagerando. Talvez a luz fraca estivesse me confundindo. Quem sabe no claro ele nem fosse lá essas coisas. Mas, se seu pau servisse como parâmetro de comparação, eu duvidava muito de que esse fosse o caso.

De toda forma, eu não queria deixar as coisas estranhas com a pessoa com quem estava confinada. Por isso, limitei-me a rir. Não a risada sincera e espalhafatosa de sempre, mas a risadinha contida para situações como aquela, em que eu precisava me esquivar.

— Bem... — comecei a dizer com a voz fraca, como se recuperasse o fôlego. Eu era uma ótima atriz. As emissoras de televisão estavam perdendo um talento nato. — ... se não me falha a memória, é a minha vez de fazer a pergunta.

Júpiter ergueu as sobrancelhas, assentindo com uma expressão divertida no rosto. Ele tinha percebido, com toda a certeza do universo, que eu estava me fazendo de desentendida. Isso só comprovou que era mesmo uma cantada. Resolvi ignorar o friozinho na barriga.

— O que você quer saber? — perguntou, cruzando os braços atrás da cabeça e me encarando com atenção. Agradeci mentalmente por ele estar facilitando as coisas. Não seria nada legal se fosse o tipo de cara insistente e sem noção.

— Vamos ver... — Coloquei a mão no queixo. Eu não queria que tivéssemos uma dessas conversas de elevador enfadonhas. Ele era divertido e tão interessante que me pareceu um desperdício ficar de papo furado apenas por obrigação e não conhecer um pouquinho mais sobre ele, ainda que nunca mais fôssemos nos ver depois. — Você falou que Júpiter diz muito sobre você... por quê?

Ele fez uma expressão de surpresa, mas não conseguiu esconder a satisfação. Acho que, no fundo, Júpiter também não queria desperdiçar aquele tempo com conversas à toa. Gostei disso. Gostei bastante. Até porque eu estava curiosíssima. Então, com seu tom tranquilo, começou a me contar sobre sua vida com muita naturalidade, como se expor isso para uma desconhecida fosse uma situação trivial, com a qual ele estivesse bem familiarizado.

Descobri que seus pais haviam se conhecido em um festival de música eletrônica, que eram meio hippies e bem *diferentões,* e isso refletiu bastante na maneira como ele e os irmãos foram criados. Com um sorriso manso no rosto que crescia a cada palavra, Júpiter contou que iam quase todas as tardes para a praia, assistir ao pôr do sol. Além disso, costumavam viajar muito em um trailer — que posteriormente a mãe reformou para transformar em um *food truck* vegano —, sem uma rota predefinida, confiando apenas no destino e esperando para serem surpreendidos. Sua expressão ficou travessa ao admitir que as férias eram as lembranças mais incríveis da sua infância, além de todas as tardes brincando com os irmãos no jardim amplo que tinham em casa. Percebi o carinho dele quando contou das noites em que a mãe o balançava na rede, ensinando-o sobre as constelações no céu, pelas quais ela nutria tanta admiração. Era por isso, aliás, que ele nunca se envergonhou do nome diferente. Via-se que tinha até certo orgulho, para falar a verdade.

Ele também me contou sobre os irmãos. Vênus era a do meio e ele era louco por ela. Júpiter me disse que seu cabelo cacheado era o que ela tinha de mais bonito. Por alguma razão, tomei aquele elogio para mim. Parece bobo, eu sei, mas não era todo mundo que elogiava cabelos crespos. A maioria ainda tinha a ideia preconceituosa de que crespo era sinônimo de ruim. Já Saturno era um mala sem alça, segundo Júpiter. Estava no auge da adolescência e passava metade do dia se gabando por ser do time de futsal do colégio e a outra metade pelo fato de as meninas darem muito mais importância do que deveriam para isso. Seus olhos reviraram várias vezes enquanto falava do irmão, mas o sorriso não abandonou seu rosto em momento algum.

Júpiter tinha um jeito muito gostoso de falar, envolvente e suave, como ondas de um mar manso. Bem diferente de mim, por exemplo, que costumava cuspir as palavras desenfreadamente, até ficar sem ar. Fora isso, também dava para perceber os sentimentos na sua voz. E essa era a razão principal de ser tão incrível ouvir sobre sua vida sem ao menos conhecê-lo; ele imprimia as emoções em cada palavra. Trazia verdade para cada uma delas. Eu acreditaria em tudo o que ele me dissesse. Tudinho.

Estava fascinada.

E não era por uma única coisa, e sim por um punhado de motivos variados.

O primeiro deles era sua família, que parecia tão incrível e unida. Às vezes, eu me perguntava como seria ter minha mãe sempre por perto, presente em cada pequeno segundo da minha vida. Como seria se ela tivesse priorizado menos a estabilidade financeira e mais as coisas pequenas...

Talvez o *bullying* tivesse se resumido a um simples detalhe, por exemplo.

Depois, vinha o fato de que eu também queria ser uma dessas pessoas verdadeiras e apaixonadas pelas coisas importantes. Queria que meus vídeos fossem transformadores por serem *reais*. Queria que meu Instagram fosse o reflexo da minha vida e não uma imagem projetada de uma realidade que não condizia com quem eu era.

Movida por esse desejo, optei por omitir essa parte artificial da minha vida quando chegou a minha vez de falar. Eu *me sentia* grata por todas as minhas conquistas e nutria um orgulho imenso por ser bem-sucedida sendo tão nova. Mas nada disso parecia importar naquele momento. Talvez não faça o menor sentido, mas gostei da simplicidade da nossa conversa. Gostei de não haver expectativas altas, gostei que ele quisesse apenas saber mais sobre *quem* eu era. Não números, nem conquistas, e sim memórias, aspirações, medos... Gostei, principalmente, de saber que não se tratava de uma aproximação por interesse.

Contei sobre mim. Sobre minha mãe *workaholic* e fora da casinha, mas com amor para dar e vender. Sobre os namorados dos quais ela adorava falar mal e também de Davi e sua paciência invejável. Sobre minha melhor amiga, Cla, e o fato de ela ser uma japa do Paraguai divertidíssima. Contei tantas coisas que não me surpreendi ao me ouvir falando, por exemplo, quanto o mar me tranquilizava e eu gostava de enxergá-lo como uma espécie de porto seguro. Ou que eu via filmes de princesas todas as noites, porque me acalmavam e me lembravam da época em que mamãe lia contos dos irmãos Grimm para me fazer dormir. Isso e mais um monte de informações pessoais que quase nunca vinham à tona. Era bizarro me expor tanto para ele, mas também era *bom*. Não precisei fingir gostar de saltos, nem estar impecável. Não precisei usar a máscara que sempre colocava quando gravava os vídeos para o YouTube. Era apenas eu e nada mais.

Conversamos tanto que mal percebi as quase duas horas em que permanecemos trancafiados no elevador até que o corpo de bombeiros chegasse para nos resgatar. Os únicos indicativos da quantidade de palavras trocadas com Júpiter eram minha boca seca, a sede intensa e a dorzinha irritante nas costas, depois de tanto tempo sentada. Quando a porta metálica foi aberta, revelando três prestativos bombeiros, nem dei muita bola. Não teria reclamado se tivessem demorado mais um pouco para chegar.

O resgate em si aconteceu em um estalar de dedos. Não levou nem vinte minutos até que nos puxassem para fora da cabine – que estava um pouco abaixo do andar –, interditassem o elevador e se certificassem de que estávamos bem. Depois disso, fomos liberados. Assim mesmo, sem alarde. Então, agradeci vezes o suficiente para me fazer entender e me despedi da equipe de bombeiros. Lancei uma olhadela ansiosa para Júpiter, sem saber muito bem como me despedir dele. Essa foi a primeira vez que tive a chance de estudá-lo com atenção, detalhe por detalhe. E, diga-se de passagem, foi preciso muito, muito autocontrole mesmo, para que meu queixo não caísse.

Em nome de Deus, se achei, mesmo por um segundo, que o escurinho estivesse me fazendo imaginá-lo mais bonito do que era, a realidade veio com a ignorância de um coice e me mostrou que não, não era nada disso. A falta de luz foi, na verdade, muito injusta com Júpiter. Juro com todas as forças, ele não era só bonito. Era lindo! O tipo de lindo que deixa as garotinhas hiperventilando e com as palmas das mãos suando frio. Exatamente como acontecia comigo naquele momento.

Nem tão magro, nem tão forte, mas a mistura ideal dos dois. Júpiter tinha uma pele bronzeada digna de quem morava no litoral — nada parecida com a minha, por exemplo —, com um dourado natural e saudável, que reluzia. O tom de pele contrastava maravilhosamente bem com as íris de um azul claríssimo, dando a sensação de que estavam acesas no seu rosto. Dava para entender por que consegui reconhecê-lo apenas pelos olhos. Para fechar o combo, havia o cabelo. De todos os elementos esse já era um dos meus prediletos. Era ondulado e despenteado de uma maneira que parecia proposital. Caía sobre a testa, como se ele não cortasse há um bom tempo e também não se importasse com isso.

Senti um calor inoportuno. Não era bom sinal. Na verdade, era um *péssimo* sinal. A lista de motivos pelos quais eu era um ser humano horrível só crescia. Tentando fugir dos meus pensamentos, assenti um pouco sem jeito e disparei em direção às escadas rolantes pouco depois de dizer:

— Foi um prazer.

Mas Júpiter não era do tipo que desistia, caso contrário não teria me seguido até o elevador horas atrás.

Senti seus dedos se fecharem ao redor de meu braço. Ficaram ali apenas durante o tempo que levei para ficar de frente para ele.

— Ei, calma. O que foi? — Júpiter tinha um olhar confuso e um sorrisinho sem graça. A covinha do lado direito ameaçou aparecer e eu desejei morrer um pouquinho.

— Nada. Estou só... — *Está só o quê, Juba?* — Passando mal. Acho que ficamos muito tempo naquele lugar abafado — menti, fugindo do seu olhar.

— Sei como é. Tenho a pressão muito baixa, costumo passar mal o verão todo. — Ele umedeceu os lábios, colocando as mãos na cintura. — Como você vai embora?

— De táxi — fui rápida na resposta.

— Eu tenho um capacete sobrando. — A bolinha do *piercing* apareceu quando ele disse a última palavra. — Posso te dar uma carona.

— Não! — respondi rápido demais. Então, para amenizar, continuei: — Não esquenta com isso. Não quero dar trabalho.

— Não vai. De verdade. Estou te devendo essa.

— Ah, é? — Estreitei os olhos, desconfiada. — Por quê?

— Você não teria fugido para o elevador se eu não tivesse tentado falar com você. — Júpiter encolheu os ombros, com uma expressão impagável no rosto.

Foi impossível evitar uma gargalhada. Algumas pessoas que passavam por nós voltaram o olhar na minha direção.

— Você não teria falado comigo se eu não tivesse tara em pirocas.

— Arráááá! — exclamou teatralmente e nós dois rimos em uníssono. — Você está pálida. — Ele baixou o tom de voz. *Droga, Júpiter, se você soubesse a razão...* — É só uma carona. Vai economizar dinheiro.

Respirei fundo, tentando pensar com clareza. Havia um noivo no meio disso tudo. O *meu* noivo. Que mal podia imaginar quanto sua futura mulher era uma safada. Mas, bem, eram só pensamentos. Como quando desejamos que alguém morra de maneira dolorosa. Não queremos *mesmo* isso. Eu não estava *fazendo* nada errado, não é?

Júpiter continuava me encarando com expectativa e percebi quanto estava sendo ridícula. Era só uma carona, afinal. Eu atribuí um peso muito maior para a coisa toda. Por isso, antes que eu mudasse de ideia outra vez, assenti, sorrindo.

— Prometo que você vai chegar viva — brincou enquanto descíamos pela escada rolante em direção ao estacionamento.

— Não estou preocupada com isso — admiti. — Nada pode ser mais arriscado do que eu no volante da Cinderela.

— Cinderela é o seu carro?

— Uhum — respondi sem dar muita importância.

Eu não gostava de como as pessoas reagiam ao fato de eu nomear objetos inanimados. Era sempre aquela expressão surpresa seguida por uma risadinha sem graça, como se eu fosse esquisita. A maioria não entendia que Cinderela era a minha parceira do crime, e não se pode ter parceiros do crime sem dar um nome a eles.

— Ela é azul?

— É — respondi, estreitando os olhos. — Como você sabe?

— Porque é a cor do vestido dela.

Parei no lugar e pisquei os olhos, chocada.

Quando comprei meu carro, logo depois de tirar a carteira, soube no mesmo instante que seu nome seria esse, justamente por causa da cor. Na época ainda não existia a Elsa, de *Frozen*, por isso a associação foi imediata. E, em todos esses anos, ninguém tinha feito a conexão. Nem mesmo Cla, que me conhecia como ninguém. Aliás, lembro bem de como ela ficou confusa por eu não ter escolhido Bela, já que era a minha princesa favorita.

— O que foi? — Júpiter me trouxe de volta para a realidade.

— Você é o primeiro que entendeu o motivo.

— Sério? — Ele pareceu cético. — Mas é bem óbvio.

— Eu sei! E eu já tinha desistido de encontrar uma pessoa sensata no mundo.

Sua risada calorosa me aqueceu por dentro. Fiquei com um sorriso bobo no rosto. Paramos em frente a uma motoneta preta e demorei alguns segundos para entender que era dele. Tinha imaginado uma moto grande, do tipo que tem um ronco alto e que faz com que todos os olhares se desviem para ela. Se André tivesse uma moto, por exemplo, provavelmente seria assim.

Ele subiu o banco e revelou o baú com dois capacetes. Colocou um deles e me entregou o outro, que deslizei pela cabeça timidamente, enquanto me perguntava por qual razão ele carregava um capacete extra.

Como se tivesse lido meus pensamentos, Júpiter explicou:

— Eu busco minha irmã no trabalho. Nós trabalhamos no mesmo turno — sua voz saiu abafada lá de dentro. — Mas hoje ela está de folga.

Meneei a cabeça, como se a informação tivesse sido aleatória para mim.

Não era.

Estava esperando ouvir algo relacionado a namoradas, mas, por alguma razão, gostei de saber que era para buscar Vênus.

— Quer guardar sua bolsa? — Ele apontou para o meu ombro.

Sem dizer nada, entreguei-a para ele e o observei colocá-la no baú e descer o banco com um estalido.

Ele segurou o guidão e, com um movimento ligeiro de quem já estava acostumado a fazer aquilo sempre, passou a perna direita para o outro lado. Arfei quando Júpiter assumiu sua posição final. Os braços tensionados, a cabeça voltada para mim — e eu focada apenas nas suas íris claríssimas —, uma das pernas apoiada no chão e a outra dobrada sobre o pedal.

Que monumento da porra!

Eu me aproximei da moto sem saber muito bem como subir. Eu nunca tinha andado em uma como carona. As únicas vezes em que estive em motos foram na autoescola.

Além de não ter a desenvoltura dele, levei o dobro de tempo. Mas o importante é que consegui montar. E foi aí que me arrependi um pouco de ter aceitado a carona. A proximidade entre nós era desconcertante. Meu corpo deslizara contra o seu, por mais que tivesse me esforçado para me manter distante. Era impossível não tocar nele. Além do mais, eu tinha a visão dos seus ombros e costas largos e, droga, não ajudava em nada minha imaginação fértil e muito, muito poluída. Nós *precisávamos* chegar logo.

Tive um estalo e empertiguei o corpo.

— Eu não falei onde moro! — exclamei, um pouco enfática demais, como se ele fosse me sequestrar.

— Eu sei, ia te perguntar agora.

Expliquei meu endereço por cima do seu ombro, olhando-o através do retrovisor. Ele assentiu quando terminei e, antes que eu pudesse preparar o meu psicológico, ligou a moto.

Apesar de ter escolhido me segurar nos apoios que ficavam logo abaixo do banco, mudei de ideia rapidamente quando Júpiter acelerou.

Contrariada, passei os braços ao redor da sua cintura, abraçando-o. Suas coxas roçavam contra a parte interna das minhas, ao passo em que meus seios se esmagavam contra suas costas. Nunca pensei que andar de moto com um desconhecido fosse tão íntimo assim.

Ó, Deus...

Engoli em seco, tentando desviar o foco dos nossos corpos tão unidos. Comecei, então, a prestar atenção em todo o resto. Como a paisagem passando num borrão, ou a brisa deslizando pela minha pele. Era agradável e libertador andar de moto. Eu queria ter uma, mas sabia que era abusar *demais* da sorte.

Em poucos minutos já estávamos em frente ao meu prédio. Com a ponta dos pés no chão, Júpiter arrumou a moto até deixá-la perpendicular à calçada. Esperei que estivéssemos completamente parados para soltá-lo. Minhas mãos logo foram parar nos seus ombros, que serviram de apoio para que eu descesse sem correr o risco de me estatelar no chão.

Tiramos nossos capacetes ao mesmo tempo. Instantaneamente, enterrei as mãos no cabelo para dar volume, até um pouco mais do que costumava usar. O elogio ao cabelo crespo da irmã ainda estava vivo na memória.

Você é patética, Juba.

Júpiter me entregou a bolsa e então fitou a praia por um instante, como se estivesse hipnotizado. Eu aproveitei para estudá-lo um pouco mais, porque talvez eu também estivesse hipnotizada.

— Que vista foda você tem.

— Tenho mesmo... — murmurei, em um sussurro.

Seus olhos procuraram os meus rápido demais. Nem tive tempo de desviar. Se percebeu, decidiu ignorar.

— Eu moro mais para dentro da cidade, o percurso para o trabalho é todo pelo centro, então só me lembro da praia nas minhas folgas. — Seu tom de voz era baixo, de forma que precisei me inclinar um pouco na sua direção para não perder nenhuma palavra. — Mas não passo nenhuma delas sem uma visita. Nem que seja para sentar e olhar a paisagem. É terapêutico.

Voltei minha atenção para o mar a poucos metros de onde estávamos. O som das ondas quebrando me confortava. Eu precisava daquele som, daquele cheiro salgado, daquela brisa mansa para me sentir em casa. O céu, de um azul anil muito escuro, estava repleto de nuvens esbranquiçadas que cobriam as estrelas. Um pouco escondida pelas nuvens, a lua cheia refletia seu brilho pálido nas águas.

Eu conseguia entendê-lo. Passaria horas encarando aquela paisagem, sem nunca me cansar. Não existiam problemas, estresse, nada disso.

— Queria poder aproveitar mais... — pensei alto e recebi seu olhar curioso como resposta. Resolvi explicar. — Já faz meses que não entro no mar. Que não venho só para passar um tempo, só por diversão.

Ele uniu as sobrancelhas, atônito.

— É sério?

— É. — Encolhi os ombros e raspei a ponta do tênis no asfalto. — Estou sempre correndo... não sobra tempo.

— Juba, você mora a alguns passos da praia! Pode dar um mergulho sempre que quiser. Não precisa ficar horas, um pouquinho por dia já é melhor que nada. Cada um a seu modo.

Aquela era a segunda vez que ele usava um ditado popular para se expressar. Era divertido porque normalmente eu os ouvia pela boca de pessoas mais velhas.

Júpiter tinha uma alma velha.

— De que adianta morar aqui se você nem aproveita? — insistiu, como se aquilo realmente o perturbasse. — Eu também tenho uma rotina puxada, mas é sério, a gente precisa aproveitar as coisas pequenas. Elas são valiosas. A vida não tem que ser sempre dura.

Eu não tinha resposta, por isso só balancei a cabeça, concordando. Não adiantava tentar me justificar, já que ele não sabia sobre a minha profissão e as viagens constantes. Por isso, apenas sorri. Foi um sorriso genuíno. Depois de tantas horas juntos, eu já sentia como se ele fosse um velho amigo. Era um sentimento novo para mim.

— Você está certo. Prometo que amanhã vou dar um mergulho antes de sair para o trabalho. — Era mentira, mas gostei de criar um vínculo.

Júpiter abriu seu melhor sorriso. As covinhas apareceram no mesmo instante. Foi difícil não suspirar.

— Bem... — Ele coçou a nuca, olhando para os próprios pés. — Acho que já vou.

Prendi a respiração. Se eu fosse solteira, esse seria o momento em que o chamaria para tomar uma cerveja comigo. Nós conversaríamos na varanda por horas, observando a dança suave e infinita das ondas. Entre um copo e outro, daríamos muitas risadas e trocaríamos olhares cheios de cumplicidade, até que um de nós reunisse coragem suficiente para dar um passo à frente e criar aquele clima *pré-beijo* tão delicioso...

Balancei a cabeça em um movimento quase imperceptível. Júpiter era um cara legal e muito gato. Eu imaginava que se o convidasse, ele aceitaria, porque para ele as coisas pareciam ser simples assim.

Mas, para mim, não.

E eu *não era* solteira.

— Muito obrigada pela companhia no elevador. E pela carona. Acho que fico te devendo uma.

— Ah, não, estamos quites.

— Foi um prazer, Júpiter. A gente se vê por aí.

— A gente se vê por aí. — Ele deu um sorrisinho desapontado, como se *estivesse* esperando o convite.

Cada fibra do meu ser desejava outra realidade na qual eu pudesse fazer mesmo um convite a ele. Isso era insano, eu sabia. E justamente por isso girei nos calcanhares e atravessei a porta de entrada antes que acabasse fazendo alguma besteira.

Cheguei ao apartamento com uma sensação esquisita me dominando. E, mesmo horas depois de termos nos despedido, permaneci com os pensamentos focados na insanidade que era sua companhia e em como ele tinha me abalado.

Merda, Júpiter... você é mesmo inesquecível.

CAPÍTULO 7

Júpiter

Tirei a mochila das costas e atirei na cama, aliviado por me livrar do peso excessivo. O dia mal havia começado e eu já estava exausto. Não tinha um único músculo do corpo que não protestasse de cansaço. Meus ombros pesavam. A cabeça estava distante. E também tinha o sono atrasado. Não de semanas, nem de meses, mas de anos. E, bem, para falar a verdade, eu já nem conseguia mais lembrar como era a sensação de não estar morto. Fazia tanto tempo. Tinha virado uma parte de mim.

Esfreguei o rosto e saí do quarto. Passei pela sala vazia e segui em direção ao jardim dos fundos. Era estranho estar ali sozinho. Tudo ficava tão vazio sem as músicas altas de Saturno ou as discussões intermináveis entre mamãe e Vênus. Mas eu gostava da ideia de ter a casa só para mim. Oferecia um pouco da sensação de morar sozinho, de ter a companhia apenas dos meus pensamentos. Apenas eu, mais ninguém.

A ideia me roubou um sorriso.

Sentei no banco de madeira embaixo da pitangueira carregada de frutos. A sombra era agradável naquela terça-feira, que já estava tão abafada antes mesmo do almoço.

Olhei para a árvore com desinteresse. Depois, para a rede puída que a ligava à mangueira. Meus olhos passearam por cada centímetro daquele que um dia tinha sido o meu refúgio: o pequeno balanço de dois lugares, que sempre rendia muitas brigas entre mim e meus irmãos; o escorregador enferrujado, de onde Saturno caíra e quebrara o braço aos cinco anos; a grama fofa precisando ser aparada; a mesa retangular de madeira de demolição, com dois bancos que comportavam nós cinco; as trepadeiras cobrindo o muro quase por inteiro... Fui tomado por um mar de memórias. Todas vieram de uma só vez.

De repente, fiquei triste.

Aquele costumava ser meu lugar preferido do mundo. Não só por todas as experiências compartilhadas com minha família, que eram as pessoas que eu mais amava, mas porque nenhum outro cômodo da casa me oferecia tanta paz quanto aquele ali. Eu adorava me balançar na rede, observando as estrelas, enquanto meus pensamentos alçavam voo e iam para bem longe.

Eu era tão feliz nessa época. A vida não era perfeita, mas, ainda assim, *parecia ser.* Era como se os problemas que surgiam pelo caminho fossem pequenos demais perto da felicidade que nos envolvia. Eu assistia aos meus pais tão felizes e amigos e, mesmo sem entender muito bem o que era o amor, os admirava. Eles nos levavam a sério como crianças. Sempre tinham tempo para nós três, sempre tinham atenção em excesso para nos dar. Sobretudo meu pai. Ele era meu melhor amigo e, por mais piegas que soe, era também meu herói.

Naquela época, existia um leque de possibilidades para o futuro e eu gostava de imaginar cada uma delas. Gostava da sensação de que tinha uma vida toda pela frente, e poderia fazer o que bem entendesse com ela.

E era por isso que hoje em dia eu quase nunca parava ali. As sensações boas que o jardim me despertava antigamente foram substituídas por um sentimento claustrofóbico e intenso. A cada recordação boa eu era tomado por um desespero terrível. Um sentimento de urgência trazido pela ideia de que tudo era efêmero. Até mesmo nós.

Principalmente nós.

Prendi a bolinha do *piercing* nos dentes, puxando-a de leve.

Era doloroso fazer a conexão entre o Júpiter do passado e o Júpiter do presente e da confusão que restou disso tudo.

Meu refúgio passou a ser, com o tempo, qualquer lugar fora de casa.

Cada uma das paredes era como um lembrete eterno de que eu estava preso ali. Tinha tomado um papel para mim que jamais desejei e agora não havia mais volta. Quando meu pai morreu e tudo desabou, precisei fazer alguma coisa. *Precisei*. Porque, se não fizesse, ninguém mais faria. Eu não podia mais assistir ao sofrimento da minha família. Isso só aumentava a minha raiva por ele. E raiva não é um sentimento bom.

Então, mesmo que estar fora de casa se resumisse a trabalho e estudo, eu ainda preferia. Porque, nessas horas, tinha um gostinho da liberdade. Tinha um gostinho do Júpiter que eu poderia ter me tornado, caso o destino tivesse tomado um curso diferente. E nele, a única variável para as minhas escolhas era eu mesmo.

Esfreguei o rosto. Eu me sentia péssimo, porque, caramba, eles precisavam de mim. E eu sabia muito bem disso. Eu era a droga de um egoísta.

Não se tratava dos meus desejos, mas da minha família, e de quanto nós todos já tínhamos sofrido. Então, eu faria tudo o que pudesse para evitar aquela época horrível que veio logo depois do assassinato do meu pai. Mesmo que, para isso, meus desejos ficassem em segundo plano. Eu não tinha escolha.

Balancei a cabeça.

Não vá por esse caminho...

Aquele dia já tinha começado estranho. Não parava de pensar no meu pai desde o instante em que acordei. Isso só acontecia de vez em quando, mas era em dias assim que eu queria não precisar sair da cama e apenas fugir. Era por isso que eu tinha voltado mais cedo para casa, não consegui prestar atenção em uma única palavra das primeiras aulas.

Era uma droga que, embora passados nove anos, ele ainda estivesse tão presente em nossas vidas. Como se tivesse dividido sua memória em quatro, para que o carregássemos conosco para todo o sempre. Só que eu tinha ficado com a merda da maior parte. Diferentemente dos meus irmãos, que se pareciam mais com a mamãe, tudo em mim era ele. Desde a aparência até os trejeitos. Eram coisas naturais. Não podia ir contra, porque *era* assim. Por isso eu fazia de tudo para trazer felicidade para cada um deles, para que eles associassem essa imagem à felicidade novamente.

Era um fardo grande. Grande demais.

Então, para não me tornar uma pessoa cheia de rancor, eu tentava desviar o foco das coisas ruins — sempre tão grandiosas — para as boas, ainda que fossem pequeninas. Porque, no fim das contas, eram elas que importavam. Um sorriso, um pôr do sol, uma noite estrelada, um mergulho no mar, um abraço...

Faça o dia bom, Júpiter, eu repetia o tempo todo, para que a mensagem se fixasse e se refletisse nas minhas ações.

Faça o dia bom.

Olhei para as horas no relógio de pulso e decidi sair para almoçar. Dar uma volta até o horário de entrar para o trabalho. Espairecer. Era disso que eu precisava.

Levantei em um pulo e me espreguicei. Enquanto dava uma última espiada no jardim, ouvi o rangido baixo do portão. Pelo som, já dava para descartar Saturno. Ele era barulhento em tudo o que fazia. Era impossível confundi-lo com qualquer outra pessoa. Também não era a minha mãe. Ela devia ter saído de casa pouco antes de eu chegar e não faria o menor sentido voltar agora, tão perto do almoço, que era quando ela mais vendia. Além disso, eu não tinha ouvido o ronco do seu velho trailer.

Deslizei as mãos para dentro dos bolsos, caminhando em passos tranquilos até o quarto de Vênus. Minha irmã raramente saía de casa sem que fosse para o trabalho e isso me deixou curioso para saber por onde ela tinha andado. Embora estivesse no auge dos seus dezenove anos, continuava tão tímida e assustada quanto aos treze. E, apesar de o emprego na livraria ter ajudado bastante — antigamente ela mal conseguia encarar as pessoas nos olhos, por exemplo —, Vênus não era nem de longe como as outras garotas da sua idade.

A porta estava aberta, mas ainda assim dei uma batidinha antes de entrar. Vênus saltou no lugar ao mesmo tempo em que olhou por cima do ombro. A cor tinha se esvaído do seu rosto.

— Júpiteeeeer! — ralhou, com as bochechas corando. — Que droga, você sabe que eu odeio quando chega de fininho.

— Eu bati na porta! — protestei sem evitar o sorriso.

— Tá, mas eu nem sabia que você estava em casa. — Ela se empertigou por poucos segundos, como se pensasse a respeito. — Calma, por que você não está na aula?

— Passei mal — menti. Mas como era uma coisa frequente, ela não estranhou.

— Já almoçou?

— Ainda não. Estava indo agora. Quer comer comigo?

— Por que vai almoçar fora? Calma... você vai comer carne?! — Vênus estreitou os olhos, desconfiada. Sustentei o olhar, forjando minha melhor expressão inocente. Não funcionou. — Você vai! — Ela arfou. — Júpiter, já parou para pensar em quanto isso vai arrasar a mamãe se ela descobrir?

— Exatamente: *se* ela descobrir. — Arqueei as sobrancelhas de maneira ameaçadora. — O que os olhos não veem o coração não sente.

— Você sabe que é um escroto, né?

— Só porque gosto de carne?

— É claro! São cadáveres!

— Você também comeria esses cadáveres se fizesse ideia de como são bons. Principalmente bacon. — Encolhi os ombros ao notar sua expressão indignada. — Desculpa, não sou como você e Saturno. Fui corrompido. Mas *tenho* esse direito! Mamãe escolheu ser vegetariana, essa é uma opção dela. Isso não significa que eu também preciso ser. Nem vocês.

— Não quero almoçar com você. Me recuso a testemunhar essa traição. — Ela estava brincando, no fundo, só gostava de me provocar.

Eu gostava de ver Vênus feliz, porque, de todos nós, ela foi quem mais se afetou com a morte do meu pai. Até mamãe tinha conseguido se recuperar e seguir em frente, mas minha irmã jamais voltou a ser a mesma. Em vez disso, ela se fechou em um mundinho bem particular, e era muito difícil penetrar lá. Mesmo para mim, que era o mais próximo. A parte triste estava no fato de ela ser tão linda e inteligente... nessa idade deveria estar farreando, ou sei lá.

Sorri com a ironia.

Eu mesmo nunca tive essa fase de curtir a juventude. Fui tragado de maneira impiedosa para a fase adulta e cheia de responsabilidades.

— Onde você estava? — Fui atraído até sua cama pela camiseta rosa estendida sobre ela. Minha irmã odiava essa cor. E ela costumava ser bem enfática com isso. Tomei a camiseta nas mãos e meus olhos foram para a frase estampada na altura do peito: "às quartas-feiras, usamos rosa". — O que é isso? — perguntei, buscando-a com o olhar.

Os olhos quase negros de Vênus brilhavam em excitação.

— É o presente de aniversário para uma *youtuber* de que eu gosto muito. Eu que mandei fazer — explicou, orgulhosa. — Essa é uma frase do filme favorito dela.

— Qual filme?

— *Meninas Malvadas*.

— Bem, já sabemos que ela tem um gosto duvidoso para cinema — comentei, só para alugar Vênus.

— Aff, você é um chato de galocha! Ninguém é obrigado a gostar daqueles filmes pseudocults que só gente tediosa consegue ver até o fim.

— Ei, isso foi pesado! Não tenho culpa se você não tem capacidade intelectual para compreender as entrelinhas. — A essa altura, meu sorriso ia de orelha a orelha. Minha irmã tinha caído na isca e me encarava com uma expressão impaciente.

Eu vivia para tirar Vênus e Saturno do sério. Sabe o que dizem: irmãos servem para essas coisas.

— *Blá-blá-blá*. Meu nome é Júpiter e eu me acho!

Rindo de prazer, caí sobre sua cama, ocupando-a inteira. Minha irmã estava entretida borrifando várias vezes o próprio perfume na camiseta.

— Por que dar um presente para uma pessoa que você nem conhece? — perguntei, torcendo o nariz ao sentir o cheiro adocicado do perfume. Eu odiava porque era enjoativo demais e, em dias quentes como aquele, me dava dor de cabeça.

— Ela é importante para mim. — Vênus deu de ombros, buscando meus olhos. — E já que tocamos nesse assunto, eu queria mesmo falar com você.

— Hummm... sinto que estou encrencado. Tenho motivos para isso?

— Ai, Júpiter! Cala a boca só um pouquinho e me deixa falar — protestou, cruzando os braços ao mesmo tempo em que revirava os olhos.

— Sou todo ouvidos, Vê! — Ergui as mãos no ar, como se me rendesse. E, embora minha vontade de rir só aumentasse diante da sua irritação, fiz o possível para me segurar.

Ela dobrou a camiseta meticulosamente, deslizando-a para dentro de um pacote prateado.

— Então... o aniversário foi na semana passada, na verdade. Ela vai fazer um encontrinho de comemoração. Eu preciso ir. Preciso muito, muito, mesmo. Quero pedir um autógrafo, daí vou mandar emoldurar e colocar aqui no quarto. — Vênus suspirou, sonhadora. — E é aí que você entra. Não queria ir sozinha. Sabe como é, vai ter muita gente e tudo mais. Não sei se dou conta.

— Por que não chama o Saturno?

— Ele vai jogar. — Meu irmão era do time de futebol da escola. Seu tempo livre era dividido basicamente entre treinos e campeonatos.

— Eu não posso dizer não, né? — Fiz uma careta de descontentamento.

— Até pode, mas daí você ganharia o prêmio de irmão mais desnaturado de Florianópolis inteirinha. Vai, Ju, nunca te pedi nada!

— Mentirosa — sussurrei e ela riu. — Quando é esse negócio?

— Nesse sábado. Começa às quatro. — Ela encolheu os ombros quando arregalei os olhos. — Sei que é em cima da hora, mas você é o gerente, pode trocar sua folga, não pode?

— Vênus... por que não me avisou antes?

— Saturno só me contou ontem sobre o jogo — respondeu, baixinho.

Expirei o ar dos pulmões, um pouco desanimado. Vênus sabia quanto eu odiava mudanças de plano repentinas em se tratando do meu emprego. Isso envolvia a escala de folga e mesmo a menor das mudanças interferia em todo o resto. Era um inferno conseguir encaixar todos os funcionários, satisfazendo as necessidades deles e da loja.

— Por favor, Júpiter! É muito importante mesmo. Eu não pediria se não fosse.

Encarei minha irmã. Seu cabelo crespo com cor de carvão que batia na altura do queixo, os braços delgados sempre cruzados sobre o peito, como um escudo, os olhos ansiosos... Eu não podia recusar aquele pedido tão genuíno. Dava para ver no seu rosto quanto ela ansiava por aquilo. Eu era incapaz de dizer não aos meus irmãos, já bastava um de nós ter sido privado dos desejos. Não dava mais para voltar no tempo e recuperar os anos perdidos, então, eu fazia o possível para poupá-los de seguir meus passos.

— O que você não me pede chorando que eu não faço sorrindo, hein? — murmurei, contrariado. Já podia me imaginar sendo esmagado num mar de garotas histéricas e isso não era nada animador.

Minha irmã pulou em mim e enlaçou os braços no meu pescoço, deixando um beijo estalado na minha bochecha.

— Te amo!

— Ama *agora*. — Tentei me soltar dela. — Quem é essa *youtuber*?

— Você não vai saber, você é um homem das cavernas.

No começo do ano, quando comecei o cursinho, fiz a escolha de desativar todas as redes sociais e só reativá-las quando passasse no vestibular. O dinheiro era suado e eu não queria desperdiçar meu tempo livre bisbilhotando a vida de outras pessoas. Não foi fácil. No começo me senti um pouco isolado do restante do mundo. Meus irmãos tinham uma profusão de assuntos e piadas internas dos quais eu não fazia a mais remota ideia. Depois do primeiro mês, percebi como a maioria das coisas que eles sabiam eram inúteis e deixavam de ter importância em um pequeno intervalo de tempo. Então, me acostumei a não depender mais de nada disso. A única coisa que ainda mantinha no celular era o WhatsApp, por motivos óbvios — ninguém mais trocava mensagens ou telefonava. E eu não queria ficar incomunicável. O objetivo era só diminuir as distrações.

— Não sou um homem das cavernas, sou um homem determinado, é diferente — protestei, bagunçando o cabelo dela. Vênus respondeu com uma sucessão de tapinhas no meu braço direito. — Vai logo, me mostra o que ela tem de interessante para você gostar tanto assim.

Vênus revirou os olhos e pegou o notebook de cima do criado-mudo. Sentou ao meu lado, enquanto esperávamos que ele ligasse.

— Ela já me ajudou bastante com autoestima. Foi por causa dela que fiz minha transição capilar e assumi meu cabelo natural.

Arqueei as sobrancelhas e abri a boca, surpreso. Mesmo sem saber de quem se tratava, ela já tinha ganhado pontos comigo. Vênus tinha doze anos quando alisou o cabelo pela primeira vez. Depois disso nunca mais parou. Eu nunca disse nada, até porque não tinha nada a ver com isso, mas achava que o cabelo liso não combinava com ela, tirava um pouco do seu brilho. Por isso, foi uma surpresa enorme quando ela começou a deixá-lo crescer naturalmente, até que cortasse toda a parte lisa. Nunca passou pela minha cabeça que pudesse ser por influência de outra pessoa.

Vênus permaneceu alheia a minha reação. Estava concentrada demais no computador. Ela abriu uma nova janela e digitou depressa, fazendo a página inicial do YouTube surgir em um piscar de olhos. Depois disso, clicou em um vídeo e o colocou em tela cheia.

Durante os primeiros segundos, tudo o que apareceu foi uma cadeira amarela. Então, uma garota surgiu em um rompante, pulando e chacoalhando as mãos no ar.

— *Olá, leõezinhos! Tudo bem com vocês?*

Meu corpo todo enrijeceu.

Espera!

Essa não é...?

— Juba! — exclamei, chocado.

— Você conhece? — Minha irmã me olhou com uma expressão confusa.

O que está acontecendo aqui?

Encarei minha irmã, desconfiado. Era uma pegadinha?

— *Você* conhece? — ecoei.

— Ahn? — Vênus uniu as sobrancelhas, formando um vinco na testa. — Todo mundo conhece a Juba! Ela é famosa. Tem 6 milhões de seguidores no YouTube!

— Ela tem... *o quê?!*

Seis.

Milhões.

De seguidores.

Aquilo era bizarro!

Nós ficamos trancados por horas no elevador, conversamos um monte. Ela não podia ter se esquecido de mencionar, assim, só por cima, que era famosa. Esse era o tipo de detalhe que não deveria passar batido.

— Júpiter, é sério, você está me assustando. Por acaso tomou os chás da mamãe? Está chapado?

Neguei com a cabeça.

— Não é isso, Vê! É que... lembra o dia que fiquei preso no elevador?

— Uhum.

— Foi com ela. Nós ficamos presos juntos.

A expressão da minha irmã se suavizou no mesmo instante. Ela deu uma risada debochada, balançando a mão no ar.

— Ah, tá. Claro. E eu fiquei presa com a Kéfera na semana passada.

— Estou falando sério, porra — retruquei com impaciência. — Nós ficamos presos e conversamos um monte. O nome dela é Sol, não é?

— Vê fez que sim, mas notei que ainda permanecia cética. — Ela adora filmes da Disney e tem um carro chamado Cinderela. Porque é azul.

Minhas últimas palavras surtiram o efeito que eu queria.

Os lábios de Vênus se abriram, formando um imenso "O". Os olhos também estavam redondos. Ela ficou imóvel por alguns segundos antes de começar a berrar as palavras como uma metralhadora.

— VOCÊ CONHECEU A JUBA? MEU DEUS, MEU DEUS, MEU DEUS! VOCÊ É TÃO SORTUDO, JÚPITER! POR QUE NÃO FOI COMIGO? EU SEMPRE QUIS CONVERSAR COM ELA! NÃO É JUSTO! VOCÊ NEM AO MENOS CONHE...

Meus tímpanos estavam feridos. Antes que eu perdesse a audição, agarrei os ombros de Vênus e a sacudi até que parasse de gritar.

— Caramba, você é maluca, sabia?

— Você não está entendendo, Júpiter — ela choramingou. — Eu nunca nem cruzei com ela. E ela mora aqui em Floripa!

— Você não sai de casa — provoquei. Se minha irmã respondeu, não ouvi.

Meus olhos estavam fixos na garota que conheci no elevador. Ela estava linda.

O cabelo cheio e dourado honrava o apelido. Parecia *mesmo* uma juba. Era cheio de personalidade. Chamava atenção. Era impossível não admirar. Pigarreei, deslizando a bolinha do *piercing* entre os dentes.

No vídeo, ela gargalhou.

Sua risada era alta e espalhafatosa. Era como se ela quisesse se certificar de que o mundo inteiro pudesse sentir sua felicidade.

Fiquei petrificado. Igual à do dia em que permanecemos trancados.

Desde aquela ocasião, há pouco mais de duas semanas, Sol eventualmente visitava meus pensamentos.

Nunca coisas tão importantes, só detalhes soltos. Como sua espontaneidade, por exemplo. Eu curtia o fato de que ela falava algumas coisas sem pensar muito, como se não tivesse um filtro. E isso era bom. É nos momentos em que desligamos nosso cérebro que as coisas mais sinceras vêm à tona.

Nunca tinha um horário nem uma razão para que ela surgisse na minha cabeça. Era sempre inesperado e rápido. Eu me lembrava dela, pensava na possibilidade de aparecer de surpresa no seu prédio e já descartava a ideia no instante seguinte.

Para mim, sentimentos nunca foram bichos de sete cabeças. Eram naturais e nunca motivos de vergonha. Nenhum deles. Eu *fiquei* interessado nela no dia do elevador, naturalmente. Sol era bonita, engraçada... seria legal conhecê-la melhor. Esperava que, ao menos, ela me passasse seu telefone depois da carona. O que não foi o caso. E esse era um sinal bem claro de que o interesse não era mútuo, embora eu tivesse entendido outra coisa.

Inventei uma desculpa qualquer para dispensar Vênus — o que foi uma tarefa um pouco difícil, levando em conta que ela queria o máximo de informações sobre o dia do elevador — e fui para o meu quarto. Eu precisava ficar sozinho. Precisava ver mais. Aquilo era uma loucura.

Deitei na cama e acessei o YouTube pela televisão. A voz animada de Sol preencheu as paredes do quarto, como se ela estivesse ali comigo. Eu não conseguia desgrudar os olhos dela, porque, droga, não tinha como! Ela era um combo irresistível de gata pra cacete, divertida e, a cereja do bolo, tinha um papo bem importante, sobre amor-próprio e superação.

Conforme assistia aos vídeos, eu ficava mais e mais desconcertado, surpreso. O sorriso incrédulo no meu rosto só crescia. Esqueci o almoço, meu pai e todo o resto. Juba me acorrentou com seu carisma, com suas risadas altas e envolventes, com sua maneira de ver o mundo. E se eu já tinha ficado intrigado antes, agora estava simplesmente sem palavras.

Quando percebi, já tinha passado da hora de sair para o trabalho. Florianópolis tinha um trânsito caótico e congestionado, e eu sabia que chegaria atrasado. Ainda nem estava pronto, isso era o pior. Vestia as roupas que tinha usado na aula e minha barriga roncava de fome.

O que aconteceu comigo?

Minha cabeça zunia. Eu me sentia como se tivesse despertado de um sonho, desses que são tão reais que nos deixam com uma sensação engraçada. Enquanto me arrumava às pressas, não consegui parar de pensar em Juba e nos nossos encontros inesperados e nada convencionais. Nossos caminhos tinham se cruzado duas vezes. Pura ironia do destino, já que as chances de que trocássemos uma única palavra era remota. E, ao perceber isso, fiquei com um nó na garganta.

Foi com esse pensamento que subi na minha moto, dando partida logo em seguida e retornando para a *vida real* — nós *não pertencíamos* a uma realidade minimamente parecida. Estava na cara que eu não tinha muita chance com ela, por mais que minha vontade de aparecer de surpresa no seu prédio tivesse triplicado.

DELÍRIOS DE JUBA
Publicado em
16 de novembro de 2017

INSCREVER-SE: 6,1 MI

6 MILHÕES DE INSCRITOS, PALHAÇOS E EXPECTATIVAS PARA O CASAMENTO: PERGUNTE A JUBA

(*A câmera foca no cenário vazio antes de Juba entrar em cena dançando ao som de Anitta.*)

Olá, leõezinhos! Tudo bem com vocês?
Estou devendo esse vídeo há algum tempo, eu sei. Antes tarde do que nunca!
Se você é novo no canal e caiu de paraquedas aqui, mês passado nós alcançamos a incrível marca de 6 milhões de leõezinhos e, para comemorar, pedi para vocês me mandarem perguntas nessa foto aqui, lá no Instagram.

(*A imagem aparece na tela por poucos segundos. Juba está sentada na beirada de uma piscina, com as pernas dentro da água e um sorriso largo no rosto.*)

E o vídeo de hoje é para responder a algumas delas. Então, roda a vinheta e vamos que vamos!

VINHETA DE ABERTURA
(A imagem corta para uma tela azul-turquesa, com o desenho de um leãozinho. A voz de Juba simula um rugido ao mesmo tempo em que as palavras "Delírios de Juba" piscam na tela, no mesmo tom de amarelo da cadeira do cenário.)

Pedro Lemes: O que você faria se fosse homem por um dia?
Dentre as infinitas possibilidades, com toda a certeza do mundo eu faria *pintocóptero*.

(Close no rosto de Juba. Ela ergue as sobrancelhas de maneira sugestiva, com um sorrisinho travesso no rosto.)

Joana 1D: O que você queria ser quando crescesse e por que decidiu virar *youtuber*?
Cara, eu nunca fui uma dessas pessoas que sabem desde criança o que querem ser. Cada semana eu escolhia uma profissão diferente. Parecia até que era libriana.

Tanto que no ensino médio, enquanto todo mundo estava surtando para o vestibular, eu estava só tentando decidir o que queria fazer para o resto da vida. E era superdifícil, nada combinava muito comigo.

No fim das contas, nem fiz faculdade. Depois do colégio, tive problemas de saúde e resolvi focar na recuperação e foi por isso que comecei a gravar vídeos. Nunca decidi *virar* uma *youtuber*, porque isso nem existia direito. Há cinco anos, o YouTube era muito diferente, gente. Tinha só mato aqui! Eu não fazia a menor ideia de que pudesse chegar tão longe com ele, de verdade.

Danilo F: É biscoito ou bolacha?
Ok, sei que esse é um assunto polêmico, mas é ÓBVIO que é bolacha.

E não estou nem aí se na embalagem está escrito "biscoito". Só existe um biscoito, que é o de polvilho.

Na caixinha de cotonete está escrito hastes flexíveis com pontas de algodão, e ninguém chama assim. O mesmo vale para Bombril e afins.

Então, parem de ser chatos!

Julia Dias: Como se sentiu quando foi pedida em casamento? E como estão as expectativas?

Deus do céu, esse tema foi, de longe, o campeão! Gente, vocês não fazem ideia da quantidade de perguntas que recebi sobre isso.

(*Vários recortes de comentários pipocam sobre a tela, até cobrirem completamente a Juba.*)

Como vocês sabem, eu AMO contos de fada. E mesmo sem pensar muito a respeito, dentro de mim sempre existiu esse desejo de me casar na igreja, com vestido branco, véu e grinalda... acho tão lindo!

Só que, de coração, eu não esperava que isso fosse acontecer um dia. Foi uma surpresa muito grande quando o André fez o pedido. Acho que só fiquei tão emocionada assim quando recebi minha plaquinha de 1 milhão de inscritos.

Ainda não parei para pensar muito a respeito do casamento em si, porque está muito recente, né? Até para nós, que somos meio apressadinhos. Está tudo uma loucura dentro de mim. Uma mistura de medo com nervosismo, com ansiedade...

Foi até bom falar sobre isso!

Estou pensando em fazer uma série de vídeos sobre casamento, quando começarmos a planejar o nosso. Posso falar sobre decoração, vestido de noiva, lista de convidados... vocês gostariam desse tipo de conteúdo no canal? Comentem aqui embaixo, por favor!

Karen S. Silva: Por que seu apelido é Juba?

Miga, sério mesmo que você não sabe?

Olha só para o meu cabelo! Ele *parece* uma juba, não parece?

(*Ela balança a cabeça, chacoalhando os cachos de um lado para o outro.*)

Tá bom, chega de brincadeira.

Na verdade, esse apelido era meu TERROR na época da escola. Antigamente, as pessoas não eram empoderadas como agora, não, viu? E, cara, crianças são más pra caramba, sério mesmo.

Meu sobrenome é Leão. Um dia, um otário descobriu isso e fez a conexão do meu lindo cabelo loiro para a juba de um leão. Só que ele fez isso de forma pejorativa, é claro. Aliás, se você estiver vendo esse vídeo, espero de verdade que se fod...

(*A imagem corta para Juba pestanejando com inocência.*)

Infelizmente o apelido pegou. Porque esse é o segredo da coisa: os apelidos só pegam se você mostra para os outros quanto não gosta deles.

Mas, quando comecei o canal, achei que seria legal continuar com ele e transformá-lo em uma coisa boa. Porque, sabe como é, quando penso em Juba agora, só consigo sentir alegria e orgulho. O sentimento ruim de antes já era.

Então, parafraseando nosso querido Tyrion Lannister: "Nunca esqueça o que você é. O resto do mundo nunca se esquecerá. Use como uma armadura e isso nunca poderá ser usado para machucar você".

Sabrina San: Você tem alguma fobia?
Tenho! Nossa, como tenho!

(*Ela dá uma risadinha nervosa e coloca as mãos no coração.*)

Nem todo mundo sabe, mas tenho coulrofobia, que nada mais é do que um pânico muito, muito grande mesmo de palhaços. Não consigo lembrar quando começou, mas desde bem novinha esse medo me persegue.

E é uma maluquice! Não posso nem pensar muito que já começo a suar frio, meu coração acelera... Minha mãe diz que nunca conseguiu me levar para o circo porque eu tinha ataques histéricos só de pensar na possibilidade.

(*Juba pisca os olhos algumas vezes, como se estivesse prestes a chorar, mas, em vez disso, ela estala os dedos, animada.*)

Vamos para a próxima!

Agatha Ramos: Como você se sente sabendo que existem 6 milhões de pessoas que te amam e te apoiam? Você se dá conta da sua importância e responsabilidade em ser uma enorme influência para tanta gente?

Sinto que existem 6 milhões de pessoas com um mau gosto do cacete no Brasil...

(A câmera dá um zoom no sorrisinho de Juba por um instante.)

Agora, falando sério: nem consigo acreditar direito. Já faz um mês e ainda não caiu a ficha. Vocês já pararam para pensar que 6 milhões é a população de Goiás?

Porra, é muita gente!

Mas, respondendo a sua segunda pergunta, acredito que todos nós somos influenciadores em potencial. Tudo o que falamos ou fazemos interfere em algum grau na vida das pessoas ao nosso redor. Se você for bom ou mau com alguém, isso vai fazer parte da pessoa de certa forma. Não é preciso ser famoso, ou ter um canal no YouTube, sabe? É claro que tenho a oportunidade de alcançar um número bem maior de pessoas, só que, basicamente, todos possuímos esse poder. Só que nem todos usam.

E você, está usando o seu?

VINHETA DE ENCERRAMENTO
(A tela fica preta por poucos segundos, apenas com as palavras "Delírios de Juba", dessa vez em branco.)

Quero lembrar aos leõezinhos de Floripa que amanhã, dia 17 de novembro — para o caso de você estar assistindo no futuro —, temos encontro!

Começa às 16 horas e tem senha para os 150 primeiros, tá? Então, não se atrasem, porque estou muito ansiosa para conhecer vocês!

Bem, é isso aí. Inscrevam-se no canal, curtam o vídeo e façam bastante barulho nos comentários.

Um abracinho. Vejo vocês semana que vem!

2.446.816 visualizações

381.315 gostei 👍

1.019 não gostei 👎

PRINCIPAIS COMENTÁRIOS

Mimimia

Quem também tem medo de palhaços deixa um like!

👍 562 curtidas

Larissa Lari

Só eu que AMO a risada da Juba? Dá vontade de rir junto!

👍 210 curtidas

Enzo Kozan

Pintocóptero (°ᴊ°)

👍 132 curtidas

Eu Sou Um Mito

BOLACHA DE CU É ROLA!

👍 53 curtidas

CAPÍTULO 8

Júpiter

EU JÁ ESTAVA NA FILA PARA CONSEGUIR CONVERSAR com Juba havia mais de uma hora quando minha pressão caiu. Não foi nenhuma surpresa, em se tratando do meu metabolismo. Na verdade, já *esperava* passar mal em um dia tão quente quanto aquele, ainda mais levando em conta a quantidade de pessoas apertadas em um lugar pequeno demais para comportar todo mundo. Se eu tentasse ver pelo lado bom, até que tinha demorado bastante para acontecer.

Senti a vertigem característica: a sensação de que meu corpo flutuava, somado ao calorão repentino e ao leve tremor nas extremidades.

Agora não, merda!

Era como se o universo estivesse tirando sarro de mim. Depois de tanto tempo esperando, começava a passar mal logo quando estava chegando a minha vez! Tinha só trinta pessoas na minha frente. Para quem já tinha esperado umas noventa, isso era como se eu estivesse *quase lá*.

Olhei para o pacote prateado nas minhas mãos e expirei com desânimo.

Vênus tinha recebido um telefonema da sua gerente pouco depois do almoço. Duas funcionárias faltaram sem avisar e, como as vendas da minha irmã eram as mais baixas da livraria, ela foi intimada a trabalhar. Não teve escolha. Seu olhar desolado ao receber a notícia ainda permanecia vivo na minha memória.

— Desculpa te fazer trocar a folga por nada, Ju — murmurou, com lágrimas nos olhos, quando a deixei em frente ao shopping onde trabalhava.

O que Vênus mal podia imaginar era que eu tinha escondido o presente no baú da moto e decidido ir sozinho ao *encontrinho*, para conseguir o tal autógrafo. Era uma surpresa. Eu esperava que fosse o bastante para animá-la, ao menos um pouquinho, pelo imprevisto.

No entanto, desde que havia pisado ali, percebi que não seria tão fácil na prática quanto aparentava ser na teoria. Primeiro porque faltou pouco para que não conseguisse entrar. Só as 150 primeiras pessoas poderiam participar do encontro e, quando cheguei, 135 já tinham passado na frente. E isso porque cheguei com uma hora de antecedência!

Então vinha o problema principal: isso era *muita* gente.

Não nasci para essas coisas, repetia a cada cinco minutos — a frequência com que conferia as horas no relógio de pulso.

O pior era que eu nem *conseguia* ficar irritado com nada disso. Eu estava ali por um bom motivo e me sentia perplexo com a situação como um todo. Ouvia todas aquelas pessoas conversando animadas entre si sobre quanto queriam conhecer Juba e em como passariam mal quando precisassem falar com ela, e não conseguia acreditar que aquilo estivesse mesmo acontecendo. Estava boquiaberto.

Aliás, passei grande parte do meu tempo me imaginando no lugar da Sol. Como sua cabeça funcionava, sabendo que tanta gente a admirava daquele jeito? Caramba, quanto mais eu refletia sobre isso, mais estupefato ficava. E aí eu me perguntava qual a chance de ela se lembrar de mim. Com a quantidade absurda de pessoas que devia ver todos os dias, era bem improvável recordar do nosso encontro no elevador depois de quase três semanas.

Fui arrastado bruscamente de volta para a realidade quando senti uma contração forte no estômago e comecei a salivar além do normal.

Ah, droga, preciso sair daqui!

Consternado, abandonei meu posto às pressas e corri em direção ao banheiro masculino.

Um segundo de atraso e eu teria dado um puta trabalho para o responsável pela limpeza. Mal tive tempo de abrir a tampa do vaso e despejei todo o almoço para fora, com o corpo inteiro tremendo.

Ali dentro estava um pouco menos abafado, mas já era tarde demais. Eu não conseguiria voltar para a fila nem por um único segundo. Abri a pia e lavei meu rosto com água fria até me sentir um pouco melhor. Ainda sentia um tremor sutil percorrendo meus membros, mas já não corria o risco de vomitar novamente, e essa era uma boa notícia.

Com o pacote embaixo do braço, abandonei o banheiro imerso em uma nuvem de amargura. Eu me sentia o maior idiota de todos os tempos por ter estragado tudo. Faltou tão pouco para conseguir...

Imerso nos meus pensamentos, tentava encontrar outra maneira de alegrar minha irmã quando reparei nos sapatos de salto a poucos centímetros de mim. Subi o olhar e separei os lábios em surpresa ao deparar com Sol. Ela esperava... *por mim*?

— Estou começando a acreditar que você tem mesmo tara em pirocas! — falei, com um sorriso largo no rosto.

Ela riu baixinho, balançando a cabeça.

— Eu te vi saindo da fila e queria saber se era mesmo você ou se eu estava delirando. — Sol jogou o peso do corpo de uma perna para a outra e olhou por cima do ombro. Tinha pressa para voltar, era notável.

— Uhum, sei. Isso é o que você quer que eu acredite — brinquei, porque, por alguma razão, não queria que ela fosse embora assim tão rápido.

— O que você está fazendo aqui? — Sol foi direta ao ponto, ignorando minhas últimas palavras.

— Era isso ou vomitar nas suas fãs. — Encolhi os ombros.

— Que nojo! — protestou, franzindo o cenho. — Não no banheiro, aqui no evento.

— Minha irmã te adora e queria muito um autógrafo, mas teve um imprevisto de última hora... — Bati com as mãos nas pernas. — Então aqui estou eu.

— Pensei que você não soubesse quem eu era!

— Acredite em mim, eu *não* sabia! — falei com deboche, fitando-a nos olhos. — Foi um choque descobrir o pequeno detalhe sobre os 6 milhões de seguidores, a propósito.

Dessa vez, Sol jogou a cabeça para trás e soltou uma das suas risadas espalhafatosas. Ela olhou por cima do ombro outra vez e a cor abandonou seu rosto em uma fração de segundo.

— Você tem compromisso depois daqui?

Sorri torto, gostando do rumo de nossa conversa.

— Não.

— Estou te devendo uma pela carona, e...

— Nós estamos quites — interrompi, mas ela apenas balançou a mão no ar.

— Estou devendo, sim! Se você quiser, podemos nos encontrar depois do evento e eu assino com calma as coisas da Vênus. — Sorri ao perceber que ela ainda se lembrava do nome da minha irmã. *Isso é inusitado.* — Assim não precisa ficar aqui nesse lugar abafado. Você tem pressão baixa, né?

Assenti com a cabeça. O sorriso cresceu.

Ela se lembrava bem das coisas que tínhamos conversado. A constatação me deixou *muito* animado.

— Seria bem atencioso da sua parte.

— Acho que aqui vai mais uma hora e meia, no máximo. Podemos nos encontrar em frente ao meu prédio?

Prendi o *piercing* nos dentes, incapaz de dizer uma palavra e, por isso, limitei-me a assentir. Não conseguia acompanhar as coisas quando se tratava dela. Sol era surpreendente.

— Bem, então estamos combinados. Preciso voltar agora. Até depois, Júpiter. — Ela deu um sorrisinho e desapareceu logo em seguida no meio da multidão.

— Até depois, Sol — respondi para ninguém, pouco antes de abandonar o banheiro.

Dei um longo gole na minha água de coco e estiquei os pés na areia, que raspou na pele de uma maneira agradável. A poucos metros de mim, um menino de no máximo cinco anos corria atrás do seu cachorro, enquanto os pais o observavam de suas cadeiras de praia. Era um ciclo: o cachorro diminuía a velocidade até o garotinho chegar bem perto de alcançar seu rabo, então, latindo sem parar, corria para bem longe dele outra vez. Suas risadas pareciam ecoar por toda a praia, que esvaziava aos poucos. Fiquei tão distraído com a brincadeira inocente entre eles que tomei um susto ao ouvir a voz calorosa da Sol.

— Pensei que você tivesse me dado o cano! — Ela se sentou ao meu lado. — Cheguei e não te vi... daí achei que você poderia estar aqui.

Olhei na sua direção e me deparei com um sorriso singelo. Fiquei sem fôlego.

Sol estava tão linda... era difícil me concentrar em qualquer outra coisa quando tudo o que eu conseguia fazer era passar meus olhos por cada centímetro do seu rosto, tentando decidir o que me agradava mais. Talvez os grandes olhos castanhos, logo abaixo das sobrancelhas quadradas e bem desenhadas. Ou então os lábios com formato de coração, que aparentavam ser tão macios...

Qual é, Júpiter?

Respirei fundo, confuso com os sentimentos que emergiam. Quer dizer, Sol era bonita pra cacete, era natural ficar interessado. Mas eu sentia que não era *só* atração. Tinha algo mais. Algo que me desconcertava e, ao mesmo tempo, me seduzia.

Havia um salgado pela metade nas suas mãos. Com um movimento ligeiro, Sol o estendeu na minha direção.

— Servido?

Sem pensar muito, inclinei o tronco para a frente e dei uma mordida equivalente à minha fome. Como era a minha folga, decidi aproveitar o tempo livre para minha visita costumeira à praia. O dia não seria completo se não fizesse isso.

Sol fez uma expressão ofendidíssima e bateu com o ombro no meu.

— Júpiter, quando alguém oferece comida é só por educação! Não é *de verdade*, sabe? Você *não pode* aceitar.

— Mas estou com fome! — Dei de ombros, rindo dela. — Você me fez esperar por duas horas.

— Eu fui boazinha em te encontrar aqui! As outras pessoas precisaram esperar na fila.

— As outras pessoas não ficaram trancadas no elevador com você, e também não viram... — Sorri torto, arqueando as sobrancelhas. — Você sabe. Isso cria um vínculo. Jamais seremos os mesmos depois daquele dia.

Ela fisgou o lábio inferior, sem deixar de sorrir por um único segundo. Eu a entendia bem, porque também não conseguia parar.

— Você é sempre bobo assim?

— Na maior parte do tempo — brinquei. — Se importa se eu der outra mordida? — Indiquei o salgado com a mão. — Está muito bom! — Não esperei por uma resposta. Antes que tivesse a chance de negar, estiquei o pescoço e abocanhei outro pedaço.

— Júpiter! — exclamou ela. — Você é um monstro!

— É o que dizem... — Peguei o pacote do meu colo e entreguei para ela. — Isso é para você. Mas não é meu, é da Vênus.

— É engraçado ganhar um presente da sua irmã — falou baixinho, como se pensasse em voz alta.

Fitei-a com um olhar confuso, sem entender muito bem seu ponto.

— É que eu não a conheço, mas conheço você — Sol se adiantou em explicar. — E agora esse presente vai sempre me lembrar de você e não dela.

— Eu disse! Nós criamos um vínculo no elevador.

— Pode ser. — Ela riu, rasgando o pacote em poucos segundos e revelando a camiseta. — Não acrediiiiito! Esse é o melhor presente *do mundo*! Está decretado: sua irmã é maravilhosa. E tem até uma cartinha! — E soltou um suspiro cheio de carinho, como se tivesse esperado a vida toda pelo presente. Balancei a cabeça e a observei com paciência enquanto ela lia a carta. Gostei da maneira como seu cenho franziu quando se concentrou, e também de como ela umedecia a boca com certa frequência, conforme seus olhos deslizavam pelas palavras.

Sol ergueu o rosto em um rompante e lamentei demais por isso. Por mim, ela poderia ter lido a Bíblia inteira que eu não teria me importado. *Estou enlouquecendo. É isso.*

— Caramba... — sussurrou e notei seus olhos brilharem. — É tão incrível saber que a ajudei de alguma forma com a transição. Onde Vênus quer que eu assine?

Entreguei o bloco de notas a ela e expliquei que minha irmã pretendia emoldurar o autógrafo para colocar na parede. Fiquei surpreso ao perceber que Sol não se limitou apenas a escrever seu nome, mas sim uma mensagem. Nada compensaria o fato de Vênus não ter conhecido Juba, eu sabia, mas isso já era alguma coisa bem significativa.

— Aqui está. — Ela me entregou o bloco e seus olhos foram de imediato para o coco que eu ainda segurava.

— Quer um pouco? — perguntei, e reparei nas suas bochechas ficando muito vermelhas. Ela se limitou a balançar a cabeça em um movimento quase imperceptível. — Acho que quer, sim — falei rindo.

— Não quero — respondeu, engolindo em seco.

— Você está salivando, Sol!

— É porque tenho uma disfunção. — Sua expressão era séria e bem convincente. Quase caí na dela, não fosse o fato de os seus olhos permanecerem vidrados no coco.

— Uma... *disfunção*? — perguntei, arqueando uma sobrancelha.

— É.

— Sei. — Assenti. — E como chama?

Suas íris castanhas me procuraram.

— O quê?

— A disfunção, ora.

— Ela chama... hum... g*argantis salivaris*.

— Que estranho. — Estreitei os olhos. — Isso parece até um feitiço do Harry Potter.

— Tá bom, tá bom, você me pegou! Eu quero, me dá logo isso aqui. — Sol tomou o coco das minhas mãos.

Foi inevitável gargalhar.

— Você é uma hipócrita, sabia?

— Não sou, não — respondeu de maneira enfática, mas só consegui prestar atenção na brisa que balançava gentilmente alguns cachos do seu cabelo. — Foi você quem ignorou a etiqueta primeiro, quando mordeu o salgado. Ignorou duas vezes! Então, estou no meu direito.

— Hi-pó-cri-ta — cantarolei baixinho, como se mal tivesse ouvido sua resposta.

Ela riu, claramente se divertindo, e seus olhos se fecharam por um segundo.

— Jesus Cristo, eu não lembrava que você era tão chato assim, Júpiter!

— É porque me comportei naquele dia. — Sorri para ela. — Mas já passamos dessa fase, né?

— Bem, se nós já passamos dessa fase, posso te falar uma coisa? — Fiz que sim com a cabeça, fitando-a com atenção. — *Piercings* na língua são *tão* nojentos! — A maneira como pronunciou as palavras me deu a impressão de que ela vinha querendo expor sua opinião há algum tempo. Ri baixinho, sem entender muito bem o motivo para que ela tivesse escolhido um momento tão repentino para isso.

— Como assim? — Indaguei, buscando seus olhos com curiosidade.

— É isso mesmo que você ouviu. — Sol deu de ombros, com cara de deboche. Suas bochechas estavam vermelhas como tomates bem maduros.

— Está criticando meu *piercing*? — insisti na pergunta, incapaz de acreditar nela.

Sua expressão travessa se acentuou antes de responder:

— Uhum.

— Bem, não sei quais são seus parâmetros de comparação, mas *garanto* que esse aqui... — Mostrei a língua para ela. — ... não é nojento.

Não deixei de perceber a maneira como seus olhos se demoraram na minha boca.

— É claro que sim. Deve estar cheio de restos de comida e bactérias. Aposto que tem até pus aí no meio.

Sol me fitava com um sorrisinho que dizia claramente "estou te provocando". Eu queria me fingir de ofendido, mas não aguentei. Ri dela e ela riu de mim. Quando dei por mim, ríamos em uníssono sem motivo algum.

Você é linda.
Sua risada é linda.
Sua boca é linda.

Você inteira é linda.

Cacete, o que está acontecendo?

Cocei a nuca, tentando me esquivar do caminho para o qual meus pensamentos me empurravam. Recordei suas palavras sobre ter ajudado minha irmã e aproveitei a deixa para perguntar:

— Como foi que você chegou aqui, *Juba*? — Dei ênfase ao apelido, estranhando-o na minha boca.

Ela pareceu confusa por um momento. Mas logo nossos olhares se cruzaram, sua expressão suavizou, como se tivesse acabado de compreender a pergunta.

— Como virei uma *youtuber*?

Havia um sorrisinho orgulhoso no seu rosto. Assenti, encarando-a com atenção.

Então, com seu jeito frenético e único de ser, Sol se abriu para mim.

Começou me contando que foi uma criança gordinha e que isso, somado ao fato de ter um cabelo crespo e volumoso, fez com que sofresse *bullying* ao longo de toda a sua vida escolar. Ela já tinha me contado sobre a mãe no outro dia, mas, dessa vez, ao falar sobre sua ausência nesses momentos delicados como seu afeto tinha feito falta, pude sentir a mágoa em cada uma das palavras. Com os olhos brilhando intensamente, ela narrou algumas das lembranças daquela época e me disse o quanto sua melhor amiga, Clarice, foi o alicerce que a manteve firme quando tudo desmoronava. Fiquei com um nó na garganta. Eu também experimentei um pouco de quão más as crianças podiam ser quando queriam — afinal, meu nome era muito suscetível a piadas —, mas comigo nunca foi *tão intenso* quanto foi com ela. Eram apenas brincadeiras de mau gosto que entravam por um ouvido e saíam por outro. Jamais me importei de verdade. Mas com a Sol foi mais que isso. Foi uma perseguição bizarra e interminável que, como dava para perceber no seu olhar triste, ainda mexia muito com ela.

No último ano na escola, aos dezessete, sofreu um puta de um trauma que ferrou com sua cabeça. Ela não entrou em detalhes e respeitei isso. Eu sabia, melhor que ninguém, quanto era difícil lidar com feridas do passado. Mesmo depois de anos, elas se abriam vez ou outra.

A cicatriz era sensível e eterna.

Descobri que esse evento traumático desencadeou nela a síndrome do pânico. Sol ficou meses sem conseguir sair de casa, a não ser para as sessões de terapia. Foi nessa época que gravou o primeiro vídeo, porque *precisava*, não porque almejava alguma coisa. O sucesso, segundo ela, foi uma grata surpresa que lhe proporcionou muitas coisas maravilhosas. Sol me disse quanto amava sua profissão, o reconhecimento, o carinho que recebia dos fãs. E esse amor era notável no seu tom de voz empolgado, na expressão suave e sonhadora, no olhar apaixonado.

Horas passaram com a facilidade de minutos enquanto ela narrava os perrengues da profissão e as coisas que havia aprendido em todos esses anos. Quanto mais eu descobria sobre a Sol, mais fascinado ficava. Minha admiração só crescia, minha vontade de saber mais e mais, também. E, exatamente como no dia do elevador, estabelecemos um nível de intimidade assustador para pessoas que mal se conheciam.

Sol suspirou de repente e seus olhos passearam pelo meu corpo, antes de ela pinçar a barra da minha camiseta com os dedos e puxá-la de levinho. Ignorei o arrepio na espinha quando a ponta do seu dedo roçou a pele da minha barriga.

— Você fica diferente vestido assim. — Olhei para baixo, sem entender muito bem. Eu usava uma camiseta branca básica e calças jeans. Como se percebesse minha dúvida, ela se adiantou em explicar. — As duas vezes em que te vi, você vestia roupa social.

— Aquele é meu uniforme de trabalho — respondi despreocupado. — Eu sou gerente. Preciso causar impacto.

Juba deixou uma risada calorosa escapar.

— Bem, está funcionando — murmurou baixinho, enquanto enterrava os dedos no cabelo, ajeitando-o. — Trabalha com isso faz tempo?

— Nessa loja, nove anos. Como gerente, só quatro.

— Caramba! — exclamou, me observando com atenção. — Está há tanto tempo assim no mesmo lugar? — Concordei com a cabeça. — Quantos anos você tem?

— Vinte e cinco, e você?

— Vinte e do-três. Vinte e três. Ainda não me acostumei com isso. — Sorriu e se empertigou no lugar. — Então, você começou novo... Sempre quis ser gerente?

— Ah, não — respondi, rindo com desânimo. — Não *mesmo*. Quero ser analista de sistemas.

— O que faz um analista de sistemas?

— Desenvolve softwares. E toma muito café.

— Eu tomo muito café! — afirmou, rindo. — Você quer ser um daqueles gênios da computação que aparecem nos filmes e controlam tudo por uma tela preta cheia de números verdes? — Assenti, divertido. — Então, basicamente, você quer virar um hacker?

— Você pode ver dessa forma. — Rimos juntos.

— E por que ainda não é?

— Minha família precisava de mim...

Fugi do seu olhar curioso e afundei minha mão direita na areia fofa, agarrando um punhado. Fechei os dedos e observei, com certo prazer, a areia escapar. Era relaxante.

Repeti o gesto uma ou duas vezes, esperando Sol mudar o rumo da conversa. Mas, ao reencontrar suas íris escuras, percebi que ela estava mesmo interessada. Respirei fundo e sorri. Ela acenou brevemente a cabeça, como se me encorajasse a ir em frente.

Eu não costumava compartilhar essa parte da minha vida com as pessoas, pois não queria causar a impressão de que era um ingrato. Porque não era. Amava minha família. Amava minha história até certo ponto. Mas isso não mudava o fato de a minha vida não ser nem de perto como eu gostaria.

Por outro lado, depois de tê-la ouvido falar abertamente sobre si mesma, pareceu uma boa ideia colocar para fora tudo que eu mantinha tão bem guardado dentro de mim. Talvez minha teoria estivesse certa: nós *tínhamos* criado uma conexão no dia do elevador. Eu estava com uma sensação engraçada, como se já fizesse um bom tempo que nos conhecíamos, o que não era nem um pouco verdade. Nós tínhamos nos visto duas vezes e conversado apenas em uma delas. Mas eu sentia que a Sol partilhava da mesma sensação. Dava para notar quanto ela ficava à vontade comigo.

Por isso, inclinei as costas para trás, apoiando o corpo nos braços e desviando a atenção dela para o mar. As ondas indo e vindo. O céu escurecendo devagarzinho. As estrelas que timidamente se revelavam. Quando me dei conta, minha voz flutuava ao nosso redor, pouco mais alta que um sussurro.

— Meu pai morreu quando eu tinha dezesseis anos. Vênus tinha dez e Saturno tinha seis. Minha mãe ficou deprimida demais para sair da cama. Eu precisava trabalhar, ou então nós passaríamos fome. Com a minha idade e sem experiência nenhuma, tive sorte de conseguir um emprego. Mas ainda não era o suficiente... nós estávamos na merda. — Dei de ombros. — Chamei meu chefe para conversar e expliquei tudo o que estava passando e ele ofereceu um extra para cada dia que eu dobrasse o turno. Passei a trabalhar o dobro todos os dias e precisei abandonar o colégio.

— Nossa, eu... eu sinto muito — murmurou. Ela estava com uma expressão chocada.

Bem, ao menos não é pena.

— É por isso que ainda não sou um desses gênios da computação que aparecem nos filmes e controlam tudo por uma tela preta cheia de números verdes — concluí, sorrindo como se pedisse silenciosamente para que as coisas não ficassem esquisitas de repente. — Mas estou trabalhando nisso. Terminei o ensino médio no supletivo e comecei o cursinho.

— Isso é muito legal, Júpiter. De verdade. Você não desistiu dos seus sonhos. Espero que você vire o maior hacker que o mundo já viu!

— Sei que falou com a melhor das intenções, mas você sabe que hackers são criminosos, né?

Juba me encarou por poucos segundos antes de jogar a cabeça para trás, explodindo em risadas. Eu me peguei rindo junto, porque era impossível não ser contagiado por sua espontaneidade.

Aos poucos, nossas risadas morreram, dando lugar a um silêncio esquisito, que foi quebrado por ela.

— Deve ter sido uma barra perder seu pai e ainda precisar assumir tantas responsabilidades. — Ela me fitou com intensidade. — Você sente falta dele?

— Não, não sinto — falei categoricamente e, ao notar sua dúvida, continuei. — Meu pai foi assassinado, Sol. Estava traindo minha mãe. Traindo com uma mulher casada! — Sorri, sem esconder quanto aquilo ainda me deixava irado. — Os dois foram pegos no flagra pelo marido da mulher e o cara surtou. Matou os dois e depois deu um tiro na própria cabeça.

— Meu Deus, Júpiter! — Sol cobriu a boca com as mãos.

— Foi difícil. — Assenti, olhando o horizonte atrás dela. — Foi *muito* difícil. Meu pai era tudo para mim. Eu o achava foda pra caralho. E, cara, ele era o meu melhor amigo. Eu adorava ser o único que tinha herdado seus olhos, sua aparência... adorava nossa ligação. — Respirei fundo, já sentindo as lágrimas. Eu não queria chorar na frente dela, porque, bem, esse é o tipo de coisa que se evita fazer quando se está conhecendo uma pessoa. — Ele era um ótimo pai e *parecia* ser um ótimo marido. Quem olhava de fora queria ser como meus pais. Eles eram incríveis juntos. Ou, sei lá, aparentavam ser. Talvez eu só fosse pequeno demais para entender as coisas...

"Minha cabeça ficou uma confusão. Era uma mistura de raiva, saudade, amor e decepção... Eu também estava sofrendo, mas minha família ficou destruída e precisei ser forte por eles. Anos depois, minha mãe me contou que até pensou em se matar naquela época. Eu não consigo nem imaginar o que teria sido de nós se ela... se ela..." Minha voz morreu no ar e só então me dei conta de que chorava. Merda.

Muito bom, cara, isso mesmo. Está indo superbem com a Sol. A ironia dominou meus pensamentos enquanto tentava secar o rosto com o antebraço.

Senti seus braços me envolverem em um abraço desajeitado. Ela deitou a cabeça no meu ombro direito e sua mão passeou com gentileza pelas minhas costas. Não pude ignorar a guinada no meu coração. Fechei os olhos e apoiei o queixo no topo da sua cabeça, aceitando ser reconfortado. Estava tão acostumado a ser sempre eu a cuidar de todo mundo, era bom variar um pouco. O calor do seu corpo envolvia o meu e, aos poucos, senti meus músculos relaxarem. Um a um. Seu cabelo, tão próximo do meu rosto, cheirava a xampu. Inspirei, gostando daquilo mais do que deveria.

Por que você me deixa com esse friozinho na barriga?

Usei as costas da mão para secar mais algumas lágrimas que insistiam em cair. Meu coração estava bem mais leve, mas mesmo assim eu me recusava a me desvencilhar dela.

— Juba?! — uma voz masculina veio de trás e parecia irada. — Que porra é essa?

Sol se empertigou.

Seus braços me soltaram.

Ela foi bem rápida em levantar.

— Oi, amor!

Estremeci. *Amor?*

— O que você acha que está fazendo, cacete? — ele urrou. — Quem é esse babaca?

Apesar da ofensa, levantei com tranquilidade, batendo na calça para tirar o excesso de areia. Eu não era de entrar em brigas, ainda mais de graça. Por isso, prendi o *piercing* entre os dentes e me limitei a estudá-lo. Seus olhos escuros passeavam entre mim e Juba, brilhando de raiva. Ele era mais baixo, mas muito mais forte. Meus dois braços juntos equivaliam a um só dele.

— André! — ela o repreendeu. — Não precisa falar desse jeito. — Seu tom de voz era, ao mesmo tempo, irritado e chateado. — Ele é meu amigo!

Amigo.

Ele riu, cheio de incredulidade.

— Amigo? Então você gosta de ficar abraçadinha com seus amigos, é? — ele rosnava, cheio de ira. Eu só conseguia dar atenção para a veia estufada no seu pescoço. Eu me perguntava quanto mais era preciso para que o cara estourasse. Parecia prestes a acontecer. — Se eu não tivesse chegado, vocês iam fazer mais o que como *amigos*, hein?

— Para com isso, André. — O tom dela foi firme. — Está sendo ridículo!

— *Ridículo?!* É isso que você acha? — Sua voz estava prestes a atravessar a linha tênue entre falar alto e berrar. Sol recuou, assustada, e avancei um passo na sua direção de forma instintiva.

— É bom sair de perto da minha noiva, porra! — André apontou o dedo em riste para mim.

Noiva?

Meus olhos recaíram para as mãos dela no mesmo instante, à procura de uma confirmação. Que estava lá, a propósito.

Tinha a droga de um anel no seu dedo!

Esfreguei o rosto e balancei a cabeça. Eu tinha entendido tudo errado. Como não percebi aquela merda? Aliás, ela também não tinha mencionado o *pequeno detalhe* até agora.

Eu sou um idiota. Mesmo.

Soltei o ar dos pulmões, rindo baixinho de mim mesmo.

— Não precisa disso, cara. Já estou indo — falei para ele, que permaneceu emudecido. — Obrigado pelo autógrafo, Sol. — Procurei seus olhos, mas ela desviou o olhar para os próprios pés. — Não vou mais incomodar vocês.

Quando dei as costas, os dois voltaram a discutir, mas não consegui prestar atenção em uma palavra sequer enquanto me afastava. Eu só queria voltar para casa depressa e ignorar o aperto que sentia no peito.

CAPÍTULO 9

O QUE ACONTECEU NA PRAIA PERMANECEU atormentando meus pensamentos ao longo das semanas seguintes. Nem mesmo a agenda abarrotada de viagens e compromissos conseguiu me fazer esquecer aquela tarde.

Primeiro porque eu não conseguia *entender* nem *aceitar* quanto André foi escroto. Ok, Júpiter e eu estávamos abraçados. Mas e daí? Era de maneira amigável. Ele estava chorando, o que mais eu podia fazer? Ficar de braços cruzados observando uma pessoa sofrer? Não, não dava. Deu para sentir a verdade nas suas palavras, quanto aquilo ainda o machucava. E não era a primeira vez na vida que eu fazia algo do tipo. Eu abraçava uma quantidade absurda de seguidores homens! Era supernormal.

André nem ao menos *tentou* entender. E isso me tirava do sério. Só começou a gritar e agir como um babaca. Ele nunca fez nada parecido antes. Nunquinha.

E não tinha a menor lógica, pois *se* eu fosse mesmo trair meu noivo, é certo que não seria em um lugar aberto e bem na frente do meu prédio, né? Mas eu jamais faria isso porque 1) era escorpiana, 2) escorpianos são muito leais e 3) não faria o menor sentido estar prestes a me casar com alguém se eu quisesse ficar com outras pessoas.

Por outro lado, não contei sobre ele para Júpiter. E tinha a leve sensação de que *isso,* sim, tinha sido bem errado. Porque talvez tivesse passado a impressão errada. Aliás, pela cara que Júpiter fez pouco antes de ir embora, *com certeza* eu tinha passado a impressão errada. Pensando bem, isso era um pouco bizarro, considerando que tinha a porcaria de uma aliança bem grande no meu dedo. Enfim... não importava. Eu estava sendo consumida viva por um misto de culpa e vergonha. Só conseguia pensar no que ele devia estar pensando de mim agora, depois de toda aquela cena.

— Droga, Juba, você ouviu alguma coisa do que eu disse? — A voz estridente de Clarice me sobressaltou.

Pisquei algumas vezes.

Ela me encarava com uma expressão impaciente e os lábios crispados.

— Não, eu acho. — Pigarreei, desconcertada. — Foi mal.

— Aff, você é uma vaca! Perguntei qual das duas últimas ficou melhor, mas pelo jeito você nem prestou atenção.

Estávamos no meu closet e já fazia no mínimo três horas que minha melhor amiga provava minhas roupas. Ela tinha um encontro com um carinha que conheceu em um aplicativo de relacionamentos e estava *desesperada* para encontrar algo perfeito.

— Devo ter me distraído um pouco, sim — falei despreocupada. — Principalmente depois das cinquenta que você já provou antes, japa.

Cla gargalhou, jogando uma camiseta na minha cara.

— Sua ingrata — exclamei, fingindo que estava bravíssima. Então, alcancei uma calça jeans jogada no chão e usei de chicote nas suas pernas. — Vem aqui, come a minha comida, rouba minhas roupas e ainda me bate!

— Aiiii, Sol! — Ela esfregou o braço onde a calça havia acertado. — Isso dói, porra!

— Mas *era* para doer!

Ela mostrou o dedo do meio, tirando um vestido do cabide.

Meus olhos recaíram sobre a montanha de roupas jogadas no chão e suspirei, desanimada.

— Você vai arrumar essa bagunça antes de ir embora! — ameacei.
Ela se limitou a rir.

— Não vou, não. Você sabe.

— Folgaaaaada! É sério, você é a pior BFF do mundo inteiro!

— Uhum, eu, né? — Cla estreitou os olhos, forjando uma careta irritada por cima do ombro. — Você não ouviu uma palavrinha sequer do que falei. — Ela voltou a encarar sua imagem refletida no espelho, enquanto segurava o vestido em frente ao corpo, decidindo se o usaria ou não. Ela o descartou logo em seguida.

— Você fala por *uma hora* de um cara que nem conheço e eu sou a culpada? — Revirei os olhos, remexendo o quadril para buscar uma posição mais confortável. Depois de tanto tempo sentada no chão, meu bumbum estava quadrado e dolorido.

— Ok, posso ter me empolgado um pouco com a coisa toda. — O rosto dela desapareceu quando deslizou uma blusinha de cetim pelo pescoço. — Mas você está bem avoada hoje. Mais que o normal. — Cla examinou a peça de roupa no corpo, torcendo os lábios em desaprovação. — De que adianta esse tanto de roupa se nenhuma fica boa em mim?

— A culpa não é minha se minhas roupas não fazem milagres, japa. — O closet foi preenchido pelas nossas risadas. — Mas, admito, estou mesmo com a cabeça em outro lugar... — resmunguei, com um longo suspiro.

Clarice parou o que fazia e me encarou com atenção. Seu cabelo cor de piche estava uma bagunça depois de colocar e tirar tantas roupas. Além disso, as bochechas estavam ligeiramente avermelhadas.

— Em Júpiter — afirmou baixinho.

Assenti, mordiscando o pingente do meu colar. Eu tinha esse péssimo hábito de mastigar as coisas para aliviar a fome intensa que me dominava na maior parte do tempo.

— Mas não desse jeito — respondi, sem ter certeza se acreditava nisso. — Ele é um cara tão legal, gosto dele. Só não queria que ele ficasse ressentido comigo... nem que tivesse essa lembrança de mim. Faz algum sentido?

— Faz. Você não quer que as coisas acabem com esse *climão*.

— Exatamente! — quase berrei. — É isso. Queria pedir desculpa, sabe? Porque, sei lá, ele não fez nada errado. Nem eu! O André foi *bem* desnecessário.

Clarice respirou fundo, desviando a atenção para a prateleira de sapatos. Seus olhos correram rápido pelos infinitos pares de salto, como se procurassem um, em específico.

— Não querendo defender o André...

— Mas já defendendo — interrompi. Ela ignorou.

—... é que dá para entender o comportamento dele. Foi puro ciúme. — Quando abri a boca para falar, Cla ergueu o indicador em riste como um aviso silencioso de "se me interromper outra vez eu te mato". — Tudo bem que ele nunca fez isso antes, mas você mesma falou que esse cara é bonitão. Sei lá, vai ver ele se sentiu ameaçado pela primeira vez na vida.

— Amiga, olha para o André! Ele *nem* precisa disso.

Ela arqueou as sobrancelhas.

— Você se subestima. De verdade.

— Nada a ver! Sei que sou linda e absoluta, só que também sou realista, Cla. E meu noivo é a pessoa mais confiante que conheço no mundo inteirinho.

— Isso eu não posso negar. Ah, achei! — ela exclamou, tirando um *scarpin* vermelho envernizado da prateleira cheia de sapatos da mesma cor. — Tenho tanta sorte por termos o mesmo tamanho para roupas *e* sapatos.

Agora, né. Minha amiga sempre foi magrinha. Alguns anos atrás, emprestar roupas para ela era impossível.

Cla se empertigou depois de calçar os saltos altíssimos, estudando sua imagem refletida no espelho com um sorrisinho torto.

— Posso me animar porque você finalmente encontrou uma roupa ou ainda é cedo demais?

— Não arruíne meu momento, Juba! — protestou, de costas para o espelho, enquanto estudava o caimento da saia no seu bumbum. Emudecida, levantei as mãos no ar, me desculpando. Ela demorou mais alguns minutos até quebrar o silêncio outra vez. — O que você achou?

— Que você não deveria usar um decote tão grande e uma saia tão curta ao mesmo tempo. Precisa se dar ao respeito. Qual mensagem acha que está passando desse jeito?

Encaramos uma à outra por alguns segundos antes de explodirmos em risadas. Nós sempre nos divertíamos com esse tipo de brincadeira, porque no fundo não dávamos a mínima para nenhuma dessas bobagens.

— A mensagem que quero, ora: estou louca para da...

— Sua piranhaaaaa! — interrompi, balançando a cabeça com um sorriso largo. Era por essas e outras que eu amava tanto minha amiga.

— ... dar um beijo na boca dele, Sol! Você é uma safada, hein? — Ela lançou uma piscadela, ainda rindo. Namorou um pouco mais sua imagem no espelho e, em seguida, seu rosto assumiu uma expressão séria. — Voltando ao assunto do carinha com nome de planeta, acho que você deveria falar com ele, sim.

— Acha, é? — Cruzei os braços, fitando-a com atenção.

— Já faz dias e isso continua te atormentando... significa que é uma coisa importante para você.

— E é mesmo. — Sorri.

— Se você sente que precisa pedir desculpas, vá e peça. Livre-se desse peso.

— É... — murmurei num suspiro. — Você tem razão. Vou acabar logo com isso.

— Ótimo! — Ela bateu palma. — Assim pelo menos vai parar de me encher o saco.

Arquejei, com o queixo caído, enquanto Cla gargalhava. Com o sangue quente, levantei, torcendo o jeans para chicoteá-la. Minha amiga arregalou os olhos e fugiu para fora do quarto, batendo os saltos no chão de madeira corrida.

— Você me paga! — berrei, correndo atrás dela sem conseguir parar de rir.

Subi pela escada rolante, o coração agitado de expectativa. *Droga, Juba, se acalme! É só um pedido de desculpa.* Eu repetia esse mantra sem parar, mas não conseguia me convencer. Meu corpo também não, já que minhas pernas ficavam cada vez mais fracas.

    Cheguei ao andar engolindo em seco. Júpiter havia me contado em qual loja trabalhava no dia da confusão toda com André. Ele disse também que, embora não tivesse um horário certo por ser gerente, costumava trabalhar no turno da noite durante a semana, pois fazia o cursinho de manhã. E essa era a razão de eu estar ali.

    Para falar a verdade, não me agradava muito aparecer de surpresa. Passei a tarde toda procurando seus perfis nas redes sociais – deveria ser uma tarefa fácil, considerando seu nome tão raro –, mas não encontrei nada. Nadinha mesmo. Era como se ele não existisse. Por isso, não me restaram alternativas além de encontrá-lo no trabalho, assim, de maneira inesperada.

    Estava um pouco preocupada, pois não sabia muito bem como Júpiter reagiria. Sobretudo porque sua expressão decepcionada daquela noite ficou congelada na minha memória. Um rostinho tão bonito como o dele não deveria nunca ficar triste, ainda mais quando seu sorriso era uma das coisas que mais chamavam a atenção.

    Conferi a hora no celular e descobri que faltava pouco menos de trinta minutos para que as lojas fechassem. Fui até o quiosque de café e pedi um expresso duplo, porque acabaria surtando se não tivesse alguma coisa para aliviar aquele friozinho na barriga que estava me deixando maluca. Eu adoraria dizer que o motivo para o meu nervosismo era o fato de precisar pedir desculpas a alguém, afinal esse não era bem meu forte. Como uma boa escorpiana, eu era muito, muito orgulhosa mesmo. Seria ótimo para minha consciência, mas uma mentira deslavada. Porque, no fim das contas, sabia que essa era a menor das minhas preocupações. A razão por trás das mãos suando frio tinha penetrantes olhos azuis e cabelo castanho rebelde.

Ai, merda, onde estou com a cabeça?

    Sem ter outra escolha, balancei a cabeça e me arrastei para o corredor da loja em que ele trabalhava. Sentei em um banco de madeira um pouco afastado, para que pudesse ver quando Júpiter saísse sem que ele me visse logo de cara.

Afundei as mãos no cabelo para dar ainda mais volume e minhas bochechas esquentaram. Para alguém que só pretendia pedir desculpas, eu tinha me arrumado demais. Para começar, usava um batom vermelho vibrante e mais perfume do que o necessário, além de um vestido preto que valorizava bastante o bumbum.

Não que eu quisesse que ele olhasse pra lá, porque de maneira alguma escolhi o vestido pensando nisso.

Mas, se ele olhasse... que mal faria, não é?

É definitivo: sou um ser humano horrível.

Tomei o café com calma, enquanto ocupava o tempo com as redes sociais. Aproveitei para fazer alguns *stories* e postar uma *selfie* que tinha tirado pouco antes de sair de casa. Meu corpo continuava manifestando sinais de que tudo aquilo estava mexendo bastante comigo, mas decidi não me abalar.

Quando me dei conta, as lojas fechavam. Olhei ao redor, notando várias portas descendo como se estivessem sincronizadas. O corredor ficou abarrotado de funcionários querendo chegar em casa o mais depressa possível. Estiquei o pescoço, olhando fixamente para a entrada da loja de Júpiter, esperando o momento crucial em que ele apareceria.

Então, ele surgiu no meu campo de visão. Meu corpo todo congelou de uma só vez e o estômago embrulhou. Ele estava tão *gostoso* com as mangas da camisa branca dobradas na altura dos cotovelos e a calça social que deixava alguns pontos bem... hum... *interessantes*.

Mas o problema era que ele não estava sozinho!

Ao lado dele, uma mulher esguia de longo cabelo negro (muito brilhante por sinal) era toda sorrisos. Fora que ela ficava tocando no braço dele a cada cinco segundos, como se quisesse marcar a porcaria do território. Bem, eu não podia julgá-la. Faria o mesmo no seu lugar.

Soltei o ar dos pulmões, revirando os olhos. *Não acredito! Argh, maldito timing... Em uma escala de zero a dez, qual a chance de ter escolhido logo o dia em que sua namorada estaria aqui?*

Sem fazer movimentos bruscos, levantei com cuidado, usando o copo de café para esconder o rosto. O que eu menos precisava era ser vista ali. Afinal, quanto mais de humilhação podia passar naquele shopping?

Era impossível desgrudar os olhos deles, de toda forma. Eu não conseguia! Por isso, comecei a andar de costas para a direção oposta, ainda segurando o copo em frente ao rosto, para não perder nadinha. Meu coração estava do tamanho de uma ervilha. Eu temia o momento em que ele passaria a mão pelo cabelo dela e se inclinaria para a frente, roubando um beijo. Ela ficaria na ponta dos pés e enlaçaria seu pescoço com os braços, aproximando o corpo do dele... Fiquei tão distraída com a imagem que se desenrolava na minha imaginação que demorei a perceber que os dois se despediam. Não com beijos na boca, mas com um singelo beijo no rosto. *Ué, que estranho!*

Ela deu as costas para ele e virou para a esquerda, sumindo do meu campo de visão. Então, Júpiter ergueu o rosto e seus olhos vieram parar direto em mim. As sobrancelhas se juntaram e ele inclinou a cabeça para a direita.

Ai, merda!

Ergui o copo um pouco mais, tentando me esconder por completo. A coragem tinha se esvaído em uma velocidade surpreendente. Mesmo assim, ele percorreu a distância entre nós com passos tranquilos e sua voz veio ao meu encontro poucos segundos depois:

— Sol? — perguntou baixinho e fui obrigada a revelar o rosto. Ele tinha um sorriso torto nos lábios, que fazia aparecer só uma das covinhas. *Deus do céu... nunca achei que um furinho pudesse ser tão desconcertante!* — Só para tirar uma dúvida... você sabe que dá para reconhecer o seu cabelo mesmo a quilômetros de distância, né?

Uma risada escapou da minha garganta antes que eu pudesse fazer algo a respeito. O sorriso dele se abriu ainda mais, revelando os charmosos dentes separadinhos.

— Tinha a esperança de que esse detalhe passasse batido.

— Isso é impossível. — Ele respirou fundo e seu rosto enrijeceu, como se a memória da praia tivesse invadido sua mente só agora. Suas íris fizeram uma varredura por mim. Foi muito rápido, mas não passou despercebido. — Estava fazendo algum trabalho aqui no shopping?

— Na verdade, não — respondi, e suas pálpebras estreitaram.
— Vim aqui porque queria conversar com você.

— Conversar comigo?! — Júpiter ecoou, arqueando as sobrancelhas em surpresa. Talvez porque eu tivesse acabado de observá-lo sair da loja acompanhado de outra mulher, eu me senti um pouco constrangida por estar tão arrumada.

— Sei que parece estranho e inesperado, mas é que fiquei tão incomodada com o jeito que as coisas terminaram naquele dia! Não vou sossegar enquanto não resolver isso. Não quero que você fique ressentido e...

Deixei minhas palavras morrerem no ar ao ouvir seu estômago roncando alto. Nós nos encaramos em silêncio e ele abriu outro sorriso largo. Tentei ignorar a guinada no meu coração. *Senhor... tinha me esquecido como é difícil ficar perto dele.*

— Não estou ressentido — falou, escondendo as mãos nos bolsos. — Nem tenho motivos para isso. Pode ficar tranquila. — Ele prendeu o *piercing* nos dentes e continuou me encarando profundamente.

Senti o corpo todo esquentando sem conseguir dizer uma palavra. Eu não queria que ele fosse embora assim... nem tive a oportunidade de dizer tudo o que havia ensaiado. Como se tivesse ouvido meus pensamentos, Júpiter passou a mão direita pelo cabelo antes de falar.

— Por outro lado, estou varado de fome... então, se ainda tem algo para falar comigo, minha única condição é que me acompanhe para jantar. Amigavelmente, é claro.

Prendi a respiração. Por essas e outras que meu segundo lema era *desconfie de coisas fáceis. Sempre.*

Esse... espertinho!

— Não dá. — Ele arregalou os olhos, surpreso. — P-porque se for vista jantando com você por um seguidor, estou encrencada. Sabe como é, não vão falar de outra coisa pelas próximas semanas. E ninguém vai acreditar que foi com a melhor das intenções.

Júpiter se limitou a bater as mãos nas pernas, sem desviar o olhar do meu. Seu sorriso tinha ficado amarelo, como se ele não fizesse a menor ideia de como responder. Foi por isso que me ouvi dizendo:

— M-mas eu sou ótima na cozinha! — Dei de ombros, sem acreditar no que sugeria. — Não existe uma pessoa no mundo inteirinho que não pague pau para o meu estrogonofe. E lá em casa não corremos o risco de sermos vistos por ninguém. O que você acha?

— Humm, não sei, não. — Ele respirou fundo. — Essa é uma boa ideia? Você e eu sozinhos... na sua casa?

— Amigavelmente, é claro — parafraseei o que ele havia me dito há pouco.

Júpiter coçou a nuca e um sorrisinho tímido brotou nos seus lábios.

— Bem, se é assim, acho que podemos pedir alguma coisa, né? Não precisa cozinhar para mim...

— Está com medo da minha comida?

— Nem um pouco, Sol. Mas você sabe o que dizem: é pelo estômago que se conquista alguém. E vai que as coisas acabam ficando mais confusas, né? — Ele me lançou uma piscadela, com uma expressão impagável no rosto. Precisei ignorar o arrepio que desceu pela espinha de uma só vez para me convencer de que não era nada de mais.

Nós acabamos pedindo esfirras de carne. Descobri que Júpiter era o maior carnívoro que eu já havia conhecido. Ele explicou que a família toda era vegetariana e que a primeira vez que experimentou carne foi aos dezesseis, por influência do chefe. Depois disso, ficou viciado. Seu sorriso travesso ao contar isso me deixou abalada por alguns segundos. Eu não conseguia entender o que tinha naquele cara para que tudo causasse uma reação enorme no meu corpo.

Quando o entregador interfonou, pedi para Júpiter descer no meu lugar e aproveitei o momento para abrir uma garrafa de vinho. *Amigavelmente, é claro,* repeti, apenas para reforçar. Afinal, não havia *nadinha* de mais em beber com um colega, enquanto jantávamos.

Eu não queria nem pensar em André. Se ele já tinha surtado e agido como um troglodita com um simples abraço, morreria do coração de soubesse disso. Mesmo que eu não estivesse mesmo fazendo algo errado — exceto pelos pensamentos, porque, meu Deus, meus pensamentos estavam uma loucura. Mas, em minha defesa, eu duvidava que André também não deixasse a imaginação alçar voo por outras mulheres de vez em quando.

Quando Júpiter voltou, seu cabelo rebelde caía sobre os olhos. E, como suas duas mãos estavam ocupadas, ele precisou jogar a cabeça para trás a fim de afastá-los. Desconcertada, aproveitei que estava com a taça de vinho na mão e virei o conteúdo de uma só vez, desviando a atenção para o guardanapo sobre a mesa.

Talvez não tenha sido uma boa ideia vir para casa.

Nós conversamos sobre toda sorte de assuntos triviais e sem importância enquanto comíamos. Não parecia ter passado semanas desde que tínhamos nos visto pela última vez. Pelo contrário, era como se tivesse sido ontem. Eu achei que as coisas ficariam estranhas, mas, de uma maneira bizarra, estávamos ainda mais à vontade um com o outro. A sensação de que nos conhecíamos há anos só crescia, era intrigante e ao mesmo tempo delicioso.

Entre taças generosas de vinho tinto e risadas escandalosas, comemos todas as vinte esfirras. E embora eu soubesse que no dia seguinte seria tomada de maneira impiedosa pela culpa, naquela noite decidi me deixar levar.

Nem tive a oportunidade de chamá-lo para a varanda, como havia fantasiado na noite em que me deu carona. Uma chuva torrencial típica de verão começou inesperadamente e, a menos que quiséssemos ficar encharcados — o que não seria uma má ideia —, era melhor permanecer na sala.

Eu já estava na quinta taça de vinho e bem alegrinha quando decidi que era um bom momento para pedir desculpas de maneira adequada.

— Sobre aquele dia... — comecei, mas ele me interrompeu.

— Não precisamos falar sobre isso. Águas passadas não movem moinho. Fui honesto sobre não ter ficado ressentido. É sério.

— Mas eu quero! — protestei, e Júpiter torceu os lábios em um sorriso de surpresa. — É importante para mim — expliquei, tentando suavizar o tom.

— Então tá — brincou, com uma expressão debochada. — Discorra sobre quanto tudo isso te incomoda e me dê um bom motivo para te desculpar.

Balancei a cabeça, deixando escapar uma risadinha baixa. Ficou claro para mim que se tratava de uma brincadeira, afinal ele não estaria ali comigo se estivesse mesmo bravo. No entanto, seu olhar firme me desconcertou um bocado e, para fugir do formigamento nos meus dedos, fiz o que ele propôs: falei sobre o que me inquietava. Cuspi as palavras como se estivessem entaladas. E não me orgulho em dizer que a maior parte das minhas reclamações era sobre meu noivo.

— Eu não me importo com ele, Sol — falou Júpiter, quando concluí a sabatina. Ele tinha uma expressão séria, mas não rígida. — Até consigo entender um pouco.

— Você acha certo o que ele fez?! — Não escondi a surpresa.

— Eu disse que *entendo*, não que concordo. Só... faz sentido. Ele tentou proteger uma coisa que é dele.

— Eu não *sou dele*! — afirmei, um pouco ofendida.

— Você entendeu o que eu quis dizer, vai.

— Entendi. De todo jeito, você parecia bravo naquela noite quando se despediu. — Minha voz saiu pouco mais alta que um sussurro. — Ou decepcionado. Sei lá, talvez um pouco dos dois.

— Eu fiquei mesmo! Mas foi comigo. Sei lá... entendi as coisas *beeeem* errado. — Júpiter abaixou a cabeça e seus olhos desviaram de mim para suas próprias mãos cruzadas sobre os joelhos.

Eu já tinha deduzido isso, mas a confirmação me deixou atônita. Quer dizer, ele *estava* interessado em mim.

Ele.

Em *mim.*

Aquele *homão!*

Pelos sete infernos, isso não facilitava em *nada* a minha vida.

— Acho que tenho uma parcela de culpa — comecei, um pouco trêmula, encolhendo os ombros. — Não te contei sobre ele, como se André não fosse nada de mais.

— Tem um anel gigante no seu dedo! — Júpiter balançou a cabeça e um sorriso mordaz surgiu no seu rosto. — É quase o holofote do Batman.

— É... tem mesmo. — Não consegui conter a risada.

Logo, nós dois ríamos como crianças.

Meus olhos umedeceram e perdi o fôlego.

Tudo, desde o dia em que o vi no banheiro até agora, era muito inacreditável. Nossa relação era totalmente fora do convencional. O que mais podíamos fazer além de dar boas risadas?

— Qual seu signo? — consegui perguntar quando minhas risadas enfim cessaram.

— Essa é uma pergunta bem estranha para se fazer assim, do nada — comentou ele, e vislumbrei a bolinha do *piercing* aparecendo e desaparecendo enquanto pronunciava as palavras. *Poxa, vida...*

— Anda logo, me fala!

— Peixes.

— Ahhh, isso explica algumas coisas sobre sua distração — observei, cruzando os braços sobre o encosto do sofá e repousando meu queixo sobre eles.

— Você acredita *nisso*?

— É claro que sim, Júpiter! Quando leio a descrição de Escorpião, parece que estou lendo um texto sobre mim. É muito louco!

Seu rosto se iluminou.

— Então, você é vingativa? — perguntou, com os olhos fixos nos meus.

— Um pouco.

— Ciumenta? — Assenti, divertida. — *Insaciável?* — Ele abriu um sorriso largo e suas covinhas surgiram. Meu rosto pegou fogo.

— Achei que você não acreditasse em signos! — exclamei, chocada, como se ele tivesse me traído.

— Eu jamais disse isso! — ele protestou com as mãos no ar e, graças ao universo, não insistiu na última pergunta.

Meus olhos passearam pelo seu rosto.

As íris que pareciam acesas.

A pele bronzeada.

As covinhas lindas e tão charmosas.

E, naquele momento, uma carinha impagável de safado.

Caramba, aquilo tudo me deixava desestabilizada. Desde sua beleza até a maneira como conversávamos por horas sem sequer notar. Com André eu nunca conseguia falar. Nossas conversas se resumiam a ele falando sem parar e eu ouvindo. Era sempre ele.

Ele, ele, ele.

E, ao pensar em André, pensei também na garota do shopping e senti uma inoportuna pontada de ciúmes. O que era ridículo e ilógico. Mas, mesmo assim, resolvi perguntar.

— Júpiter... — chamei e ele assentiu para mostrar que estava atento. — Sei que não tenho nada com a sua vida, mas quem era aquela mulher lá no shopping?

— A que saiu comigo da loja? — Fiz que sim. — Minha namorada. — Ele arqueou as sobrancelhas de forma provocativa.

— Ah — murmurei, gelando por dentro.

— Por quê?

— Nada, ué. Curiosidade, só. — Balancei a mão no ar casualmente, como se isso não fosse nada de mais.

Ele deu um sorriso torto, parecendo se divertir à beça com alguma piada que não estava clara para mim.

— Sophia é a filha do meu chefe...

— Humm... legal?

—... e estava me perguntando se eu já tinha alguém para levar comigo no *casamento* dela. Porque, do contrário, ela queria me apresentar a uma amiga.

Ajeitei minha postura, com os olhos bem abertos, finalmente entendendo qual era a piada.

— Ah, é? — resmunguei, ignorando a vergonha que se alastrou pelo meu corpo.

— Uhum. Eu menti que levaria a Vênus comigo, mas es... — ele parou de falar de súbito e uniu as sobrancelhas, formando um vinco profundo na testa.

Fiz uma careta de interrogação, mas ele nem precisou me explicar nada, porque pude tirar minhas próprias conclusões ao ouvir o som que veio abafado do apartamento do lado.

— AAAAAAHHHHHNNNNN!

Não, isso não!

Agora não!

Pelo amor de Jeová, não!

Meu vizinho não podia estar fazendo isso justo agora. Meu Deus, por quê?

— AHHH! AHHH! AHHH! AHHH! — ela berrava cada vez mais alto.

Júpiter arregalou os olhos, chocado.

Escondi o rosto com as duas mãos, desejando morrer.

Eu tinha certeza absoluta de que o prédio todo podia ouvir. Aquilo era quase um *gemidão* do WhatsApp. E com o Júpiter do meu lado, para piorar tudo.

— ISSO! ISSO! AHNNNNNNN! VAI MAIS! VAI MAIS, MAIS, MAIS...

Cruzes, meu aniversário já tinha passado, nem dava mais para usar a desculpa de inferno astral. O que eu tinha feito de tão errado para merecer isso?

— Cacete... estou me sentindo bolinado — Júpiter falou de repente.

Soltei uma gargalhada estrondosa.

— Eu sei! E olha que ela está comportada hoje! Já ouvi coisa bem pior, vai por mim. — E, como se para provar meu ponto, ela soltou um grito estridente. Eu duvidava que o cara fosse assim tão bom de cama. Pelo amor de Deus, ela parecia uma atriz pornô. — Vamos para a cozinha, lá deve estar mais baixo.

Nós recolhemos as coisas bem rápido, fugindo da gritaria. Quando chegamos à cozinha, ostentávamos sorrisos amarelos. Meu vizinho tinha ar-ru-i-na-do tudo, aquele maldito! Era tão típico dele... Argh, que ódio!

— Até perdi o fio da meada... — falei para quebrar o silêncio, enquanto despejava o restante do conteúdo das taças na pia. Quando me virei de volta, deparei com Júpiter muito, muito próximo mesmo. Ele estava recostado à ilha central, apoiado nos cotovelos, como se não passasse de mera coincidência estar tão perto.

— Estava aqui pensando... — começou ele, observando-me com atenção. — ... seria muito inapropriado te convidar para me acompanhar?

— Acompanhar...? — indaguei, distraída com sua boca tão linda.

— Para o casamento. *Amigavelmente*, é claro. Tirando meus chefes e Sophia, não conheço ninguém. Vou precisar de alguém para conversar. Vênus não é muito de falar. Já você... — Ele assoviou e ergueu as sobrancelhas para dar ênfase.

Separei os lábios em surpresa, recuando um passo. Meu coração ficou frenético.

Que merda está acontecendo comigo?

— Pela sua cara, acho que sim. — Ele umedeceu os lábios, assumindo uma expressão preocupada.

— Acha que sim o quê? — Eu não conseguia parar de olhar para o *piercing*.

— É inapropriado.

— Júpiter, nós acabamos de ouvir meus vizinhos... bem, você sabe. Sério que está me perguntando se *isso* é inapropriado?

Nossas risadas se fundiram, preenchendo todo o cômodo.

Eu adorava sua risada. Era envolvente, gostosa.

Júpiter indicou minha mão esquerda.

— Tem certeza?

— É amigavelmente — repeti para reforçar. — Ele vai entender.

CAPÍTULO 10

ANDRÉ *NÃO* ENTENDEU.

Não foi exatamente uma surpresa. Depois da explosão na praia, eu já *esperava* que não seria tão fácil convencê-lo. Até considerei ir escondido, mas o pensamento durou um milésimo de segundo porque, você sabe, nós estávamos prestes a nos casar. Não parecia uma boa ideia começar com as mentiras assim tão cedo.

Apesar de não ter surtado, ele não ficou exatamente feliz. Durante as três semanas que antecederam o casamento, André tentou à exaustão me fazer mudar de ideia. Mas me mantive firme na decisão. Não custaria nada abrir mão de acompanhar Júpiter para o casamento de uma pessoa que eu sequer conhecia, sei disso, mas não parecia certo.

Quer dizer, se existia uma coisa que mamãe tinha me ensinado muito bem era que homens não deveriam ser nossos donos. "Não deixe de viver sua vida por ninguém, Sol", dizia ela vez ou outra, sempre me olhando intensamente, "porque o amor é incrível até acabar. Depois, todas as coisas feias que jogamos para baixo do tapete vêm à tona de uma só vez." André não seria meu dono. Ele *precisava* confiar em mim.

O grande problema da situação toda estava no fato de ele odiar ser contrariado. Isso feria sua dignidade e, depois de tantas discussões intermináveis que não me fizeram mudar de ideia nem por um segundo, eu podia afirmar: ela estava em frangalhos.

Mesmo assim, prometi para mim mesma que aproveitaria cada minuto do dia. Faria valer a pena. Poxa vida, eu merecia! Minha agenda era sempre aquela loucura frenética e, cada vez mais, eu me lembrava de algo que Júpiter me disse uma vez: "a vida não tem que ser sempre dura".

Foi por isso que, naquele sábado, caprichei no *look*, na maquiagem, no perfume... em tudo. Escolhi um vestido estilo camisola vermelho, com uma fenda que terminava no comecinho da coxa — era tão, tão, tão sexy! Eu já previa quanto meu *feed* no Instagram ficaria incrível com as fotos que eu planejava tirar. Finalizei meu cabelo com paciência, deixando-o definido e com muito volume. Minhas bochechas pegavam fogo cada vez que refletia sobre o motivo para deixar o cabelo ainda mais armado, mas me limitei a balançar a cabeça e fingir que não era nada de mais. Ao me encarar no espelho, pouco antes de abandonar a tranquilidade do meu lar, não pude evitar o sorrisinho torto que surgiu nos meus lábios. Eu estava me sentindo a mulher mais bonita de Florianópolis inteirinha.

Era uma sensação deliciosa.

E, a julgar pela cara que Júpiter fez quando desci do Uber em frente à sua casa, ele *também achava*.

Sua camisa estava desabotoada até a altura do peito e a gravata estava solta, pendurada no pescoço. Ele se ocupava em tentar abotoar a manga direita, mas, quando seus olhos recaíram sobre mim, parou o que fazia e se empertigou. Ao mesmo tempo, os lábios se afastaram e as sobrancelhas arquearam, deixando sua testa bronzeada cheia de rugas.

Então, como se tivesse saído de um transe, ele pigarreou, assentindo.

— É... até que você está apresentável, vai.

Deixei uma gargalhada escapar.

Ele era um cínico!

Eu *gostava* disso.

— Bem, não posso dizer o mesmo de você, né? — Lancei uma piscadela para ele, enquanto abria o portão para mim.

— Não é justo, ainda nem estou pronto — argumentou, dramático. — Você vai mudar de ideia quando eu terminar.

— Hum... não sei, não. Acho bem difícil — provoquei, só para que ele mostrasse suas covinhas para mim.

Funcionou.

Júpiter ofereceu o braço, exagerando na teatralidade. Entrei na brincadeira, repousando minha mão sobre seu bíceps. Não houve um centímetro do meu corpo que não tenha esquentado com o contato.

Amigavelmente, Juba. Você está aqui amigavelmente.

— Preparada para conhecer meus irmãos? — perguntou, olhando para a casa em nossa frente como se ela tivesse vida. Achei graça.

— Mais do que você imagina — brinquei, enquanto ele me guiava pelo quintal de piso de pedra.

A casa deles era charmosa e, de alguma maneira, combinava muito com Júpiter. Era uma construção simpática e grandalhona, sem nada de extraordinário, mas, ainda assim, encantadora nos detalhes. Por exemplo, as paredes terracota com os beirais pintados de branco. Ou as janelas de madeira que abriam para fora. E também as decorações artesanais que encontrávamos pelo caminho, como o filtro dos sonhos gigante, a cortina de miçangas e os balaios empilhados.

Júpiter deveria estar atento à direção para onde eu olhava, já que se adiantou em explicar:

— Quando meu pai ainda era vivo, minha mãe vivia dos artesanatos que fazia. Você sabe, vendia sua arte na praia. — Suas palavras saíram com leveza em um tom brincalhão. — Mas ela ainda faz uma coisa ou outra quando fica entediada. Como eu disse: uma *riponga* nata.

— Sua família é tão interessante, Júpiter! — admiti, observando-o abrir a porta.

— Você também é. Seja bem-vinda, Sol — falou baixinho, piscando para mim com um sorriso torto.

Entrei, sentindo um friozinho na barriga. A sala estava vazia e, segurando minha cintura com firmeza, ele me fez continuar andando. Engoli em seco e os joelhos perderam a força no mesmo instante. *Minha nossa, como Júpiter faz essas coisas?* Era impressionante que, mesmo impensados e naturais, seus atos provocassem tamanha confusão em mim. Eu estava *tão* encrencada!

A primeira pessoa que encontramos foi Vênus. Ela não parecia em nada com ele. Na verdade, eu jamais teria imaginado que eram irmãos se os tivesse visto caminhando na rua. O cabelo negro de cachos abertos batia na altura do queixo, charmoso. Diferente do cabelo dele, que era castanho claro, o dela era negro como a noite. Suas íris também eram muito escuras. E a pele era mais parecida com a minha, branca e pálida, e não dourada com aspecto saudável como a dele.

Vênus soltou um berro estridente quando me viu. A cor se esvaiu do seu rosto. Ela ficou paralisada no lugar, sem saber muito bem o que fazer. Então, para a minha surpresa, caiu no choro. O que foi engraçado, já que ela tinha quase a minha idade. Mas, por incrível que pareça, aquilo era muito comum. A maioria dos meus seguidores chorava loucamente quando me via. Eu ficava com um misto de felicidade esmagadora e descrença. Mesmo depois de tantos anos, ainda era difícil acreditar que as pessoas perdessem o controle por minha causa. Afinal, era só... *eu*. Fazia vídeos na internet. Apenas isso. Mas, para eles, era como se eu fosse uma amiga muito próxima que eles amavam tanto que colocavam em um pedestal.

Eu me aproximei dela, envolvendo-a com os braços e trazendo seu corpo para mais perto do meu. Júpiter estava sem fôlego de tanto rir. Ele era um mala sem alça! Lancei um olhar feio na sua direção, mas acabei sorrindo ao ver o tamanho do seu sorriso.

Permanecemos assim por um tempo considerável, enquanto Vênus se acalmava aos poucos. Seu choro ficava cada vez mais baixinho, conforme minhas mãos passeavam por suas costas em movimentos suaves, até que finalmente cessou. Secando os olhos com os ombros, ela me soltou. Seu sorriso largo era a única coisa que tinha em comum com Júpiter: era um pouco tortinho para a direita, assim como o dele. Seus olhos me fitavam cheios de carinho e admiração quando começou a falar:

— Cara, nossa, estou passando mal, de verdade! — Ela colocou as mãos na cabeça. — Você nem imagina quanto já me ajudou, Juba... Caramba, nem consigo acreditar que você está aqui em casa mesmo!

— Agradeça ao seu irmão mais gato, mais legal e mais foda — provocou Júpiter. Ela enrijeceu toda, como se tivesse acabado de se lembrar dele, e o lançou um olhar mortal.

— *Por que* você não me contou que ela vinha, seu idiota?! — perguntou, irritada.

— E perder a chance de ver você toda histérica? — Ele piscou para Vênus, que respondeu mostrando o dedo do meio.

Júpiter estava prestes a responder quando uma voz rouca e desafinada invadiu a cozinha.

— Que gritaria foi essa? — Saturno se recostou contra o batente da porta, vestindo só uma bermuda. Ele era magrelo, esguio e tinha a mesma altura de Júpiter, o que me fazia pensar que o moleque ficaria gigante.

Saturno era igualzinho a Vênus: pele pálida, olhos e cabelo escuros. Assim como o irmão mais velho, ele também mantinha o cabelo em um corte compridinho, só que o seu tinha os mesmos cachos abertos dos dela. E, mesmo com o rosto coberto por espinhas, ele *era* bonito e *sabia* disso. Dava para ver pelo seu jeito de andar, de falar e de se portar que ele tinha a autoestima lá em cima. Foi inevitável pensar em André. Já até imaginava Saturno na escola... ele devia ser *terrível*.

— Sua irmã é uma louca de pedra — Júpiter falou, distraído em dar o nó na gravata.

— E seu irmão é um cuzão! — retrucou Vênus, com uma careta azeda no rosto.

Saturno não deu bola para nenhum dos dois. Suas íris estavam fixas em mim, com curiosidade.

— Hei, você não é aquela *youtuber*? — Abri a boca para responder, mas Vênus foi mais rápida.

— *Juba*, Saturno! — corrigiu. — O nome dela *é Juba*!

— Maneiro. — Sorriu e deu um passo na minha direção, beijando meu rosto. Ele era do tipo que realmente beijava a pessoa, e não só encostava a bochecha. Senti minha bochecha ficar úmida. — Mas o que você está fazendo *aqui*?

— Vou ao casamento com o Júpiter — respondi e, ao olhar para o lado, percebi que ele não estava mais na cozinha.

— O quê?! — Vênus estava atônita. — Com o *Júpite*r? Por quê?

— Não é óbvio, Vê? — Júpiter perguntou, surgindo de repente e trazendo uma nuvem de perfume consigo. Inspirei e, eu juro, revirei os olhos por dentro. De. Tão. Cheiroso. Que. Ele. Era. *Puta que pariu!* — Eu sou irresistível. — Ele estalou os dedos no ar e todos nós rimos. Seus olhos maravilhosos me procuraram e ele sorriu. — Vamos?

— Vamos. Só queria usar o banheiro primeiro. Onde fica?

— Primeira porta à esquerda — falaram os três ao mesmo tempo.

Fechei a porta e me encarei no espelho, pescando o batom dentro da *clutch* para retocar a maquiagem. Meu coração estava acelerado desde o momento em que havia acordado naquela manhã. Jamais me senti assim antes. Era como se meu corpo tivesse dado pane e agora eu sentisse um turbilhão de sensações ao mesmo tempo. Como o friozinho na barriga, ou o suor nas palmas das mãos. Também tinha a fraqueza nos joelhos. Minha Nossa Senhora, aquela era a pior de todas as sensações. Eu tinha medo de acabar tropeçando, porque minhas pernas de repente ficaram molengas e descoordenadas.

A expectativa corria pelas minhas veias. Aquele dia se desenrolava de maneira tão inédita, tão única... Por que estar com Júpiter era sempre tão fácil? Por que eu me sentia tão bem perto dele? Droga, por que a porcaria dos meus pensamentos ficava tão perigosa nessas ocasiões?

Destranquei a porta e saí do banheiro, distraída. Foi então que *aconteceu*.

Saturno se esgueirava na parede, esperando o momento em que eu sairia. Antes que eu pudesse conceber o que planejava, ele pulou para a frente, soltando um grito alto. Seus braços se projetaram sobre mim, como se ele fosse me atacar.

Era uma brincadeira inocente, eu sabia.

Só uma brincadeira. Ele era um adolescente. Júpiter mesmo já tinha me contado sobre quanto o irmão adorava esse tipo de coisa.

O problema é que fui pega desprevenida.

E meu cérebro não concordava comigo sobre ser só uma brincadeira. Ele havia buscado na memória a maldita noite do pijama no ensino médio e trouxe tudo à tona.

Meu corpo todo congelou de uma só vez.

Só percebi meus próprios berros quando Saturno arregalou os olhos, apavorado. Ele ergueu as mãos no ar, tentando se desculpar.

O mundo começou a girar e eu senti como se o ar tivesse ficado rarefeito. Escorreguei para o chão, tateando-o sem saber o que procurava.

Me tire daqui, me tire daqui...

As risadas eram altas, embora eu soubesse que vinham de dentro da minha cabeça. Eu não conseguia respirar. Não conseguia respirar. Estava tentando, mas me faltava o oxigênio.

— Que merda, Saturno! O que foi que você fez? — ouvi Júpiter rosnar, mas sua voz parecia vir de muito longe.

Eu não conseguia ver nada além das máscaras de palhaços. As pessoas rindo e apontando. A dor no peito era pungente. Eu não conseguia respirar.

Preciso de ar. Preciso de ar.

— Olha só para ela, porra! Você é idiota? — Suas palavras estavam cheias de preocupação.

— F-foi só uma brincadeira. Eu não sabia... eu... — murmurou Saturno, chocado.

Senti as mãos de Júpiter se fecharem eu meu rosto. Estavam mornas e macias do jeitinho que eu me lembrava do dia do elevador. Ele roçou os polegares gentilmente pelas minhas bochechas. Pisquei algumas vezes, mas ainda não conseguia *enxergá-lo*. Só os garotos do colégio.

Me deixem em paz! Por favor.

— Sol? — ele me chamou, bem baixinho. Senti seu hálito quente vir de encontro ao meu rosto. Seu tom era bem diferente de segundos atrás. — Sol, eu estou aqui. Tá tudo bem, eu prometo.

As risadas ainda eram altas.

Minha visão continuava toda embaralhada.

Eu dizia para mim mesma que não era real, que não estava *vivendo* aquilo outra vez. Mas, na prática, a coisa toda era *bem* diferente.

— Você acha que pode respirar comigo? — perguntou Júpiter, sem tirar as mãos de mim.

Pisquei algumas vezes, seu rosto focando e desfocando. Estava tão próximo...

Meus olhos se encheram de lágrimas e engoli uma por uma. A voz da minha psicóloga surgiu na memória, tão clara como se ela sussurrasse nos meus ouvidos. "Contemple o que está acontecendo ao seu redor, Sol. Uma coisa de cada vez. Ouça os sons, analise a cena como um todo. Saiba reconhecer o ambiente ao redor. Examine seus pensamentos."

Assenti, ainda sem conseguir falar.

Júpiter começou a sussurrar comandos baixinhos, em um tom brando, gentil. Seu ritmo era calmo e espaçado, e me obrigou a respirar fundo, o que era ótimo para oxigenar o cérebro.

— Inspire. Expire. Inspire. Expire. Devagar. Isso vai passar — repetia ele, como um mantra.

Conforme os segundos caminhavam, sua voz se sobressaía aos sons que até então pareciam altos demais para suportar. As risadas, os gritos... tudo diminuía até que não existisse mais som algum.

As imagens também sumiram, uma a uma, dando lugar para as íris tão azuis de Júpiter.

— Inspire. Expire. Inspire. Expire. Isso vai passar.

Vai passar.

Então, caiu a ficha de que suas mãos *estavam mesmo* em mim! Antigamente, quando eu tinha ataques de pânico, não gostava que ninguém ficasse muito perto de mim, pois me deixava ainda mais agitada. Tocar em mim era *estritamente proibido*.

No entanto, seu toque teve o efeito contrário. Sua proximidade havia me acalmado, como só o mar costumava fazer em situações semelhantes.

— Tá tudo bem? — perguntou ele, com o rosto rígido e sério. Concordei, um pouco sem graça. — Consegue levantar? — Assenti outra vez, com a garganta muito seca.

As mãos de Júpiter soltaram meu rosto. Lamentei no mesmo segundo por isso. Ele as estendeu diante de mim, para que eu me segurasse nelas.

Fugi dos olhares preocupados dos seus irmãos. Fazia tantos anos que eu não tinha uma crise... Precisava ser logo agora?

Júpiter me guiou até o jardim no fundo da casa, de que eu tanto havia ouvido falar. Era mesmo muito lindo. Dava para entender o porquê de ele gostar tanto dali. Sentei sobre o banco de madeira à sombra da pitangueira enquanto Júpiter buscava um copo com água para mim. Bebi o conteúdo todo de uma só vez.

— Desculpa por isso — falei, tímida. Estava me sentindo vulnerável e boba. Júpiter balançou a cabeça, parecia muito bravo.

— Você não tem por que pedir desculpas. Eu é que preciso. Saturno é um idiota, ele não entende qu...

— Foi só uma brincadeira, Júpiter. Não é culpa dele ter escolhido a pior pessoa do mundo para isso. — Sorri para tranquilizá-lo. — Está tudo bem. Você me ajudou bastante. De verdade.

Ele deu de ombros e desviou os olhos, resignado.

— Não era para ter sido assim — resmungou, esfregando o rosto. — Quando você estiver se sentindo melhor, eu te levo para casa, tá?

Ajeitei minha postura, colocando a mão sobre a sua, mas tirando logo em seguida.

— Como assim?

— Não podemos ir para o casamento, Sol. Você precisa descansar, voc...

— Não preciso, não — protestei. Ele abriu a boca para falar, mas não o deixei. — É sério! Eu perdi um tempão da minha vida por causa dos ataques de pânico. Mas minha terapeuta me ensinou que preciso reagir à ansiedade. Não posso parar a minha vida. As crises só duram alguns minutos. Não preciso arruinar horas por causa de um intervalo de tempo tão pequeno. Fora que vai ser bom me distrair, se não vou ficar remoendo isso pelo resto do dia.

— Sol... — Júpiter coçou a nuca, voltando a me encarar. — Eu sei que você é forte e incrível. Não me leve a mal, só estou preocupado... você ficou assustada pra cacete.

Voltei a pegar sua mão, porque queria que ele entendesse o quão importante isso era para mim.

— Podemos só tentar? Se eu achar que vou passar mal outra vez, volto para a casa no mesmo instante. É só que... — Respirei fundo. — Não gosto de perder para a ansiedade. E essa já é uma batalha de muitos anos, como você sabe.

Ele prendeu a bolinha do *piercing* nos lábios, pensando por um momento a respeito. Então, suas sobrancelhas entortaram para baixo.

— Não quero que você ache que precisa ir por obrigação. Sabe que pode me falar se não estiver mais a fim, né?

— Uhum. Mas, acredite em mim, eu quero *mesmo* — afirmei, baixinho, e fui muito sincera. Nunca quis tanto uma coisa. Ele me encarou com atenção e me perdi no seu olhar. Júpiter abrigava o oceano inteiro dentro das íris. Eram lindíssimas. Jesus, como eram.

— Amigavelmente, é claro — pensei alto e nós dois sorrimos.

Júpiter confiscou meu celular logo quando entramos no Uber, para meu desespero. E, embora eu tenha batido o pé sobre *precisar* tirar fotos para postar nas redes sociais, pois aquele era meu *trabalho*, ele permaneceu impassível na sua decisão.

— Hoje não vamos pensar em nada disso, Sol. Vamos apenas nos divertir, tá bom? — limitou-se a responder, alheio ao fato de que o celular era quase uma extensão do meu corpo. Tirá-lo de mim era equivalente a serrar um dos meus braços. E como eu poderia passar tantas horas sem a merda do meu braço? Ou melhor, sem a merda do meu celular? Droga, já nem estava mais pensando direito. Era a abstinência, com certeza!

Prendi a respiração quando chegamos, porque, por Deus, tudo estava tão maravilhoso que parecia sair de um dos filmes de princesa que eu tanto amava. Estávamos um pouco atrasados, e a cerimônia já havia começado. Escolhemos um lugar ao fundo e nos sentamos, tentando fazer o mínimo de alarde possível.

O casamento acontecia em um terraço coberto, com vista privilegiada para o mar da Ilha da Magia. Eu não sabia dizer com precisão onde terminava o céu e onde começava a água, pois os dois se fundiam em uma paisagem de tirar o fôlego. O sol se aproximava do horizonte, colorindo o salão todo de laranja queimado. Era magnífico!

Isso sem falar na decoração... Meus olhos perambulavam exaustivamente entre as inúmeras cadeirinhas brancas individuais, passando também pelo corredor central, ladeado por fartos buquês de rosas vermelhas, brancas e chá. Depois iam parar no dossel, decorado com um arranjo de chuva de prata caindo por todas as direções e longas e esvoaçantes cortinas translúcidas. E, claro, o principal, que eram os noivos. Por estarem contra a luz, eu só conseguia divisar suas silhuetas. Era impossível ver detalhes como a maquiagem de Sophia, ou seu penteado, assim como se eles riam, choravam ou estavam anestesiados. Talvez um pouco de tudo. Ainda assim, era muito, muito emocionante mesmo presenciá-los ali, com aquele fundo de tirar o fôlego, um de frente para o outro, com as mãos entrelaçadas.

Fui atingida em cheio pela sensação mágica que só os casamentos possuem e me peguei pensando em mim mesma. Dali a alguns meses seria a minha vez. No entanto, embora soubesse disso desde quando aceitei o pedido, uma parte de mim não conseguia *acreditar*. Era como se estivesse em negação, a ficha não caía. Espiei minha mão esquerda. O anel permanecia lá, mas já não me deixava com o coração acelerado, tampouco com os dedos trêmulos. Em vez disso, eu começava a questionar coisas sobre as quais jamais parei para pensar, como se André e eu daríamos certo morando juntos e nos vendo 24 horas por dia. Ele continuaria não me deixando falar? E sua mania de não dar tanta importância para a minha rotina iria melhorar ou piorar?

— Consegue se imaginar no lugar dela? — Júpiter perguntou baixinho, perto do meu ouvido, como se pudesse ler pensamentos. Suas palavras ricochetearam contra a pele da minha nuca, causando um arrepio intenso na espinha. E, por não ter uma resposta, apenas balancei a cabeça.

Depois da cerimônia, os convidados foram direcionados ao salão que ficava embaixo do terraço, onde seria a festa. Júpiter e eu ficamos em uma mesa cheia de desconhecidos. Pensei nele sozinho ali por horas e fiquei feliz pelo seu convite e mais ainda por eu ter aceitado e batido o pé para estar ali.

Exceto pelo incidente na casa dele, o dia estava sendo maravilhoso e leve. Nós éramos dois tagarelas quando estávamos juntos. Mas que culpa eu tinha se o assunto entre nós nunca morria? Além do mais, era *gostoso* conversar com ele, porque Júpiter era interessantíssimo e tinha um milhão de histórias para contar, além de que também *me ouvia*. Mais que isso, ele fazia parecer que minhas palavras eram as coisas mais incríveis que ele poderia escutar. Eu adorava como seus olhos ficavam atentos a mim e adorava ainda mais acompanhar suas reações pelas suas caras e bocas.

Júpiter me contou que era apaixonado por cinema. Seus chefes — de quem ele falava sempre cheio de respeito e admiração — eram também donos do cinema no shopping onde trabalhava e por isso ele tinha passe livre. Com uma expressão travessa no rosto, me contou que tinha um caderninho onde escrevia críticas e dava notas para todos os filmes a que assistia.

Contei para ele que eu não conseguia comer nada que tivesse consistência estranha, como ostras, gelatina, pudins e afins. E aqui é importante dizer que minha confissão gerou uma discussão de horas entre nós dois, que consistia, basicamente, em Júpiter tentando me convencer de que aquela era a melhor sobremesa já inventada pela humanidade e eu negando com veemência.

Eventualmente, acontecia de nos esbarrarmos sem querer. Seu ombro batia no meu, minha mão tocava na sua, nossos braços roçavam com leveza. Cada vez que isso acontecia, meu corpo todo correspondia com um verdadeiro terremoto com o qual eu não sabia nem *conseguia* lidar.

Era como se não existisse mais ninguém além de nós. O resto todo se apagava e só existiam nossas risadas, seu sorriso com covinhas, nosso assunto sem fim.

Em uma escala de zero a dez, quão encrencada estou?

— Você fica muito bonito de social, Júpiter — admiti de repente, aproveitando que estávamos sozinhos na mesa e com a cabeça leve pelo álcool. Champanhe era meu fraco e, sabe como é, ali tinha de sobra.

— Uau, é isso mesmo que acabei de ouvir? — Ele inclinou a cabeça para o lado. O brilho no olhar não passou despercebido. — Fui elogiado por Juba, a filha da internet, primeira de seu nome, a não *flopada*, quebradora de padrões, a *youtuber* com 6 milhões de seguidores?

Joguei a cabeça para trás, gargalhando alto. Mesmo com a banda tocando, várias pessoas nos olharam com curiosidade.

— O que fiz pra te merecer, hein, Júpiter?

— Quer mesmo que eu diga? — perguntou com a taça na boca. Seu pomo de adão subiu e desceu enquanto ele dava um considerável gole no seu uísque e me imaginei passando a língua por ali. *Fala sério, Juba!* — Bom, para começar, você me espionou em um puta momento íntimo, depoi...

— Ok — falei, interrompendo-o. — Talvez eu não tenha deixado claro o suficiente, mas foi uma pergunta *retórica*!

Ele piscou para mim com a maior cara de levado.

— Você também está muito bonita, Sol. Mas isso não é novidade nenhuma — sussurrou ele, perto demais do meu ouvido.

Fui tomada por um calorão descomunal e engoli em seco. Antes que eu tivesse a oportunidade de responder, fui surpreendida por uma voz suave que veio de trás.

— Uaaaaau, Júpiter! Sua namorada é linda! — Sophia apareceu na mesa para nos cumprimentar. Procurei seu marido pelo salão e descobri que estava em uma rodinha de homens, pulando sem parar, enquanto faziam a brincadeira de cortar sua gravata. — Vocês combinam muito!

Fisguei os lábios, sorrindo sem jeito.

— Ah, não, Sophia. — Ele segurou as mãos dela carinhosamente. — Somos apenas bons amigos.

— Uhummm, certo. — Ela arqueou as sobrancelhas, demonstrando quanto não acreditava nem um pouquinho naquilo. — Amigos... Eu e Tito também começamos assim.

Dessa vez não pude evitar rir. Júpiter me encarou, se divertindo com a situação.

— Não, Soph, nós somos amigos *mesmo*. Só isso. Nada mais que amizade rolando por aqui.

Os olhos dela foram de Júpiter para mim pelo menos três vezes, como se nos estudassem com atenção enquanto ela avaliava as chances de ele falar a verdade.

— Vocês não estão se pegando?! — indagou cheia de descrença, tal como se tivesse acabado de descobrir que o céu é, na verdade, roxo com bolinhas verdes.

— Não estamos, eu juro — foi a minha vez de responder.

— Bem, estão perdendo tempo, então. Dá para ver de longe que tá rolando o maior climão entre vocês.

Eu sabia que ela não tinha falado com maldade, mas, mesmo assim, não pude evitar a labareda que subiu pelo meu rosto de uma vez só. No fundo, no fundo, eu sabia que aquilo era verdade.

Escondi o rosto com as mãos, sem conseguir olhar para nenhum dos dois.

Júpiter aproveitou a deixa e segurou meu dedo anelar. Sophia arquejou, como se finalmente tivesse compreendido tudo.

— Não que eu não *quisesse* — falou ele, em um tom brincalhão. — Mas é que tem esse pequeno empecilho.

— Gente do céu, que vaciiiiilo! — Dava para perceber na sua voz quanto isso a deixou envergonhada. Só não mais que eu, disso eu tinha certeza. — Nossa, desculpa, entendi tudo errado.

Puta merda, Sophia, será que dá para você CALAR A SUA BOCA?

Júpiter soltou uma gargalhada espalhafatosa. Mesmo sem ver, eu podia jurar que ele fez com que vários pescoços se virassem em nossa direção.

— Acredite em mim, Soph, você não foi a única!

— Ai, meu Deus, falei besteira de novo? — resmungou. — Ok, acho que vou deixá-los sozinhos e fingir que essa conversa não aconteceu.

Júpiter riu outra vez.

— Eu dou um pulinho na sua mesa daqui a pouco. Podemos começar do zero.

— Ótimo! Ah, meu pai quer muito tirar uma foto com você antes de ir embora, tá?

Júpiter deve ter assentido, porque não ouvi nada mais.

Passados alguns minutos, ele puxou minhas mãos para longe do meu rosto. Continuei de olhos fechados porque me recusava a olhar para a sua cara, que com certeza devia estar impagável.

— Não adianta fugir, Sol, você vai precisar lidar com isso cedo ou tarde — ele disse, rindo, e eu quis morrer.

— Por que você sempre precisa ser tão chato? — choraminguei.

— Porque eu sou muito bom nisso, ué.

Abri os olhos.

Ele estava brincando com o *piercing*, e me encarando.

Seus lábios se abriram para falar alguma coisa, mas, em vez disso, ele só ficou me observando, como se tivesse esquecido o que ia dizer. Foi bem rápido, mas mesmo assim me deixou inteira trêmula. Prendi a respiração, sem saber bem por quê.

Ele balançou a cabeça em um movimento quase imperceptível, como se desconsiderasse o que quer que tenha lhe passado pela cabeça. Umedeci os lábios, sentindo a atmosfera entre nós mudar. A tensão era quase tangível. Dava para perceber que ele também estava entregue ao momento, à energia que nos envolvia intensamente. Engoli em seco, querendo tanto falar, mas sem conseguir dizer uma palavra. Meu corpo todo fervia em excitação. Pedia por ele. Clamava pelo momento em que um de nós venceria o medo e daria o primeiro passo para o proibido. Eu castigava minha imaginação com uma realidade onde pudesse ser arrebatada por sua paixão latente.

Júpiter pigarreou, desconcertado, e conseguiu me trazer de volta à realidade. Minha pele ainda formigava, minhas mãos ainda suavam frio, meus lábios ainda ardiam de vontade...

— Ia te convidar para dançar, mas acho que não é uma boa ideia... eu jamais conseguiria fazer isso amigavelmente. — Ele sorriu torto e precisei ignorar o arrepio intenso que percorreu cada milímetro do meu corpo.

Assenti, antes que minha boca me traísse e eu fizesse uma besteira imensa. Porque, para mim, não parecia existir ideia melhor no mundo inteirinho do que dançar com ele.

DELÍRIOS DE JUBA
Publicado em
30 de dezembro de 2017

INSCREVER-SE: 6,5 MI

ESPECIAL DE FIM DE ANO: TAG QUEM TEM MAIS CHANCE, COM PARTICIPAÇÃO DE ANDRÉ CARRANZA

(*A câmera foca no cenário vazio por poucos segundos antes de Juba e André pularem para a frente da câmera, com as mãos imitando garras.*)

Juba e André: Olá, leõezinhos! Tudo bem com vocês?

Juba: Hoje o André está aqui com a gente porque ele me ama demais e não consegue ficar um segundinho sequer longe...

(*Ela pestaneja para ele e manda um beijinho no ar.*)

André: Não consigo mesmo! Mas, sério, foca em mim, fazendo favor. (*A câmera enquadra seu rosto.*) Amigos, vocês ficariam longe desse mulherão da porra?

(*A câmera se afasta novamente, revelando Juba com um grande sorriso.*)

Juba: E *esse*, leõezinhos, é o motivo pelo qual vou me casar com ele!

VINHETA DE ABERTURA
(*A imagem corta para uma tela azul-turquesa, com o desenho de um leãozinho. A voz de Juba simula um rugido ao mesmo tempo em que as palavras "Delírios de Juba" piscam na tela, no mesmo tom de amarelo da cadeira do cenário.*)

Juba: Falando sério agora, esse é o último vídeo de 2017. E como esse foi um ano tão importante para nós dois (*ela segura a mão dele, encarando-o com ternura*), achei que não teria maneira melhor de encerrar mais um ciclo aqui no canal do que com uma tag de casal.

André (*com um tom pomposo*): Senhoras e senhores, *quem é mais provável?*

Quem tem mais chance de esquecer algo importante?

Juba: Nossa, essa é fácil!
(*André assente, abrindo um sorriso debochado.*)
André: Juba está dizendo isso porque sabe que é ela!
Juba: Quêêê? Claro que não, amor!
André: Linda, você vive esquecendo suas coisas por aí e nem percebe...
Juba (*cruzando os braços sobre o peito*): E você vive esquecendo tudo que eu falo.
André: Eu? (*Ela assente*) Esquecendo?
Juba: Uhum.
André: Tipo...?
Juba: Meus eventos, por exemplo? (*Ele encolhe os ombros, voltando a olhar para a frente.*)
André: Pooooonto para os dois!

Juba 1 x 1 André

Quem tem mais chance de ser uma pessoa popular na escola?

(*Ela ri com ironia.*)

Juba: O André, é óbvio!

André: Eu nem era popular, gatinha... (*Ele a encara com uma expressão confusa.*)

Juba: Mas, amor, eu sofri *bullying*! Podia ser qualquer um do meu lado e mesmo assim eu perderia. Na verdade, se a pergunta fosse quem era o mais impopular, eu ganhava disparado!

André: Awnnn, o que importa é que agora você é a rainha da porra toda, amor.

(*Ela coloca as mãos no coração, abrindo um sorriso largo.*)

Juba 1 x 2 André

Quem tem mais chance de cuidar do outro quando essa pessoa está doente?

André: É você!

Juba (*com cara de orgulhosa*): Sou mesmo. Mas, assim, não serei injusta com o André... é que ele fica bem mais doente do que eu.

(*Ele ajeita a postura, girando o tronco para ficar de frente para ela.*)

André: Eu não adoeço muito... é *você* que nunca adoece! Gente, a Juba nunca reclama de dor de cabeça, dor no estômago, nada. Só de cólica, e beeem de vez em quando.

Juba: Ok, acho que chegou a hora de te contar a verdade sobre tudo (*ela segura os ombros dele*): eu sou um robô!

Juba 2 x 2 André

Quem tem mais chance de ficar irritado com coisas pequenas?

André: Olha, não sei, hein... há controvérsias.

Juba: Ah, é? Por quê?

André (*sussurrando*): Porque você é bem *estressada*, gatinha.

Juba: Eu sou *estressada*?! (*A câmera foca no seu rosto. Juba está visivelmente brava. A imagem muda para o rosto de André, que arqueia as sobrancelhas de maneira desafiadora.*) Tá bom, vai, eu admito. Sou estressada, gente. Minha paciência acaba muito rápido.

André: Paciência? Que paciência? (*Ele enlaça o braço no pescoço dela e a puxa para um beijo.*)

Juba 3 x 2 André

Quem tem mais chance de bater o carro?

(*Juba e André trocam um olhar e começam a rir ao mesmo tempo.*)

André: Conta pra eles, linda.

Juba: Contar o quê? (*Ela forja uma careta de desentendimento.*) Eu sou a maior motorista que você respeita!

André (*olhando para a câmera*): Ela está mentindo! A Juba é *horrível* no volante. Ela é barbeira, cara. Aliás, se você também mora em Florianópolis, preserve sua vida e não ande mais a pé!

(*Juba gargalha, desferindo uma sucessão de tapinhas no braço dele.*)

Escore final
Juba 4 x André 2

Juba: Bom, a conclusão disso tudo é que quem elaborou essas perguntas queria me humilhar, porque o André é, claramente, uma pessoa muito melhor que eu!

André: Maaas... o que importa é que eu te amo, né?

VINHETA DE ENCERRAMENTO
(*A tela fica preta por poucos segundos, apenas com as palavras "Delírios de Juba", dessa vez em branco.*)

Juba: Esse foi o desafio, espero que tenham gostado! Quero agradecer muito, muito, muito por me acompanharem por mais esse ano. 2017 foi maravilhoso para mim e vocês fizeram parte disso. Muito obrigada, leõezinhos!

Eu não sei como foi para vocês, mas lembrem-se sempre de que tudo passa. Mesmo que as coisas não tenham sido tão legais, amanhã é sempre um novo dia, uma nova chance de tirar nossos projetos do papel, de se declarar para o *crush*, de seguir nossos sonhos...

Parafraseando um amigo meu: faça o dia bom! Cada um dos 365 que vêm pela frente. Faça de 2018 um ano maravilhoso, eu garanto que só depende de vocês.

André: Então é isso! (*André esfrega as mãos uma na outra.*) Se inscrevam nos nossos canais, curtam o vídeo, façam bastante barulho nos comentários e tenham um ótimo ano novo!

Juba e André: Um abracinho. Vemos vocês no próximo!

5.199.237 visualizações
615.789 gostei 👍
2.037 não gostei 👎

PRINCIPAIS COMENTÁRIOS

Rodrigo
SEGURO VELA ATÉ NO YOUTUBE, PQP!
👍 814 curtidas

Luana Thais
sos como eu amo vídeos de vcs dois juntosssss! Sério, gravem mais tags, por favor. Shippo muito!
👍 547 curtidas

P Pedroni
Relationship goals!!!!
👍 221 curtidas

Giulia Gonçalves
Se juntos já causam, imagina juntos!
👍 113 curtidas

Nataly BTS
#FaçaODiaBom
👍 87 curtidas

CAPÍTULO 11

ENFIEI A CHAVE NA FECHADURA E DESTRANQUEI a porta, empurrando-a com dificuldade. Uma leve sensação de ter exagerado na quantidade de enfeites e preparativos me acompanhava. Eu mal conseguia segurar aquela porcaria de caixa de papelão — que era quase do meu tamanho, aliás —, de tão pesada. A primeira coisa que fiz depois de entrar foi colocá-la sobre a mesa da cozinha para poder limpar o suor da testa com o antebraço.

Arfando, girei nos calcanhares. Fiz uma varredura pela cozinha pequenina e muito, muito bagunçada. Era tão estranho estar sozinha no apartamento do André, ainda mais sem que ele soubesse. Era como se eu estivesse fazendo algo errado, embora, na verdade, não fosse nada de mais. Quer dizer, e daí que ele não sabia do meu paradeiro? Era por uma boa razão. Foi sua mãe quem me deu a cópia da chave, então, tudo bem. Além do mais, nós estávamos prestes a nos casar. Se eu não pudesse ter certas liberdades com ele, com quem teria?

Diferentemente de mim, André não possuía um *estúdio* de gravação, porque seu apartamento era bem menor. Ele costumava gravar os vídeos no próprio quarto e, por isso, fui direto para lá. Assim como a cozinha, o quarto estava um caos. Tinha roupas para todos os lados, a cama estava desarrumada, os móveis, empoeirados. Abri a janela para me livrar do ar parado e não pude evitar a preocupação subindo em espirais. Organização não era bem o forte dele. E isso não era muito animador, considerando que eu também não era muito paciente. Já podia prever uma sucessão interminável de brigas e mais brigas por toalhas molhadas espalhadas em lugares inconvenientes, roupas fora do cesto, e mais um monte de coisas do tipo. *Quando foi que me transformei na minha mãe?*

 Juntei o cabelo com as mãos, prendendo-o no alto da cabeça. Ponderei por alguns segundos se valia a pena dar uma organizada naquela bagunça, mas descartei a possibilidade bem depressa. Não ia fazer diferença para os seguidores... Contanto que o cenário estivesse perfeito, eles jamais suspeitariam de que o resto do apartamento se parecia com um lixão.

 Coloquei uma *playlist* para tocar no celular e busquei a caixa na cozinha, tirando os enfeites de dentro dela e os espalhando pelo chão.

 Desde que nos conhecemos, André sempre foi muito enfático sobre quão importante era conquistar um milhão de seguidores. Cada vídeo que gravava, assim como as parcerias que fazia, e até mesmo os eventos de que escolhia participar... tudo era com essa finalidade. Esse número representava muito para ele. André já sabia até onde colocaria a plaquinha banhada a ouro que o YouTube costumava mandar para presentear os canais que alcançavam essa marca.

 Eu nunca almejei a fama, por isso não conseguia compreender muito bem sua fissura. Comecei a gravar os vídeos para suprir o desejo de ser ouvida. Então, para mim, cada milhão alcançado era como uma recompensa pelo trabalho duro. Era a consequência e não a motivação — bem, não *antes*. Agora, eu fazia o possível para me manter em evidência.

 Mesmo assim, considerei essa uma boa oportunidade para deixar as coisas entre nós menos esquisitas e resolvi fazer uma *festinha surpresa* — que seria transmitida ao vivo no meu canal —, para comemorar sua conquista. Afinal, ter um milhão de seguidores não era para qualquer um.

 Aquele ano mal havia começado e eu já sentia que estava todo errado. Meu noivo e eu estávamos mais distantes do que nunca. Embora continuássemos nos vendo com a mesma frequência de sempre, eu tinha a sensação de que parecíamos dois estranhos ocupando o mesmo espaço. Eu relutava em admitir para mim mesma que meus sentimentos por ele diminuíam exponencialmente e que nossa relação ficava cada vez mais insípida.

O anel no dedo já não causava as mesmas sensações de algum tempo atrás. Pelo contrário, ele passou a ser um objeto incômodo, desconfortável e, sobretudo, apavorante. Sempre que refletia sobre o que representava ter aquele anel ali, meu corpo todo paralisava e eu tinha a certeza de estar prestes a cometer o maior erro da minha vida.

Como se não bastasse isso tudo, ainda tinha o problema com Júpiter. Que consistia, basicamente, no fato de eu estar me apaixonando por ele.

Sim, eu sei, soa péssimo admitir isso.

Ainda mais depois de todas as coisas que falei sobre o André.

Mas, poxa, de que adiantaria me enganar a essa altura do campeonato?

Eu estava *louca* por ele!

Nos meus sonhos, eram seus intensos olhos azuis que sempre iam me visitar.

Era na sua boca deliciosa que eu passava a maior parte do dia pensando. E nas coisas que ele podia fazer com ela... sobretudo com aquele *piercing* que me tirava do sério.

Era com o seu corpo que eu fantasiava. Ficava imaginando como seria arrancar sua camiseta, passear os dedos pela sua barriga, beijar suas covinhas, morder o seu pescoço... *Minha nossa, Sol, você está impossível!*

E o pior de tudo é que nem se tratava só de desejo físico!

Ah, não! Seria muito mais fácil de lidar com a situação se ela se resumisse apenas a eu estar sedenta de vontade de beijar cada centímetro do corpo dele bem demoradamente... O problema maior tinha a ver com o fato de Júpiter e eu darmos muito, muito, muito certo. Sem fazer esforço algum. A química entre nós era visível para qualquer pessoa.

Sabe quando dizem que toda panela tem sua tampa?

Eu sentia como se eu fosse uma panela de pressão e o André, uma tampa comum, que servia mais ou menos para o propósito, mas jamais seria como a tampa com válvula. Jamais seria como Júpiter. Porque, por Deus, ele tinha o tamanho perfeito para mim.

Nós não passávamos mais um único dia sem conversar. Para falar a verdade, eram raras as vezes em que ficávamos uma hora inteira sem trocar uma mensagem sequer. Não dava. Sempre havia um novo assunto, uma nova história, uma nova piada. Além disso, Júpiter sempre me surpreendia com mensagens cujo único objetivo era me provocar. Por exemplo, a que ele tinha enviado na noite anterior, pouco antes de eu dormir:

> Li um negócio tão interessante na internet essa tarde.

> Ah, é? Oq?

> Algo sobre Escorpião ser um signo dominador na cama. Essa informação procede?

> Hahahaha não tenho nenhum quartinho vermelho da dor, se é isso q quer saber...

> Ainda bem, pq eu jamais assinaria o contrato. Seria estranho.

> ...mas por outro lado, não nego que a ideia de ser vendada e algemada me parece bem interessante!

> Ah, Sol... Não faz assim. Minha imaginação é muito fértil :(

> Hummm... acabei de descobrir que piscianos são criativos na hora do sexo. Acho que faríamos uma combinação interessante. Não que eu esteja pensando nisso... hahaha

> É sério! Estou em uma reunião com meus chefes e os donos da franquia. Preferiria não ter que lidar com uma ereção nesse momento.

> Você tem algum fetiche? O meu sempre foi amarrar um cara na cama e lamber o corpo dele in-tei-ri-nho. Pena que nunca encontrei ninguém q topasse...

> Porra, Sol!!!!

> O que foi?

> Estou com problemas! Se eu for demitido, a culpa é toda sua.

> Foi você quem começou, ué... ;)

Balancei a cabeça e engoli em seco. *O que estou fazendo com a minha vida?*

Droga, eu me sentia horrível por estar tão envolvida com Júpiter, quando tinha um compromisso sério com o André. Mas não sabia muito bem *como* lidar com tudo isso. Como eu poderia terminar as coisas com o André quando a internet toda esperava pelo nosso casamento?

Quero dizer, eu já até podia imaginar a reação catastrófica dos meus seguidores e quanto isso me afetaria de maneira negativa. Ninguém tentaria entender o meu lado, em vez disso, estariam prontos para atirar pedras em mim. Às vezes, era uma droga ter a vida tão exposta, tão pública. Eu queria não dever nada para ninguém.

Queria que tudo fosse mais simples.

Queria não ter aceitado aquele pedido idiota... Argh, se eu pudesse voltar no tempo!

E também queria que o André não tivesse feito a proposta durante uma *live*. Teria ajudado bastante. Talvez não tivesse me faltado coragem para dizer que eu achava que era um pouco cedo demais para tamanha mudança em nossas vidas.

Droga, eu queria muitas coisas e nenhuma delas aliviava minha consciência.

Esfreguei o rosto e, com um suspiro longo, observei meu trabalho pronto. Tinha ficado lindo! No centro, um enorme 1M feito com um punhado de fotos nossas, todas em preto e branco, que eu havia passado a manhã toda escolhendo e imprimindo. Em volta, um cordão de bandeirinhas douradas intercaladas com pisca-piscas. E, posicionados estrategicamente para preencher a maior parte do vazio na parede sem ficar sobrecarregado, é claro, arranjos de bexigas transparentes e douradas.

Espelho, espelho meu, existe pessoa mais foda do que eu?

E a resposta era: não, não existia.

Abri um sorrisinho, me divertindo com a minha própria piada, e peguei o celular, pois precisava ligar para André. Preciso admitir que comecei a teclar o número de Júpiter duas vezes antes de acertar a merda do telefone do meu próprio noivo. Que tipo de esposa horrorosa eu seria?

O telefone chamou, chamou e chamou até cair. Tentei uma segunda vez e foi a mesma coisa. Uni as sobrancelhas, intrigada. Já estava na terceira tentativa quando ele resmungou um alô com a voz rouca e cansada. Parecia até doente.

— Amor, onde você está? — perguntei alegre, fingindo espontaneidade.

Eu já tinha planejado tudinho: convidaria André para gravar um vídeo comigo (ele sempre topava) e depois pediria para ele pegar algum equipamento muito específico, que o obrigasse a passar no seu apartamento primeiro. Então, eu o surpreenderia com a festinha surpresa ao vivo.

Não tinha como dar errado.

— Em casa, gatinha — respondeu com tranquilidade. — Por quê? Estreitei os olhos, sentindo uma guinada forte no peito.

Como é?

— *Onde?* — insisti, apenas para me certificar de que não tinha entendido errado.

— No meu apartamento. — Dessa vez consegui ouvir em alto e bom tom. Meu estômago revirou e por um instante acreditei que fosse vomitar. Como não consegui falar nada, André continuou. — Estou gravando uns vídeos para o canal... foi por isso que demorei para atender. Tinha esquecido o celular na cozinha. — *Seu cínico do caralho!* — E você? — *Deus do céu, você está mesmo mentindo pra mim na cara dura!*

— E-eu... — Minha voz morreu no ar. Fiquei desnorteada. De todas as coisas que esperava ouvir naquela ligação, aquela, com toda a certeza do mundo, jamais passou pela minha cabeça. Meus pensamentos estavam na velocidade da luz, era até difícil de acompanhar. Sentei na beirada da cama, sentindo um nó enorme na garganta. — Eu... — Outra vez fui incapaz de prosseguir. Isso porque tudo que eu conseguia escutar era a minha própria voz vinda lá do fundo da mente:

Por que ele está mentindo pra mim?!

Será que é a primeira vez ou ele faz isso sempre?

Espera... se ele não está aqui, O QUE ESTÁ FAZENDO?

— Gatinha? — Pude notar certa preocupação na sua voz. — Está tudo bem?

— Uhum — resmunguei, segurando a ponta do nariz com os dedos indicador e polegar. — Uhum, está tudo bem, sim. — Mal consegui disfarçar o tom ríspido. — Escuta, acho que devo ter me confundido, mas... você não tinha um evento hoje, não?

— Hum... evento? — André pigarreou. — Que evento, amor?

— Você me disse que tinha alguma coisa em Balneário Camboriú. Tenho certeza — Era por isso que eu havia escolhido aquela noite para fazer a festinha surpresa, afinal. A distância entre as duas cidades dava um pouquinho mais de uma hora. A chance de ele aparecer inesperadamente seria mínima.

— Ahhhhhhh — André deu uma risadinha sem graça. — É verdade. Eu *tinha* a inauguração de uma loja de skate, mas eles precisaram adiar a data. Esqueci de te contar isso, linda?

— Esqueceu — respondi, jogando meu corpo para trás a fim de deitar. Eu não estava acreditando nem um pouquinho na sua mentira deslavada. Dizem que escorpianos têm instinto aguçado e, naquele momento, o meu soava altíssimo. Decidi fingir não saber de nada. Era melhor esperar para confrontá-lo de surpresa, quando ele chegasse. Assim, ele não teria tempo de pensar em uma desculpa. — Enfim, não importa. Eu liguei para saber se você quer gravar comigo hoje. Descobri uma tag de casal nova muito legal! — Foi difícil me fingir de empolgada quando cada centímetro do meu corpo antevia algo ruim. Eu me perguntava quantas outras vezes ele já teria me falado que estava em casa sem que realmente estivesse ali.

— Pode ser, gatinha. Que horas?

— Agora — cuspi a resposta.

— Ah, é? — Outra risadinha nervosa.

— Você está de bobeira na sua casa, ué! — fiz meu melhor tom de inocência.

André respirou fundo, como se estivesse cansado demais para discutir.

— Tudo bem. Vou só tomar um banho e me arrumar, tá bom?

— Uhum. — Revirei os olhos. — Ah, já ia me esquecendo. Você pode trazer aquela sua máscara de cavalo, por favor?

— Minha... máscara?

— E traz suas amoebas também! Vai deixar o vídeo mais engraçado.

Ele perguntou se eu queria mais alguma coisa antes de desligar e precisei usar toda a minha força para não gritar que a única coisa que eu realmente queria era que ele não fosse a porra de um mentiroso.

Respirei fundo e fui até o banheiro retocar o batom para começar a *live*. Eu não sabia dizer até que ponto tinha razão em estar puta e até que ponto era paranoia e falta de confiança. Afinal, eu tinha reclamado quando André deu um chilique na praia comigo e Júpiter, sem antes me dar a chance de argumentar. E eu estava fazendo a mesma coisa agora.

Quem sabe nem fosse nada de mais e ele só quisesse um pouco de paz? Ou talvez estivesse providenciando alguma coisa muito constrangedora para vídeos futuros e por isso inventou aquela desculpa? Talvez ele até estivesse fazendo alguma surpresa para mim!

Enquanto voltava para o cenário que eu tinha passado a última hora decorando, tentei me convencer de que com toda a certeza havia uma boa explicação para tudo isso além de André estar fazendo algo errado.

Até porque ele podia ter alguns defeitos bem chatos, mas nunca deixou de me tratar bem. Era supercarinhoso comigo. Dava para perceber isso pela maneira como ele costumava me chamar... gatinha, linda, amor.

Eu estava tirando conclusões precipitadas.

Só podia ser isso.

Não é?

Balancei a cabeça, querendo afastar todos aqueles pensamentos, ao menos por ora. Encaixei meu celular no tripé e o posicionei de frente para a parede, de modo que aparecesse o 1M. Aproveitei o momento para divulgar em todas as minhas redes sociais que eu faria uma transmissão ao vivo em poucos minutos.

Estudando minha imagem no espelho, soltei o cabelo e enterrei as mãos nele, ajeitando-o. Foi impossível evitar o sorriso ao me lembrar de Júpiter. Tudo o empurrava para os meus pensamentos e, de repente, ele virava o protagonista deles.

Vamos lá, Juba.

As coisas precisam ser feitas.

É por uma boa causa.

Assenti e, no segundo seguinte, comecei a *live*. Eu não costumava fazer muitos vídeos naquele formato no meu canal, pois a impossibilidade de edição era um pouco perigosa. As chances de eu falar algo que pudesse virar *meme* era sempre muito grande. Ainda mais porque as coisas *costumavam* dar um pouco errado para mim. Ironicamente, a maioria esmagadora dos inscritos adorava a ideia de transmissão ao vivo graças à abertura de um contato maior comigo. Dava a sensação de que eu era alcançável, de que estava logo ali.

— Olá, leõezinhos, tudo bem com vocês? — exclamei, sorrindo abertamente e acenando com as duas mãos. — Vou esperar mais gente entrar para explicar o que está acontecendo...

Esfreguei as mãos, observando o contador de espectadores aumentar em uma velocidade surpreendente: mil, cinco mil, vinte mil... Os comentários já pipocavam na tela. Mesmo depois de tantos anos trabalhando com aquilo, continuava sendo uma surpresa enorme a quantidade de pessoas que eu conseguia alcançar. Pessoas que paravam seus afazeres imediatamente, apenas para me assistir. Pessoas que encontravam relevância nas minhas palavras.

Em poucos minutos, já contavam mais de 290 mil pessoas.

Duzentas e noventa mil!

Todos me assistindo ao mesmo tempo.

Era inacreditável...

Dava para povoar uma cidade inteira com toda aquela gente.

— Tá todo mundo curioso para saber o que está rolando, eu sei — comecei, animada. — Como vocês já sabem, o canal do André, meu noivo, acaba de atingir a marca de 1 milhão de inscritos! Esse é um número muito, muito, muito especial para ele e por isso decidi fazer uma festinha surpresa de que vocês todos vão participar também! — Conforme eu explicava tudo que havia planejado, a pulguinha que ficou atrás da orelha com a mentira do André parou de ter tanta importância. Isso porque estar com os meus seguidores era sempre muito especial e único. A sensação de ser amada por tanta gente se sobressaía a qualquer outro sentimento. A energia emanada na minha direção tinha um poder muito grande. E isso era como uma faca de dois gumes: fazia muito bem quando eram mensagens de carinho, mas também podia ser muito destrutiva quando se tratava de ódio gratuito.

Propus uma brincadeira de perguntas e respostas enquanto ele não chegava e, em meio a risadas, respostas íntimas e muita brincadeira, o tempo voou. Fiquei tão entretida com a *live* que dei um pulinho de susto quando ouvi a porta da cozinha batendo.

Abri um sorriso largo e coloquei o indicador em frente aos lábios, em um pedido silencioso para meus seguidores ficarem quietinhos também. Eu queria fazê-los sentir como se estivessem ali dentro do quartinho junto comigo. Eles *precisavam* fazer parte da festa.

— Quando ele abrir a porta, todo mundo precisa gritar *surpresa* junto comigo, viu? — instruí aos sussurros, ignorando aquele sentimento esquisito cada vez mais forte dentro de mim.

Girei o tripé na direção da porta do quarto, que estava fechada, apurei os ouvidos e me preparei para o momento em que André surgiria por ela. Mas estava demorando demais. E, por alguma razão, a espera estava me deixando maluca.

Foi quando ouvi uma risadinha sutil.

Veio abafada do lado de fora e durou muito pouco, mas ainda assim foi suficiente para um arrepio intenso descer pela minha coluna e cada músculo do meu corpo enrijecer de uma só vez.

Isso porque a voz que eu tinha acabado de escutar estava longe de ser a do André. Era fina e delicada.

Uma voz de *mulher*.

Prendi a respiração e o meu mundo parou de girar.

Foi um daqueles momentos em que o cérebro dá pane e você demora a compreender o que está acontecendo, só consegue se agarrar ao fato que se desenrola da pior maneira possível e tentar acompanhar para descobrir aonde vai dar.

André riu baixinho e murmurou alguma coisa. Sua voz se aproximava. Estava bem perto mesmo. Fui tomada por uma onda de pânico. Cogitei me esconder embaixo da cama, mas o pensamento durou apenas uma fração de segundo. De que adiantaria? Tinha um punhado de evidências para me entregar.

E, de repente, me senti estúpida pelo motivo que havia me levado até ali. Minha nossa, então era por isso que o André tinha mentido para mim! Estava com outra mulher! E eles vinham na minha direção.

Só então me dei conta do pior de tudo: eu não estava *sozinha*. Tinha a porcaria de 290 mil pessoas presenciando aquele momento comigo. Presenciando a minha humilhação. Merda!

Puta que pariu!
E agora?
O que vou fa...

— Não podemos demorar muito. Já faz um tempão que a Juba me ligou, e... hummm.... — Congelei com o gemido de André. Aquele som que eu costumava ouvir em nossos momentos mais íntimos penetrou meus tímpanos como uma bomba destruindo tudo dentro de mim. Ouvir aquilo sabendo que ele estava com outra mulher... que estava me traindo... não descia.

A surpresa e o choque começaram a dar lugar a um sentimento muito mais forte, intenso e visceral.

Raiva.

Eu estava *morrendo* de raiva!

— Quem esperou tanto, espera um pouquinho mais — ela ronronou, mas não tive tempo de processar mais nada. Porque, logo em seguida, a porta foi aberta com um baque surdo e todo o meu corpo, até então rígido, amoleceu. Perdi a força. Senti vontade de gritar bem alto. Meu coração acelerou com tamanha violência que eu bem poderia ter infartado.

Foi tudo rápido demais.

Meus olhos passearam pelos dois. André com os braços para cima, para que ela pudesse deslizar a camiseta para fora do seu corpo, revelando o abdome trincado. Sua boca grudada na dela, em um beijo tão esfomeado e cheio de necessidade. O cabelo liso e loiro que batia na cintura, assim como o corpo escultural que combinava tão bem com o dele.

Engoli em seco, ao mesmo tempo em que André abriu e logo arregalou os olhos, as íris escuras brilhando de medo. Ele se desvencilhou da *loirona* turbinada super-rápido, com uma expressão chocada no rosto, como se não fizesse a mais remota ideia de como a língua dela foi parar na sua boca.

Meu sangue ferveu, o rosto esquentou, e eu passei a enxergar em vermelho.

— Juba... — começou ele, cheio de cautela. E aquele foi o momento em que eu saí de mim.

— FILHO DA PUTA! — gritei, vendo meu mundo rodar diante dos meus olhos. Recuei alguns passos. — NÃO ACREDITO! EU NÃO ACREDITO! PORRA!

— F-fica calma — murmurou, suas íris passeando pelo quarto à procura de respostas do motivo para eu estar ali. Quando recaíram sobre o tripé, seu rosto empalideceu. — Não é isso que está pensando! Não é!

Esfreguei o rosto, rindo com ironia.

A menina continuava estática no lugar, como se estivesse fingindo que não existia.

Examinei a cena outra vez, só para ter certeza de que não estava ficando louca. O torso nu do André. O cabelo bagunçado dela. As bochechas avermelhadas e a respiração ofegante de ambos.

— QUE MERDA, QUE MERDA... — gritei, enterrando as mãos nos cachos. Era como se eu tivesse sido atirada para dentro de um tornado. Não dava para pensar direito. Eu tinha apenas ódio correndo pelas minhas veias. Ódio na sua forma mais pura. — QUE. MERDA.

— Por favor, gatinha... — resmungou, arriscando um passo na minha direção. E, eu juro, faltou muito pouco para que eu pulasse no seu pescoço e rasgasse sua jugular com meus dentes. Como ele tinha *coragem* de me chamar assim nessas circunstâncias? Ele era mesmo tão cara de pau?

ARGH!

Talvez algo na minha expressão tenha denunciado quanto era *perigoso* seguir com a ladainha, porque ele apenas se calou, recuando. Suas mãos subiram ao ar em rendição.

Então, uma chuva de lembranças desconexas invadiu minha cabeça. Todas relacionadas a Júpiter e ao fato de eu me sentir tão culpada por fazer absolutamente nada com ele quando a porra do meu noivo estava com outra mulher! E, se havia como, fiquei ainda mais revoltada. Eu queria esganar aquele escroto de merda!

Balancei a cabeça, negando a cena para mim mesma.

— Eu... — a loira começou, cortando o silêncio. Ela o encarava, em pânico. — Eu vou... — Pigarreou, dirigindo o olhar para mim antes de abandonar o quarto às pressas.

André olhou de mim para o celular, sua testa cheia de vincos. Ele aproveitou minha falta de reação para sussurrar:

— Vamos conversar... vamos esclarecer isso. Por favor.

— Desde quando? — perguntei, engasgada.

— *Por favor.*

— HÁ QUANTO TEMPO, CACETE? — insisti, aos berros.

— Isso importa, mesmo? — André encolheu os ombros, como se pedisse desculpas.

Ri sozinha outra vez e enfim consegui mover minhas pernas até o tripé, para terminar aquela *live*. Eu nem queria pensar em quanto aquilo ia afetar minha carreira. Para o bem do André, era melhor eu só focar na traição.

— Não — assenti, tirando o anel de noivado. — E pelo jeito nem isso — cuspi, atirando a joia nele.

Quando passei pela sala e me deparei com a loirona sentada no sofá tranquilamente, uma nova chama de fúria subiu pelo meu corpo e fiquei ainda mais transtornada. *Ela ainda não foi embora? Que escrota!*

Soltei o ar dos pulmões e peguei as chaves do carro do André, que estavam esquecidas sobre a mesa, correndo para fora dali o mais rápido que pude.

Tombei a cabeça no volante, sem conseguir pensar direito. Eu não tinha conseguido sair dali desde o momento em que entrei na Cinderela, horas atrás. Queria pisar fundo para longe do apartamento de André. Queria ir para bem longe, mas meu corpo continuava paralisado.

Eu ainda estava em estado de choque, revivendo os acontecimentos em *looping*. André gemendo, sendo despido por uma desconhecida, por alguém que ele vinha escondendo sabe-se lá desde quando, mentindo para mim que estava em casa.

Como fui burra...

O celular vibrou e me despertou para a realidade outra vez. Desde o momento em que eu me escondi ali, o aparelho não havia parado de tocar. Os telefonemas eram intercalados por três pessoas: Clarice, mamãe e, é claro, André. Mas eu não me sentia disposta a falar com nenhuma delas. Parecia que um gato tinha comido minha língua. Eu só queria ficar ali quietinha, fingindo que nada daquilo tinha acontecido de verdade. Que tudo não tinha passado de uma ilusão.

Apertei o botão vermelho, recusando a chamada, e aproveitei para conferir as redes sociais pela centésima vez. Aquilo estava me matando aos poucos, mas ainda assim eu insistia, como uma maldita masoquista.

Fui direto para o Twitter, só para verificar se a *hashtag* continuava nos *Trending Topics*, embora eu já soubesse a resposta. Senti um gosto amargo na boca quando vi que ela não só permanecia lá, como também era o primeiro lugar. A traição do André era oficialmente o assunto mais comentado da internet brasileira. E eu até ficaria conformada se as pessoas estivessem do meu lado. O problema era que não podia ser mais diferente disso. Afinal, a *hashtag* era #ForçaAndré.

André!

Deus do céu, estava tudo errado. Tudo errado!

Como se ele fosse a grande vítima por estar se atracando com outra mulher!

Ninguém tinha pena da trouxa da noiva dele que fez uma *live* surpresa para comemorar uma conquista da droga do seu canal? As pessoas não tinham empatia? Elas não conseguiam perceber que eu estava sofrendo?

A traição me corroía por dentro, é claro, mas acho que as circunstâncias eram bem mais dolorosas. Foi ao vivo. Para uma porrada de gente. E para piorar, depois de me encher tanto o saco por causa da minha amizade com Júpiter.

Ok, tudo bem, era um pouco *além* da amizade. Eu estava a fim dele. Mas nunca fiz nada, mesmo que esse impulso reverberasse por todo o meu ser. Já André... pff.

Droga. Eu não conseguia *engolir* isso.

A indignação só crescia. Minha vontade de sair berrando quanto a situação toda era patética se tornava cada vez mais incontrolável.

Entrei no perfil do André apenas para sondar se ele tinha se pronunciado. Meu corpo todo tremeu quando percebi que, sim, ele tinha.

Talvez tivesse sido melhor permanecer em silêncio, no fim das contas.

> @nomundodeandre: Gatinha, não custa nada me atender! Por favor, me deixa tentar explicar. Vamos RESOLVER isso.

> @nomundodeandre: Eu não sabia o que estava fazendo. Não significou nada :/ É VOCÊ que eu amo!

> @nomundodeandre: Se estiver lendo isso, por favor, me dê a CHANCE de contar a minha versão. Nem tudo é o que PARECE.

> @nomundodeandre: Eu te amo MUITO. Sei que você não queria ter jogado o anel de noivado em mim de propósito... sei que podemos SUPERAR isso.

> @nomundodeandre: Todo casal já passou por desafios. VOLTA PRA MIM, LINDA!

Estreitei os olhos, sem acreditar no que tinha acabado de ler. André estava tentando se fazer de coitadinho? Como se não tivesse passado de um mal-entendido bobo? Era isso mesmo?!

Tomada por uma nova onda de ira, soquei a buzina com força. Estava com sangue nos olhos.

— Seu. Grandessíssimo. Filho. De. Uma. Puta! — rosnei, dando um novo soco na buzina a cada palavra proferida.

Como eu queria esmurrar a cara daquele babaca sem noção. Como eu queria fazê-lo pagar caro por tudo. Como eu queria fazê-lo se arrepender do dia em que resolveu ferrar com a vida de uma escorpiana.

Meus olhos foram parar no molho de chaves que eu havia surripiado pouco antes de abandonar seu apartamento e foi então que uma lembrança piscou na minha mente.

Nós dois estávamos indo jantar em um restaurante que ficava em uma ruazinha pacata de Florianópolis quando ele me alertou que ali tinha um radar e que, como o limite de velocidade era muito baixo, um pouquinho a mais já configurava multa gravíssima.

Empertiguei o corpo, piscando os olhos sem parar ao ser tomada por uma ideia muito, muito, muito convidativa.

A chave do carro dele estava comigo!

Talvez eu pudesse fazê-lo se arrepender por ter achado uma boa ideia fazer Sol Leão de pateta.

Talvez ele entendesse a proporção do meu sofrimento quando eu também o fizesse sofrer na mesma medida.

Saltei da Cinderela, decidindo que era isso mesmo que eu faria.

André ia, literalmente, pagar caro pelos chifres que colocou em mim.

Ah, e como ia!

E foi assim que cheguei naquela cena lá no começo. Você já sabe o que aconteceu depois disso. O roubo do carro. As multas. A vingança. Tudo bem, eu sei, isso não faz de mim um ser humano melhor, mas ao menos é justificável, vai.

Você deve estar supercurioso para saber o que aconteceu depois disso, né? Pois bem...

CAPÍTULO 12

Júpiter

ESFREGUEI O ROSTO, E ME DEI CONTA DE QUE JÁ fazia um tempo considerável que eu encarava o monitor sem conseguir de fato enxergá-lo. Estava difícil me concentrar na planilha de vendas — apenas mais uma dentre tantas que eu precisava concluir ainda naquela noite. O dia passou sem que eu percebesse. Faltava pouco menos de uma hora para dar o horário de a loja fechar e eu não tinha feito nem metade dos meus afazeres. Fechamentos de mês eram sempre corridos. Eu estava fodido, sabia disso.

Arregacei as mangas da camisa, respirando fundo, e tentei me concentrar no trabalho. Só que não dava. Não importava quanto eu tentasse, simplesmente não conseguia focar em nenhuma daquelas letras. Meus pensamentos estavam frenéticos, rodando em uma velocidade difícil de acompanhar. Eu só conseguia ruminar minha conversa com a Vênus e imaginar como seria dali para a frente. Eu só conseguia sentir aquele friozinho na barriga e me perguntar o que seria de mim nos próximos meses. Porra, era muito para processar...

Naquela manhã, ao acordar, a primeira coisa que fiz foi abrir o notebook e acessar o site da faculdade para a qual eu havia prestado vestibular. Com os dedos trêmulos, digitei meus dados para acessar o menu. Meu coração batia descompassado no peito, por mais que eu tentasse me convencer de que não havia razão para ficar tão nervoso. Na verdade, tinha, sim. Eu estava diante de um resultado que podia ser um divisor de águas na minha vida. Um marco que me ajudaria a deixar para trás o que eu *queria ser* para chegar mais perto do que eu *seria*. O primeiro passo na direção dos meus sonhos.

Engoli em seco ao abrir a relação de aprovados. Merda, eu estava com medo de não encontrar meu nome.

Para de ser idiota!

Com aquele friozinho esquisito na barriga, rolei a página para baixo, chegando no J. A parte boa em se ter um nome tão incomum é que ele se destaca entre os demais e, por isso, meus olhos instantaneamente foram parar no único Júpiter que figurava na lista.

Meu coração deu uma guinada forte que me fez levar as mãos ao peito, apenas para verificar que eu não estava morrendo. Pisquei os olhos algumas vezes, até cair a ficha. Então, fui atingido em cheio por uma adrenalina intensa, que percorreu todos os músculos do meu corpo.

— Porra! — exclamei, passando as mãos no cabelo. — Eu... puta merda! — Prendi a bolinha do *piercing* entre os dentes, com os olhos marejados. — Não acredito...

Expirei o ar dos pulmões, olhando para o nada enquanto um filme da minha vida passava diante dos meus olhos. Todos os anos em que lamentei a morte do meu pai e quanto ela me afetou... haviam chegado ao fim. Pela primeira vez, desde os dezesseis, eu enfim faria algo *por mim*. Pela primeira vez, eu seria a única variável de uma escolha.

Conferi as horas no visor do notebook e descobri que passava do meio-dia. A única pessoa que deveria estar em casa essa hora era...

— vênus! — berrei, desnorteado. Eu precisava contar para ela. Para *qualquer* pessoa, na verdade. Caramba, meu corpo inteiro tremia. Era uma loucura. Não me lembrava de ter sentido tamanha euforia. Minha vontade era de ligar para Sol contando a novidade, beber até cair e correr pelado na praia, tudo ao mesmo tempo, só para externar aquela energia intensa correndo pelas minhas veias. — VÊNUS! — gritei outra vez e ouvi sua voz abafada vir lá de fora. — VEM AQUI! RÁPIDO!

Poucos segundos passaram até que ela abrisse a porta com um baque.

— Meu Deus, Júpiter, o que aconteceu? — perguntou, com uma expressão alarmada. Seus olhos fizeram uma varredura pelo quarto, como se ela esperasse encontrar tudo em chamas, e então seu olhar encontrou o meu. Notei a irritação começando a surgir no seu rosto e por isso me adiantei em explicar:

— EU PASSEI! — Não contive o impulso de berrar.

Vênus estreitou os olhos, sem esconder a confusão. Ela soltou a maçaneta da porta e arriscou um passo, parecendo entender de repente.

— V-você... — balbuciou. Seus olhos brilharam de expectativa. Abri um sorriso largo e concordei com a cabeça.

— Passei no vestibular! — exclamei, abrindo os braços para ela. Minha irmã entendeu o recado e correu ao meu encontro para me abraçar pelo pescoço com força. — Eu passei no vestibular! — repeti, ainda sem acreditar. — Vou fazer faculdade e virar um hacker! — brinquei, recordando o dia em que contei para Sol sobre o curso que queria fazer. — Eu passei, Vê!

— Meu Deus, isso é maravilhoso! — Ela se afastou alguns centímetros para me encarar. — Parabéns, Ju! De verdade! Sei quanto isso é importante para você... — Vênus tinha um sorriso imenso no rosto. Suas mãos vieram parar nos meus ombros. — Como você está se sentindo?

— Sei lá... — admiti. — Feliz e eufórico e um pouco assustado, eu acho.

Ela riu de mim e bagunçou meu cabelo, do mesmo jeito que eu sempre fazia com ela. Cutuquei suas costelas e recuei um passo, sentando na cama de novo. Ela permaneceu parada no lugar, como se ainda não tivesse processado completamente a informação.

— Nossa, cara... nós precisamos contar isso para a mamãe! Ela vai ficar tão feliz, e... — Vênus continuou falando. Sei disso porque seus lábios se moviam cheios de empolgação e ela gesticulava bastante.

Mas não ouvi mais uma palavra. Algo em mim mudou drasticamente quando ela mencionou a nossa mãe.

Uma palavrinha.

Uma única palavra e tudo virou de ponta-cabeça.

Esfreguei o rosto, sendo atingido por um choque de realidade que dissipou toda a alegria em uma velocidade surpreendente. A vontade de sorrir me abandonou, assim como a euforia. A única coisa que consegui sentir naquele momento foi desânimo e muita culpa.

Onde eu estava com a cabeça quando comecei com tudo aquilo? De onde eu tirei que seria uma boa ideia estudar?

Quer dizer, minha família dependia financeiramente de mim. Eles *precisavam* do meu dinheiro. Era para um bem maior. E agora eu queria desviar grande parte para um sonho mesquinho no qual eu continuava insistindo por puro orgulho. Apenas para mostrar para mim mesmo que era possível. Eu era um babaca egoísta!

Era Vênus quem deveria estar correndo atrás dessas coisas e não eu. Afinal, eu já tinha um bom salário depois de anos trabalhando na mesma empresa. Meus chefes sempre foram incríveis e me deram muitas oportunidades. Mas ela, não. Eu sabia quanto minha irmã odiava seu emprego na livraria. Sua timidez tornava tudo mais difícil e ela era sempre uma das únicas a não atingir a meta de vendas. Vê merecia muito mais que isso. Ela merecia um trabalho que correspondesse a quanto era inteligente e doce. Eu não podia tirar isso dela.

Depois vinha Saturno.

O futebol era tudo para ele. Tudo!

O moleque podia ser um pé no saco, mas dava para ver nos olhos dele quanto levava a sério seus treinos e cada uma das viagens que fazia para os campeonatos. Só que mantê-lo no time da escola envolvia investimentos também. Ele precisava trocar de chuteiras com frequência, além de um acompanhamento com nutricionista, e tantos outros luxos que não seriam mais possíveis sem meu dinheiro.

Idiota.

Você é um idiota.

— Ei, o que foi? — Vênus se aproximou de mim e senti a cama se afundar ao meu lado.

Balancei a cabeça, incapaz de falar palavra alguma. Eu ainda me mantinha escondido atrás das mãos, como se elas fossem escudos para todos os problemas. Não conseguia compreender como era possível que, em um milésimo de segundo, meu humor tivesse transmutado da água para o vinho, mas o fato é que eu estava me sentindo péssimo e até com um pouco de raiva de mim mesmo.

Há dois anos, quando tomei a decisão de retomar os estudos e perseguir aquele desejo tão intenso de me formar na área em que sempre quis trabalhar, acreditei que minha vida estava mudando o curso para a direção que eu queria. Desde então, repeti para mim mesmo incansáveis vezes que bastava ter paciência. Eu *estava* trilhando meu próprio caminho. Podiam ser passos de tartaruga, mas ainda assim me levariam para onde eu queria. Então, mesmo nos dias ruins, era fácil não pensar tanto nos problemas, afinal eu tinha um objetivo.

A questão é que foquei tanto na parte ideológica e bonita da coisa toda, que me esqueci de olhar para a realidade e todas as questões que a envolviam.

Como? Como pude me esquecer do pequeno detalhe envolvendo o dinheiro? Quer dizer, essa sempre foi a questão principal da minha vida desde os dezesseis anos.

Dinheiro. Dinheiro. Dinheiro.

O conforto da minha família.

Foi para isso que abdiquei de tantas coisas. Para vê-los bem.

Por que agora eu cogitava virar as costas para eles?

Que merda passou pela minha cabeça?

E por que ninguém tentou me impedir?

Droga. Eu estava decepcionado comigo mesmo e esse era o pior sentimento de todos.

Era horrível sentir tanta raiva, tanta amargura, tanta culpa... sobretudo depois de experimentar uma das melhores sensações da minha vida inteira.

Soltei um suspiro alto e meus ombros balançaram, fazendo todo o corpo tremer.

— Você está... chorando? — Vênus parecia um pouco chocada.

— Júpiter?!

Suas mãos afastaram meus punhos com gentileza, revelando meu rosto. Pisquei os olhos algumas vezes, tentando conter as lágrimas que turvavam minha visão. Ela arqueou as sobrancelhas, como se me perguntasse silenciosamente o que estava acontecendo.

— Não posso fazer isso, Vê. Não vai dar. — Cruzei os braços sobre o peito, balançando a cabeça.

— Não pode fazer o quê? — Depois de fazer a pergunta pareceu compreender, pois logo complementou: — Não pode *estudar*? — Ela colocou ênfase na última palavra, incrédula. Limitei-me a encolher os ombros. — M-mas... você estava... *Por que* não?

— Não temos como! A mensalidade é novecentos reais. Novecentos! — Gesticulei, para me fazer entender. — Novecentos reais é muito dinheiro, Vênus. Fora os outros gastos com livros e toda essa merda. Isso foi um equívoco. Um equívoco egoísta e sem noção. Vamos esquecer essa ideia maluca e seguir em frente.

— O quê?! — Ela levantou e ficou de frente para mim, batendo com as mãos nas pernas. — Corta essa, Júpiter! Ficou louco? — Minha irmã tinha os olhos arregalados de um jeito um pouco bizarro. — Não faz nem vinte minutos que você estava berrando todo feliz e agora está aqui inventando mil desculpas que não fazem o menor sentido.

— Não são desculpas... — comecei, mas ela me interrompeu, irritadíssima.

— Sabe o que eu acho? Você está apavorado! E faz sentido, porque sua vida está mudando. Caramba, Júpiter. Você passou no vestibular, entende isso? Vai entrar para o curso de Análise de Sistemas. — Ela sorriu, mas os olhos não acompanharam. — Eu ouço você falar sobre a porcaria desse curso desde... sei lá... desde sempre. Faz dois anos que você está se matando para trabalhar e estudar... daí, agora, tão perto de realizar seu sonho, você desiste? Assim? — Ela passou as mãos no cabelo. — Se acomodar na sua zona de conforto por medo de arriscar, é sério, mesmo? Isso nem parece você. Estou decepcionada.

Olhei para ela.

Minha irmãzinha.

Às vezes, nem parecia que ela era seis anos mais nova.

Vênus sempre foi minha melhor amiga. Eu também amava Saturno, é claro. Amava incondicionalmente, mas existia algo especial entre mim e ela.

Talvez fosse o fato de que eu visse em Vênus um pouco da minha própria dor em relação ao nosso pai. Saturno era muito novinho quando tudo aconteceu. Ele nem se lembrava muito bem do papai. Já eu e ela, não. Nós vivemos tudo com muita intensidade, o amamos com todas as nossas forças, até ele levar tudo com ele: o carinho, a admiração, o respeito. Então, passamos a *desprezá-lo* com todas as forças.

Doía meu coração que, no fim das contas, meu fardo não fosse assim tão diferente do deles. Todos tínhamos nossas cruzes. Eram diferentes, é claro, mas machucavam da mesma maneira.

— Decepcionada? — repeti, apenas para fazer com que ela falasse mais.

— É, Júpiter. Decepcionada! — ela cuspiu as palavras, sem esconder a pontada de raiva. — Você está sendo um covarde. Logo você! — Mordeu o lábio inferior, encaixando as mãos na cintura.

— Eu não estou, Vênus — exclamei, um pouco indignado. — Caramba, estou tentando pensar em vocês, como sempre fiz. — Suspirei, encarando-a. — Ou você acha que eu queria ter abandonado a escola aos dezesseis anos para trabalhar doze horas por dia? Não seja injusta. Por favor. — Olhei bem fundo nas íris quase negras. — Você sabe que faço tudo o que posso para ver vocês felizes. Eu jamais deixaria vocês na mão.

— Eu sei, e esse é o problema. — Pisquei os olhos algumas vezes, sem entender muito bem onde ela queria chegar. — Você já fez muito, Ju! Esse papel não cabe a você, nunca coube. E nós não somos mais como éramos há nove anos. As coisas mudaram. Saturno e eu não somos mais duas crianças. Ele tem quinze anos. Eu tenho dezenove e um *emprego*. Você não tem que ser o substituto do papai. — Abri a boca para falar, mas ela colocou o indicador nos meus lábios para me impedir. — Quando ele morreu, nossa família ficou estilhaçada em milhões de pedacinhos. Você pegou cada um deles e nos uniu de novo, Júpiter. Fez sua parte. Agora, chega.

— Não é assim tão fácil — falei. — As coisas não são simples como parecem.

— Elas são, sim — Vênus assentiu, com uma expressão indecifrável no rosto. — Júpiter, sabe por que comecei a trabalhar?

Olhei nos seus olhos, curioso com a pergunta. Tentei buscar na memória a época em que ela começou a procurar emprego, há pouco mais de dois anos, e constatei que não sabia. Achava que a resposta era óbvia: para poder comprar as coisinhas dela.

Neguei com a cabeça e Vênus segurou minhas mãos com carinho.

— Foi *exatamente* para você poder fazer sua faculdade — sussurrou ela, alisando as costas das minhas mãos com os polegares. — Eu cresci com a certeza de que, quando estivesse ao meu alcance, eu ia retribuir tudo o que fez por mim. Então, para de ser um cuzão e vai logo fazer sua matrícula! Está tudo sob controle, eu juro. — Vênus suspirou fundo, como se o assunto a tivesse esgotado. — Você queria tanto morar sozinho, ter sua liberdade... acho que esse é o momento ideal. Nós vamos sobreviver. Já sobrevivemos a coisas bem piores.

— Calma aí. Está me expulsando da minha própria casa? — perguntei, brincalhão, enquanto a puxava para um abraço apertado.

— Aham! E se precisar peço a ajuda da mamãe e do Saturno. Por isso, se eu fosse você, facilitava as coisas para nós.

— Obrigado, Vênus. Acho que fiquei mesmo em pânico.

— E eu não sei? — Ela riu de mim. Aumentei a força nos braços, recostando a cabeça contra a dela. — Agora, falando sério, precisamos contar para a mamãe. Ela vai ficar tão feliz... tão orgulhosa! Ela quer mais do que ninguém ver você feliz, Ju.

— Mas eu sou feliz! — exclamei, afastando o corpo para conseguir encará-la nos olhos. — De verdade. Por que vocês acham que não?

— Não é isso. A gente não acha que você é infeliz. Só que a gente também não é besta, né. Nós sabemos quanto você quer estudar, morar sozinho, viver essa nova fase da sua vida. Você mesmo já me falou isso um milhão de vezes.

— Sim, eu quero! — Sorri para ela, enterrando os dedos no cabelo. — Mas é igual quando você está no meio do verão e quer muito um sorvete...

— Calma — ela me interrompeu. — Você está mesmo comparando sua faculdade com um sorvete? — Minha irmã arqueou as sobrancelhas, sem esconder o deboche.

— Cala a boca só um pouquinho e me deixa falar, Vênus! — Cobri seus lábios com minha mão direita, e sua risada escapou um pouco abafada pelos meus dedos. — Como eu dizia, é como querer muito um sorvete no verão. Não significa que você vai ficar triste se não tomar um. É só que você vai ficar um pouquinho mais feliz do que já é, entende?

— É claro que entendo! É você que ainda não percebeu: ver você feliz vai nos deixar como se tivéssemos acabado de tomar um sorvete no verão, seu idiota. Então, pega seu telefone e liga agora pra mamãe, ou eu conto pra ela que você não é mais vegetariano desde os dezessete! — falou em um tom ameaçador. Arregalei os olhos e ela assentiu, com uma expressão maligna no rosto. — Isso mesmo. Aqui não tem brincadeira, não.

— Você está jogando baixo. Sabe disso, né? — Cutuquei suas costelas, alcançando as chaves da minha moto na escrivaninha. — Quer vir comigo?

— Onde? — perguntou, distraída.

— Contar pra mamãe, ora. Você já me expulsou de casa e me ameaçou. Tudo em um intervalo de meia hora. Vai saber qual é o próximo passo, né? — fingi estar ofendido e Vênus gargalhou de felicidade, enquanto saíamos do quarto juntos.

Esfreguei o rosto de novo e olhei ao redor, piscando até conseguir me situar.

Gerência. Eu estava na gerência do meu trabalho.

Faltavam vinte minutos para a loja fechar e eu não tinha preenchido uma única linha na planilha na última hora inteira. Cacete...

Empurrei a cadeira para trás com os pés, começando a pensar na desculpa que usaria para a minha improdutividade justo no dia do fechamento. Eu me sentia um pouco mal por ter sido um completo inútil, mas era humano, caramba. Meus pensamentos fervilhavam e eu não podia fazer nada a respeito além de aceitar.

Inclinei-me sobre a escrivaninha, fechando os arquivos. Estava para desligar o computador quando meu celular começou a vibrar dentro do bolso. Era Vênus. Uni as sobrancelhas. Eram raras as vezes em que ela me ligava no trabalho, ainda mais, assim, tão perto da hora de ir embora. O que me fez pensar que era alguma coisa importante, ou então ela apenas me esperaria chegar em casa. Apertei o botão verde e levei o telefone à orelha. Sua voz veio estridente do outro lado da linha.

— Júpiter, liga no canal da Juba e assiste ao vídeo que ela está transmitindo ao vivo.

— Vênus, eu...

— Agora! É sério, faz isso! É importante.

Prendi a bolinha do *piercing* nos dentes, voltando a me sentar na cadeira. Digitei o endereço com um pouco de pressa e, em uma fração de segundo, a imagem de Sol, André e uma mulher loira que eu não conhecia apareceu no monitor.

Uni as sobrancelhas, confuso.

— *Eu... Eu vou...* — balbuciou a desconhecida, pigarreando enquanto dirigia um olhar estarrecido para Sol. Ela sumiu porta afora logo em seguida.

— O que está acontecendo? — perguntei para minha irmã, embora já tivesse um palpite.

— A Juba fez uma *live* surpresa para o André, para comemorar que ele alcançou um milhão de seguidores e daí... — a voz de Vênus morreu no ar, como se o final da história fosse óbvio.

— HÁ QUANTO TEMPO, CACETE? — Sol berrou, de costas para a câmera.

— *Isso importa, mesmo?* — André respondeu, encolhendo os ombros.

— E daí o quê? — perguntei para Vênus, só para ter certeza de que o que meus olhos me mostravam era mesmo verdade.

—... ele chegou com outra mulher.

— Ah, merda — resmunguei, fechando a página. Não queria ver nem mais um segundo daquilo. — Vou desligar, Vê. Ela vai precisar de alguém lá. Deve estar com a cabeça fervendo.

— Que bom. Eu ia te pedir isso mesmo! — Ela parecia sorrir do outro lado da linha. — E, Júpiter, posso te falar uma coisa, cá entre nós?

— Hum? — resmunguei, concentrado em desligar o computador. — O que foi?

— Eu estou feliz que isso finalmente tenha acontecido. Triste pela maneira como foi, é claro, mas já era tempo dela se livrar do André, não é?

Ajeitei a postura, entendendo a mensagem nas entrelinhas. Umedeci os lábios e sorri, pensando um pouco a respeito. Balancei a cabeça logo em seguida. Caramba, Sol tinha acabado de flagrar o noivo e eu já estava com caraminholas na cabeça.

— Te amo, Vênus. Depois a gente se fala — me despedi ainda sorrindo, antes de desligar o telefone.

CAPÍTULO 13

MEUS DEDOS AINDA TREMIAM DE ADRENALINA quando entrei na avenida de casa. O sol subia preguiçosamente pelo horizonte, como se tivesse saído de dentro do mar, que quase não tinha ondas. O céu era de um azul pálido e o clima estava fresco. Por ser a manhã de um domingo, não havia vivalma na rua e, por isso, o único som presente era o sopro constante da brisa, que fazia os galhos das árvores chacoalharem de um lado para o outro.

Eu me sentia leve como uma pluma. Nem parecia que as últimas 24 horas haviam abrigado tantos acontecimentos turbulentos. A ficha ainda não tinha caído. As lembranças estavam distorcidas, distantes... foi tudo tão rápido. Era como se não tivesse acontecido comigo, para ser honesta. Eu me sentia como se fosse apenas mais uma das pessoas que acompanharam tudo pela transmissão. Apenas uma espectadora e não a protagonista. *Que dia...* Suspirei, tamborilando os dedos no volante.

Merda, André tinha mesmo me traído ao vivo, para mais de 290 mil pessoas? O mesmo homem que passou os últimos meses tendo ataques de ciúmes? Finalmente, a desconfiança tão repentina dele começava a fazer sentido ... com toda a certeza do mundo era culpa. Não dava para acreditar que eu ia *mesmo* me casar com aquele babaca hipócrita!

No entanto, apesar da raiva por ele ainda estar bem viva, o prazer causado pela vingança diminuía mais e mais conforme o tempo passava. Um turbilhão de incertezas começava a me atingir e eu me questionava se o que eu tinha feito era justificável. Porque, por mais que ele tivesse me dado motivos para querer ser tão escrota quanto ele, o que eu ganhava com isso? As multas não anulariam a traição. Minha vingança jamais mudaria o fato de que fui traída. Além do mais, isso traria consequências muito graves para o André... consequências que me deixariam no mesmo patamar que ele. Ou até mesmo em um mais baixo.

Ele mereceu, Juba. Ele mereceu.

Avistei meu prédio e estreitei os olhos ao perceber uma pessoa sentada logo na entrada. Senti uma guinada forte no peito ao reconhecer Júpiter. *O quê?* Ele vestia suas roupas de trabalho e estava com uma cara péssima. *O que ele está fazendo aqui?* Mordi o lábio inferior, o nervosismo subindo em espirais pelo meu corpo.

Sua expressão se transmutou para preocupação quando ele me viu dentro do carro de André. Júpiter levantou da calçada em um pulo, batendo nas pernas para limpar a poeira. Mal tive tempo de estacionar e ele se debruçou para dentro da janela, sem esconder a urgência de seus atos.

— Meu Deus, Sol! — exclamou, me examinando minuciosamente. — Onde você esteve?!

Abri a boca para falar, mas só consegui engolir em seco. Qual seria a melhor maneira de contar que eu tinha roubado o carro do meu ex-noivo para me vingar dele sem parecer a porcaria de uma vaca?

Pois é... não tinha como.

Eu *era* uma vaca e precisava lidar com isso.

— Sol? — insistiu ele, saindo da janela e abrindo a porta do carro para entrar no banco de passageiro. — Esse carro é seu? Trocou?

Desviei a atenção dele e encarei meus dedos, que agarravam o volante com força. Eu não me sentia preparada para lidar com aquele nó que se formou na minha garganta. Não *ainda*. Droga, eu queria e *merecia* aproveitar um pouco da sensação de ter retribuído o sofrimento causado pelo André. Era para ser bom. Era para ser glorioso!

Então... por que a vontade de chorar só aumentava?

— Eu... — comecei, mas minha voz morreu no ar.

Meus olhos ficavam cada vez mais marejados e eu usava todo o meu controle para não permitir que lágrima alguma caísse. O problema era que estava ficando tão difícil...

— Ei — chamou Júpiter, apertando meu braço com gentileza.

Olhei para ele a contragosto.

Ele prendeu uma mecha de cabelo atrás da minha orelha. Minha bochecha queimou ao sentir seu polegar roçar de levinho e tive mais vontade ainda de chorar.

Eu era um ser humano desprezível. Horroroso.

Ó, céus, eu tinha perdido toda a razão.

— Eu fiz uma besteira enorme — falei baixinho e, ao ouvir minhas próprias palavras pairando pelo carro como uma cobra à espreita do melhor momento para dar o bote, enfim dei por mim da gravidade da coisa toda. Eu não queria nem pensar no valor absurdo que o André precisaria pagar. E era muito provável que perdesse a carteira. Talvez ela até fosse cassada... Minha nossa, e se ele fosse preso?

Ah, Juba... o que você foi fazer?

Senti uma lágrima pular e escorrer pela bochecha, deixando um rastro morno por ela.

Não, não chore.

Pisquei algumas vezes, tentando evitar o inevitável. Logo em seguida mais lágrimas escaparam sem a minha permissão.

Não faça isso, porra!

Você é forte!

Seja forte!

Mas não tinha como.

Todas as lágrimas que engoli por anos enfim vieram à tona. E de uma só vez.

Eu estava transbordando.

Tentei segurar enquanto deu, mas a angústia falava mais alto. Ela expandia seus galhos de culpa por todas as direções, tornando mais e mais difícil engolir o choro. A dor foi tamanha, tão pungente, que não pude comportá-la em mim nem por mais um segundo sequer.

Cansei de lutar e deixei que ela vazasse pelos olhos, aliviando o aperto no coração. Eu me permiti chorar, me permiti colocar para fora, me permiti ser a Sol outra vez, e não aquela pessoa que já nem reconhecia.

Júpiter me puxou para seu corpo, para um abraço apertado. Apoiei o queixo no seu ombro, meu rosto a poucos centímetros do seu pescoço. Senti uma de suas mãos deslizando bem devagar pelas minhas costas, até chegar bem perto do bumbum e então subir novamente. Ele enterrou o rosto no meu cabelo, resvalando de levinho a ponta do nariz entre os cachos. Traguei seu perfume viril, e me senti protegida e calma. Seu abraço era como um refúgio. Eu não queria sair dali nunca mais.

— Foi muito grave? — perguntou ele baixinho depois do que pareceu uma eternidade, perto do meu ouvido.

Fiz que sim com a cabeça, pois não queria precisar sair dali para encará-lo.

— Corro o risco de ser preso por estar aqui abraçando você? — seu tom era brincalhão. Entendi que ele queria me fazer rir, mas eu não conseguia. Estava sendo corroída pela culpa.

Neguei com a cabeça e me aconcheguei um pouco mais no seu corpo quente.

— Ok, vamos por alternativas — murmurou, como se pensasse alto. — Você ateou fogo na casa de alguém?

Uma risadinha me escapou.

— Hum, hum — resmunguei e, como resposta, ele me apertou um pouco mais contra seu peito.

— Envenenou alguém?

Neguei, rindo com um pouco mais de vontade.

— Deixou alguém gravemente ferido?

— Não machuquei ninguém. — *Mas considerei a ideia...*

— Tá, vou fazer essa pergunta direito: em uma escala de zero a dez, quão grave foi?

Abri um sorriso largo ao ouvi-lo usando uma expressão minha.

— Oito.

— Você não está facilitando, Sol... — suspirou, forjando um tom desanimado. — Já sei! Você colocou um vidro de laxante em uma das bebidas que encontrou na geladeira, só para deixar *alguém* com problemas!

Dessa vez soltei uma gargalhada alta.

— Que horror! — exclamei e minha voz saiu embargada. — Isso é um dez, Júpiter!

— É, tem razão — brincou. — Mas era bom verificar se sua percepção de grave é confiável — concluiu, rindo. Seu peito subiu e desceu contra o meu. Foi uma sensação gostosa.

— Você está aqui há muito tempo? — perguntei. Levando em conta que ele vestia roupas sociais, eu já desconfiava qual seria a resposta.

— Desde que saí do trabalho — respondeu, sério. — Vênus me ligou para contar... eu imaginei que você ia precisar de um abraço e vim aqui retribuir aquele da praia.

Abri um sorriso largo e aumentei a força nos braços, grata por Júpiter ser a pessoa que era.

— Eu estava mesmo precisando de um. Obrigada.

Ficamos em silêncio por algum tempo. Foi um silêncio confortável e necessário. Tudo o que eu mais precisava era de um pouco de calma. Um pouco de paz para colocar a cabeça no lugar.

Respirei fundo, tomando coragem para contar. No fundo, no fundo, estava morrendo de medo de ele me achar tão babaca quanto eu me sentia naquele momento.

— Fiquei com muita raiva dele — disse, bem perto do seu ouvido. — Não pela traição em si... isso também, é claro, mas foi tudo, sabe? — Ele assentiu e sua mão subiu pela minha nuca, para se perder no meu cabelo. Expirei o ar dos pulmões e fechei os olhos, tentando recuperar o fôlego. — F-foi um ato impulsivo. Fiz merda! Não pensei direito... não queria ter feito isso.

— Eu não vou te julgar — falou baixinho e percebi que sua voz estava diferente, como se ele também tivesse ficado sem ar de repente. — Prometo.

Seus dedos faziam movimentos carinhosos de vai e vem e isso dificultava muito a coisa toda. Mesmo assim, fiz o possível para não ligar para a profusão de sensações que o simples gesto provocava em mim.

Aquele definitivamente não era o momento.

— Quando ainda estava na casa do André, peguei as chaves do carro dele. Esse carro, e tomei várias multas graves de propósito. É quase certo que ele vai ficar com a carteira suspensa. Talvez até cassada... — Soltei Júpiter e me afastei alguns centímetros para conseguir encará-lo. — Estou me sentindo muito mal. Eu não sou assim, Júpiter! Ele foi um babaca, mas não merecia isso. Nossa, como eu queria voltar no tempo e bater na minha cara. Onde eu estava com a cabeça?

— Me lembre de nunca magoar você, tá bom? — ele brincou e revirei os olhos, sem conseguir evitar um sorrisinho.

Desviei o olhar. Eu me sentia exposta e infantil. Não queria que ele tivesse essa impressão de mim. Não queria que achasse que eu era esse tipo de pessoa. Mais do que isso, não *aceitava* ser esse tipo de pessoa. Minha consciência estava me matando. O arrependimento aumentava conforme os segundos corriam e eu processava melhor a situação como um todo.

Ah, Sol, você fez tudo errado, sua idiota!

Júpiter respirou fundo como se pudesse ouvir meus pensamentos destrutivos. Suas duas mãos vieram parar nas minhas bochechas, como no dia em que tive um ataque de pânico. Ele ergueu meu rosto, até eu voltar a encarar sua íris claríssima e penetrante. Meu coração deu uma guinada forte e me senti um pouco patética por isso. Havia coisas mais importantes para me preocupar, eu sabia, mas o que eu podia fazer se o calor abrasador da sua pele se espalhava pelo meu corpo inteiro e me incendiava?

— Sol, sua espontaneidade é uma das coisas de que eu mais gosto em você. De verdade. Adoro como você é meio maluca e faz as coisas por impulso. Foi uma coisa compreensível. Você estava com a cabeça quente e ele é mesmo um cuzão. — Ameacei abrir a boca para interrompê-lo, mas Júpiter aproximou seu rosto do meu e precisei me concentrar para me lembrar de como se respirava. — Eu entendo que você está puta com o que fez, entendo e *aprecio* isso, mas não adianta chorar o leite derramado. Já foi, já passou. — Ele deu de ombros. — Não gaste sua energia se culpando. É inútil.

— Júpiter, você não está entendendo...

— Estou sim. — Ele abriu um sorriso manso e suas covinhas apareceram. — O que estou tentando dizer é que não adianta mais pensar se foi ou não uma boa ideia se vingar dele, porque você *já fez isso*. O pensamento certo é o que você *vai fazer agora*.

Assenti, sem quebrar o contato visual. Nós estávamos tão próximos que eu não precisaria de muito esforço para cobrir seus lábios com os meus. No entanto, a onda de entendimento que me atingiu em cheio desviou meu foco da tensão física entre nós dois. Eu tinha demorado um pouco para entender seu ponto, mas agora tudo tinha ficado claro para mim.

Eu precisava reparar os erros.

Se toda ação tinha uma reação, era hora de arcar com as consequências das minhas.

— Você está certo.

— Eu sempre estou. — Júpiter me lançou uma piscadela. Sorri para ele, começando a me sentir um pouco melhor. Era bom saber que tinha uma luz no fim do túnel.

— Não posso ficar aqui choramingando sem fazer nada — falei, mais para mim do que para ele.

— Não mesmo. Essa não é você. A Sol que conheço pode até ser meio estranha, mas faz as coisas acontecerem. Não fica sentada esperando. — Sua expressão era impagável. Ele tinha um sorriso travesso no rosto que me deixou com a boca seca.

— É sério que o cara com nome de planeta está me chamando de estranha? — alfinetei, e gargalhamos juntos. O peso no peito tinha aliviado 80%. Respirei fundo e empertiguei o corpo, repousando minhas mãos sobre as dele. — Você pode ir comigo até a casa do André? Vou precisar de alguém lá para me dar suporte e ajudar a devolver o carro. Tomara que ele ainda não tenha dado falta e chamado a polícia...

— Sabe que ele não vai ficar muito feliz com isso, né?

— Eu também não fiquei muito feliz com os chifres que ganhei ontem à noite... então, isso nos deixa quites.

— É justo — respondeu Júpiter, que se desvencilhou de mim para conseguir se ajeitar no banco do carona. Ele puxou o cinto de segurança e me olhou com uma carinha linda que dizia com todas as letras que faria tudo o que eu pedisse. — O que você está planejando?

— Contar a verdade. — Dei de ombros. — Vou falar pra ele que quando as multas chegarem, eu assumo todas. Assim ele não perde o dinheiro dele nem a habilitação. Só vai ter um pouquinho de dor de cabeça mesmo... — Torci os lábios em um sorriso desanimado pouco antes de ligar o carro.

— E a Cinderela? — Júpiter perguntou, seu tom era leve.

— A gente traz pra cá e depois ela vai ficar de castigo na garagem do meu prédio enquanto eu estiver sem carteira.

— Mesmo se for por dois anos?

— É o jeito... Pelo menos assim tenho uma desculpa para pedir carona para um cara com nome de planeta que conheço... ele é chatinho, mas dá pro gasto.

Sua gargalhada foi deliciosa. Pelo canto dos olhos, percebi o sorriso largo e lindo no seu rosto. O *piercing* passeava pelos dentes sem que ele notasse.

E, embora eu tivesse total noção de quanto estava ferrada, não consegui evitar a euforia que avançava de fininho, conforme caía a ficha de que eu enfim estava livre do chato do André.

— Você fez o *quê?* — André arregalou os olhos, atônito.

Seus globos oculares ficaram projetados para fora de uma maneira bizarra, como se fossem pular do crânio. Estremeci, não me sentia mais tão corajosa quanto no momento em que tive a brilhante ideia de dirigir para a casa dele naquele domingo pós-apocalíptico e tentar resolver as coisas como a pessoa adulta e responsável que eu deveria ser.

— Sinto m-muito — titubeei, olhando para os meus próprios pés com as bochechas quentes. Anotei mentalmente que seria uma boa ideia pintar as unhas e me repreendi logo em seguida.

Droga, mantenha sua cabeça no lugar! Esse é um assunto sério!

Eu não conseguia. Na teoria era bem mais fácil que na prática. O que eu queria mesmo era abrir um sorriso que transparecesse quanto estava *aliviada*. Quanto mais refletia sobre os acontecimentos recentes, mais animada eu ficava. O que, convenhamos, era estranhíssimo. Ser traída ao vivo pelo noivo não é bem o que as pessoas consideram uma boa notícia, mas eu juro que estava quase agradecendo o André por sua infidelidade. Afinal de contas, ele tinha resolvido todos os meus problemas. Todas as minhas dúvidas.

Agora que meu sangue não estava mais fervendo, eu percebia que, na verdade, tive muita sorte. André me deu a faca e o queijo!

Porque, se o que sentíamos um pelo outro de fato chegou perto de ser amor um dia, já tinha deixado de ser há algum tempo. Eu tinha ciência disso e também de que seria crucificada na internet caso terminasse com ele, assim, sem mais nem menos. E foi por isso que não fiz nada antes.

Mas ele tinha feito isso por mim! E, embora as pessoas estivessem torcendo por ele e por um final feliz, ao menos eu teria uma justificativa para acabar com aquele grande teatro que havia se tornado o nosso relacionamento.

Ah, meu Deus, como o dia ficou bonito de repente!

— Sinto muito — repeti, dessa vez com mais confiança. — Não pensei direito no que fiz, André. Foi um impulso. Se eu tivesse parado para pensar melhor, teria mudado de ideia.

— Mas, Juba... porra, você me fodeu, cara! — Sua voz saiu esganiçada.

— Eu sei. É por isso que estou aqui. Quero consertar as...

— *Ele* tem alguma coisa a ver com isso? — André me interrompeu com agressividade, olhando de Júpiter para mim pelo menos três vezes.

— Ahn?! Claro que não!

— Então *por que* esse cara está aqui, Juba? — rosnou, com os punhos cerrados.

Era tão típico... Eu tinha certeza de que ele arrumaria uma maneira de colocar Júpiter na coisa toda mais cedo ou mais tarde! Soube disso no momento em que chegamos, pela expressão indigesta que se espalhou por sua feição. Embora ele não tivesse feito um comentário sequer desde então, dirigiu olhares feios para Júpiter a cada cinco segundos. — Por que *vocês dois* estão aqui? Vieram tirar sarro de mim? — Ele pulou do sofá, andando de um lado para o outro enquanto esfregava as mãos no cabelo rente à cabeça. — Porra, que merda! Por que você fez isso comigo, cara?

— *Por quê?!* — perguntei, indignada. Busquei Júpiter com o olhar, que me respondeu com um aceno encorajador. — Você estava me traindo, André. E tinha a porcaria de um anel no meu dedo, que você convenientemente esqueceu. Mas o engraçado é que você adorava jogar esse detalhe na minha cara quando o assunto era o Júpiter. — Suspirei, colocando as mãos na cintura.

André ficou parado e me encarou, cheio de ódio.

— Ótimo, Juba! Muito bom! Já teve sua vingança. Está satisfeita agora? Ou será que devo fazer uma *live* para ficarmos quites?

— André... — comecei, mas nem tive a oportunidade de terminar, pois ele continuou a cuspir as palavras.

— Pode ir embora agora. Você já me humilhou o suficiente... já me fez pagar pelo erro de ontem. Aprendi minha lição — sua voz estava carregada de ironia. — Não temos mais o que conversar.

Bati com as mãos nas pernas, irritada.

Há coisas que nunca mudam...

— Que droga, André! — praticamente gritei para me fazer ouvir. — Dá pra você me escutar pelo menos uma vez na vida? — Bufei, irritada. — Umazinha só. Eu não vim aqui tirar sarro de você, pelo amor de Deus.

Ele arqueou as sobrancelhas com um sorriso cético no rosto e cruzou os braços sobre o peito, em um convite silencioso para eu seguir em frente. Passei as mãos pelo cabelo para dar volume. Pode parecer bobo, mas eu me sentia mais forte quando fazia isso, mais imponente, mais eu mesma.

— Se tem alguém que saiu humilhado dessa história toda, fui eu. Você sabe disso — falei, mirando no fundo dos seus olhos. — Fiz papel de boba. Estou evitando olhar as redes sociais desde ontem à noite, porque sei que vai me afetar. Sei que isso vai continuar me perseguindo por um tempão, André. Você foi egoísta pra caralho.

— Eu sei, Juba, mas...

— Shhhhh! — Apontei o dedo em riste para ele. — Ainda não terminei! — André crispou os lábios, revirando os olhos. Mas ficou de boca fechada, o que considerei uma conquista e tanto. — Você foi egoísta, mas isso não justifica o que fiz. Eu errei. Errei feio! E estou arrependidíssima. Não ganhei nada fazendo isso. Ver você triste não vai mudar o que aconteceu. — Umedeci os lábios, balançando a cabeça. — E é por isso que estou aqui. Quero arcar com as consequências dos meus atos. Vou assumir as multas.

— Você... é... *o quê?* — Seus olhos se estreitaram, desconfiados.

André olhou de esguelha para Júpiter e depois voltou a me encarar, como se estivesse esperando o momento em que eu começaria a rir e confessaria ser uma pegadinha.

— É só você me avisar quando elas chegarem — expliquei, coçando a nuca. — A gente transfere para mim e pronto. Assunto resolvido.

— Está falando sério?

Encolhi os ombros, olhando-o com intensidade.

André cruzou os braços sobre o peito, meneando a cabeça como se processasse a informação por partes. Sua expressão se suavizou em um passe de mágica, mudando de ira para alívio.

— Obrigado, Sol — falou baixinho e estranhei ouvir meu nome. Não me lembrava de alguma vez ele ter me chamado assim. — De verdade.

— Só estou fazendo minha obrigação. — Balancei a mão no ar.

André se aproximou, segurando meus ombros gentilmente.

— Desculpa — sussurrou, para que só eu ouvisse. — Fui eu que saí perdendo nisso tudo.

Neguei com a cabeça e me desvencilhei dele logo em seguida.

— Deixa pra lá. Não adianta chorar o leite derramado. Já foi — respondi e procurei o olhar de Júpiter no mesmo instante. Ele ostentava um sorrisinho orgulhoso que abrandou minha alma.

Dirigir a Cinderela de volta para casa foi silencioso e esquisito.

A vida tinha dessas coisas...

Eu já tinha me considerado sortuda tantas vezes por André ter aparecido na minha vida e, de repente, estava radiante porque finalmente tudo havia acabado. Nossa relação tinha se tornado um fardo para mim. Uma farpa fincada na pele da qual eu não conseguia me livrar de jeito nenhum. E, agora que ela não estava mais lá, eu me sentia *tão* leve! Ninguém acreditaria que há apenas algumas horas eu estava gargalhando feito louca cada vez que dava ré para pisar no acelerador logo em seguida.

Pensando bem, acho que estava na hora de mudar o meu terceiro lema para: se existe a mais remota possibilidade de a vida te surpreender, ela o fará. Inevitavelmente.

— No que você está pensando? — A voz calma de Júpiter invadiu meus pensamentos de assalto.

Olhei rápido na sua direção, sorrindo.

— Que no fundo, no fundo, nunca acreditei que me casaria mesmo com André.

— Ah, é? — Ele não escondeu a surpresa na voz. — Por quê?

— Sei lá. Acho que acabei percebendo que ele não era o cara certo. — Dei de ombros, sem me importar muito com isso. — Porque quando a gente conhece o cara certo, as coisas se encaixam tão bem... A vida fica mais simples, sabe? E você tem certeza de que, mesmo se passarem noventa anos, os assuntos não vão acabar nunca. Vocês vão continuar rindo e dando supercerto... Enfim. É *diferente*.

O silêncio se instalou outra vez durante o tempo em que levei para estacionar a Cinderela em frente ao meu prédio. Tirei o cinto de segurança e cruzei as mãos no volante, pensando que não havia nada no mundo que eu quisesse mais do que ligar o ar-condicionado do quarto no máximo, me atirar na cama e hibernar até o dia seguinte.

— Está feito — murmurei baixinho. — Sou oficialmente uma mulher solteira.

— E como você está em relação a isso? — perguntou Júpiter com cautela.

Olhei para ele. Também estava exausto.

Dava para ver nos seus olhos sonolentos e nas sombras arroxeadas abaixo deles. Seu cabelo estava desgrenhado além do normal e sua camisa, toda amarrotada.

— Vou parecer uma bruxa sem coração se disser que estou feliz?

Ele me mostrou um dos seus bonitos sorrisos tortinhos para a direita.

— Vai.

— Acho que não estou passando impressões muito boas hoje, né?

Júpiter soltou seu próprio cinto e girou o corpo a fim de ficar de frente para mim. Suas íris translúcidas me examinaram por um momento, antes de ele responder:

— Você foi incrível hoje, Sol.

— Não fui, não. Fiz tudo errado. Fui imatura e escrota.

— Foi mesmo — ele concordou, prendendo o *piercing* nos dentes. — E depois contornou isso e me lembrou por que é tão difícil ficar longe de você...

Abri um sorriso, inclinando sutilmente o tronco na sua direção.

— E por que é tão difícil ficar longe de mim?

— Porque você é autêntica — ele disse, com a mesma facilidade que se comenta sobre o clima.

Engoli em seco, começando a ponderar se era loucura agarrar aquele homem ali, menos de vinte e quatro horas depois de ter terminado meu noivado.

Qual é, Sol!

— Fazia anos que eu não chorava... — confessei, apenas para mudar de assunto. E, ao ouvir minhas próprias palavras, percebi quão deprimentes eram. Eu me privei de uma coisa inerente ao ser humano... apenas para provar para as demais pessoas quanto eu era forte e inatingível. — Fazia anos que eu não me sentia *tão viva*. Hoje foi o pior dia da minha vida, mas também foi o melhor. Faz algum sentido?

Ele deu de ombros, apoiando a cabeça no encosto do banco.

— Nem tudo precisa fazer sentido. — Suas palavras eram suaves, assim como seu olhar. — Até me arrisco a dizer que as melhores coisas não fazem sentido algum.

Cruzei os braços desajeitadamente sobre o banco e apoiei o queixo neles.

— Perdi tempo demais preocupada com a opinião dos outros, Júpiter — sussurrei. Embora me dirigisse a ele, era para mim mesma que dizia cada palavra. — Esqueci de viver porque fiquei muito ocupada atuando. Fingindo ser alguém de quem nem ao menos consigo gostar.

— Nunca é tarde demais para recomeçar... você sabe disso.

— Sim. — Dei um sorriso tímido e, sem pensar muito no que fazia, deslizei minha mão sobre a sua. Ele dirigiu o olhar para lá no mesmo instante. — E é por isso que não quero mais desperdiçar minha vida ligando para o que os outros pensam de mim nem para o que eles acham da minha vida.

Ele engoliu em seco, os olhos brilhando. Seus lábios se abriram, mas não saiu uma palavra.

— Júpiter, eu... você... — Respirei fundo. — Hum... seria muito inapropriado te convidar para subir?

— Sol... — Ele soltou o ar dos pulmões, fazendo uma expressão muito séria. Meu corpo todo congelou. *Ah, droga, fiz besteira...* — Nós acabamos de voltar da casa do seu ex-noivo, que te traiu ao vivo, para pedir desculpa por você ter roubado o carro dele e ter tomado multas gravíssimas por vingança. Sério mesmo que está me perguntando se *isso* é inapropriado?

Joguei a cabeça para trás, gargalhando em deleite. Ri tanto que até perdi o ar. Ele me acompanhou, e nossas gargalhadas preencheram cada centímetro do carro.

As coisas entre nós eram mesmo uma maluquice sem fim.

— Amigavelmente? — perguntei, apenas para provocá-lo. Júpiter me presenteou com um sorriso travesso antes de responder:

— Ah, não! Com certeza, não. Vai por mim, Sol, o que pretendo fazer com você está bem longe de ser amigável.

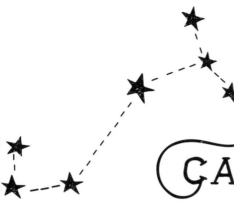

CAPÍTULO 14

A ATMOSFERA ENTRE MIM E JÚPITER MUDOU drasticamente assim que pisamos no elevador e a porta metálica nos fechou lá dentro. Meu corpo ficou inteiro rígido e, de repente, eu não sabia mais o que fazer com meus braços e pernas. Tudo passou a ficar desajeitado e estranho. Tinha também o problema do ar rarefeito. Deus do céu, eu não conseguia respirar direito. Uma simples viagem de elevador pareceu ter dez horas de duração. Droga, eu me sentia como uma adolescente boba e tímida, mal conseguia olhá-lo nos olhos. Em questão de minutos, Júpiter deixou de ser a pessoa com quem eu me sentia tão à vontade e se transformou no responsável por me deixar robótica e muito, muito tímida mesmo.

Eu odiava isso. Mas me consolava saber que não era só comigo. Ele *também* ficou mais quieto que o normal. Suas mãos estavam dentro dos bolsos e sua expressão, rígida feito pedra. Mas ele não parava de me encarar. O que, convenhamos, só piorava o quadro. Saber que ele estava bem atento a cada uma das minhas reações me deixava ainda mais retraída. Prendi a respiração e rezei para todos os deuses para chegarmos logo ao meu andar. E, quando isso aconteceu, pulei para fora do elevador o mais rápido possível.

Por cima dos ombros, vislumbrei Júpiter e dei uma risadinha sem graça.

Caramba, o que está acontecendo?

Mas eu sabia muito bem o que era: uma mistura de tensão sexual acumulada e a certeza de que, depois de tanto tempo ansiando, o momento enfim tinha chegado. E estar diante dele era um pouco... *desconcertante*. Antes eu tinha um motivo para não agarrar Júpiter da maneira como gostaria. Ao longo dos últimos meses, programei meu cérebro para reconhecê-lo apenas como amigo. Agora, não. Não havia mais barreira alguma. Eu ainda não conseguia conceber isso muito bem, tampouco sabia como agir. Fiquei me perguntando quanto tempo mais levaríamos para nos livrar daquele gelo horroroso e torci para que não muito. Merda, era muito constrangedor não conseguir agir com naturalidade.

Abri a porta e, coçando a nuca meio sem jeito, indiquei o lado de dentro com a cabeça. Júpiter assentiu, com a sombra de um sorriso nos lábios. Acho que, no fundo, ele até estava gostando daquilo. Já eu não sabia dizer o que era pior: o frio na barriga ou as mãos suando frio.

Vamos lá, Sol.
Fica calma!

Quando passou por mim, Júpiter me incendiou com sua íris azul. Abaixei o rosto, fugindo dela. Meu olhar percorreu seu tronco, captando detalhes que, até então, tinham passado despercebidos. Como a camisa aberta até a altura do peito, por exemplo, e quanto aquilo o deixava ainda mais gostoso. Engoli em seco e continuei a descer o olhar, distraída. Suas mãos nos bolsos chamaram minha atenção e, quando dei por mim, encarava a proeminência entre as suas pernas.

A lembrança do dia em que nos conhecemos passou diante dos meus olhos e meu rosto pegou fogo. Eu procurava não pensar nunca, nunca mesmo, nas circunstâncias em que Júpiter e eu havíamos nos encontrado porque, não importa o que estivesse fazendo, eu sempre era assolada por uma terrível vergonha e me perguntava como pudemos construir uma relação tão agradável depois *daquilo*.

Seu pau.
Eu já tinha visto seu pau!
Mais que isso, eu tinha passado segundos *admirando* seu pau. Porque, caramba, não se tratava de qualquer pau, era um pau *bem* impressionante.

Júpiter tossiu para me chamar atenção e fui forçava a voltar para a realidade. Tive total certeza de que ele tinha acabado de recordar a mesma coisa que eu.

— Algum problema, Sol? — perguntou, com um tom superpetulante, e seu quadril se projetou para a frente de uma maneira nada natural.

Eu juro, quis morrer com todas as minhas forças.

— E-eu... — comecei, mas ele voltou a movimentar o quadril, para me provocar. Soltei um gemido de frustração, com as bochechas ardendo muito. Escondi o rosto com as mãos e fugi para a cozinha, sendo perseguida por suas gargalhadas.

Você me paga!

— V-vou... — minha voz saiu supergrossa e esquisita. Pigarreei, mentalmente repreendendo a mim mesma por ser tão boba e cair na dele como um patinho. — Vou pegar algo pra gente beber.

— Tá bom. — Ele prendeu a bolinha do *piercing* entre os dentes, me estudando por um segundo com atenção. — Precisa de ajuda?

Peguei um vinho da minha humilde adega. Havia poucas coisas na vida de que eu não abria mão. Vinho era uma delas. Editar vídeos era uma tarefa incompleta para mim sem uma generosa taça para me fazer companhia.

— Quer colocar... hum... uma música? Lá na sala? — Umedeci os lábios, sem conseguir desviar a atenção dos seus. — Tem uma caixa de som no rack.

Júpiter assentiu, mas não saiu do lugar. Em vez disso, cruzou os braços e seus lábios entortaram de leve para a direita, em um sorriso divertido.

— Não precisa ficar nervosa, Sol...

— Não estou nervosa — interrompi e balancei a mão no ar, descartando o que ele havia dito. — Pareço nervosa? — Júpiter concordou, o sorriso crescendo um pouquinho mais. — Nossa, nada a ver. Estou *super* de boa. Tranquilíssima. Bem desencanada mesmo. — Enquanto me ouvia dizendo aquelas coisas, senti minhas bochechas queimarem intensamente. Quanto mais eu tentava quebrar o gelo, mais esquisita ficava.

— Sei... E por que você não está olhando pra mim, então? — perguntou ele, baixinho, com a voz rouca. Foi muito sexy.

— Isso é coisa da sua cabeça, Júpiter — murmurei, rindo, ainda sem levantar o olhar. Aproveitei o momento para ficar de costas para ele e pegar as taças no armário.

Ele teve a delicadeza de não insistir mais naquele assunto, o que me deixou muito, muito grata.

Ouvi o som baixo dos seus passos se afastando e aproveitei para respirar. Soltei o ar dos pulmões, escorando o corpo na pia e tombando a cabeça para frente. Céus, estava muito difícil. Não era para ser assim. Quantas vezes eu já tinha imaginado aquele momento... de quantas maneiras diferentes já tinha fantasiado as coisas se desenrolando entre nós... Em algumas, ele me empurrava contra a parede, agressivo. Em outras, era eu quem tomava a iniciativa e o surpreendia com um beijo roubado. Mas nunca, nunca mesmo, imaginei algo tão esquisito e desengonçado, ainda mais por se tratar de nós dois. Poxa, as coisas entre nós fluíam tão bem! Eu queria poder rebobinar tudo e fazer do zero. Queria me livrar da timidez, voltar a agir com naturalidade, mas eu só conseguia ouvir meus pensamentos, que estavam no volume máximo:

Meu Deus, vai rolar!
Vai rolar MESMO!
Eu vou pegar esse homão!
So-cor-ro!

Lá da sala, a melodia de *Oceans*, do Seafret, percorreu os corredores em um volume moderado, até me alcançar. Começou com um arranjo suave de violão que envolveu meu corpo todo, fazendo-o arder.

I want you
Yeah I want you
And nothing comes close
To the way that I need you

Fechei os olhos, novamente sem fôlego. Mas dessa vez foi diferente. Fui atingida em cheio pelo desejo intenso que sempre me dominava ao pensar em Júpiter. Aquela vontade veemente de me perder nele. De consumi-lo. Fisguei os lábios e abri os olhos, com a boca seca. Minha nossa, minhas emoções estavam uma confusão... eu não tinha mais o menor controle sobre meu corpo. Soltei as mãos da pia, tomando coragem para ir até a sala e encontrá-lo. Notei a garrafa ainda fechada e retorci o rosto em uma careta insatisfeita. Eu odiava essa parte.

Quando dei um passo para trás para abrir a gaveta em busca do saca-rolhas, percebi Júpiter muito próximo de mim e congelei inteirinha.

Senhor, tenha misericórdia de mim!

Arquejei, sem esconder quanto sua proximidade mexia comigo e, com o coração disparado, eu me virei para ficar de frente para ele.

Júpiter permanecia com os braços cruzados sobre o peito. As mangas da camisa dobradas pouco abaixo do cotovelo. A cabeça pendia um pouquinho para o lado e ele tinha uma expressão lasciva que me deixou perplexa. Ó, *Deus...*

Ele se aproximou, com um sorrisinho torto pincelando os lábios que deixava apenas uma das covinhas à mostra. Seus olhos azuis elétricos, que contrastavam tanto com a pele bronzeada, não desgrudavam de mim, como se me acorrentassem e me despissem. Ele estava atento a cada sinalzinho do meu corpo, como o fato de a minha respiração ter ficado um pouco mais agitada. Aquilo era uma tortura, mas, ironicamente, era também delicioso. Meu mundo parou.

— Ah, Sol... — seu tom foi suave e, ao mesmo tempo, intenso. Estremeci. — Somos só nós... — Avançou um passo, rolando o *piercing* pelos lábios umedecidos. — Por que estamos assim? — perguntou, lançando uma piscadela ao mesmo tempo em que abria um sorriso que poderia derreter todo o Ártico. O *piercing* não parava. Eu não conseguia desgrudar os olhos da sua boca.

Balancei a cabeça, incapaz de falar uma palavra.

Caramba, eu não lembrava nem mesmo de como se fazia para se mexer. Estava em transe. Permanecia estática, rígida, à espera... Ele tinha total consciência disso, porque cada um dos seus movimentos era cheio de confiança e provocação. Júpiter queria me desestabilizar. Ele se deliciava com as reações que causava em mim sem que precisasse sequer me tocar. Cada vez que seus olhos desciam pelas minhas curvas, eu sentia o rastro abrasador que deixavam. Cada vez que o brilho metálico do seu *piercing* contornava a abertura dos lábios, eu imaginava a minha língua fazendo os mesmos desenhos. Cada vez que um sorrisinho safado surgia no seu rosto, eu tentava imaginar o que estaria passando na sua cabeça. Júpiter degustava cada pequeno segundo e justamente por isso não tinha a menor pressa.

— Você sabe muito bem o que faz comigo... — continuou ele, e abaixava o volume a cada palavra. — Sabe que estou louco por você e não é de hoje.

Suas mãos quentes seguraram meu rosto com firmeza e ele deu o último passo, colando o corpo ao meu. Um arrepio intenso percorreu meus membros, eriçando todos os pelos. Todinhos. Nossos rostos estavam a poucos centímetros de distância. Sua respiração vinha em lufadas mornas que roçavam minha pele suavemente, deixando-a dormente.

Entreabri os lábios, em busca de mais ar. Estava escasso. Era difícil respirar naquelas circunstâncias. Meu coração pulsava com força, meus dedos tremiam de expectativa, meus joelhos ficaram fracos. Jamais experimentei sensação parecida. Era insano. Seus polegares deslizaram pesadamente pelos meus lábios, deixando-os formigantes. Sedentos. Tudo ardeu em mim.

Eu poderia dizer tanto... Confessar que não conseguia passar um único segundo sequer sem tirá-lo da minha cabeça. Quanto o desejei, mesmo quando ainda estava noiva. Quanto um simples olhar era responsável por um turbilhão de reações muito ímpares em mim. Eu podia dizer muitas coisas, mas só mergulhei nas íris claríssimas e me perdi nas suas profundezas. Eu me rendi à sua intensidade.

Porque aquilo também fazia parte da nossa dança.

Júpiter continuava saboreando o momento, sem pressa.

E eu me permiti fazer o mesmo.

Soltei o ar dos pulmões e repousei minhas mãos sobre as suas.

Ouvi o barulhinho metálico do seu *piercing* batendo nos dentes e engoli um suspiro. Eu adorava quando ele fazia isso, porque, caramba, ele nem percebia quanto era gostoso.

Eu estava quase implorando para que ele apenas me consumisse com a urgência de que eu precisava... não dava, porra.

Eu não aguentava mais.

Em um impulso um pouco desesperado, eliminei a distância entre nós e pressionei meus lábios contra os dele. Mas nem tive chance de desfrutá-lo, pois Júpiter afastou o rosto alguns centímetros. Seu olhar passeou pelo meu rosto ao mesmo tempo em que ele colocou a bolinha do *piercing* para fora, mordendo-a com a ponta dos dentes. Engoli em seco, umedecendo os lábios. Aproximei o rosto um pouco mais, instintivamente, mas logo percebi que ele *ainda* não ia me beijar. As coisas seriam do seu jeito. E o seu jeito, naquele momento, era bem lento e instigante.

Ofeguei, olhando fixamente para a sua língua, que não parava quieta. Mordi o lábio inferior, imaginando-a em mim. Júpiter não vacilou o olhar nem por um segundo, enquanto percorria a distância ínfima que nos separava de um jeito que a fazia parecer muito maior do que realmente era. Era alucinante. Ele estava respirando pela boca. Dava para sentir seu hálito quente roçando minha pele sensível. Então, quando eu achava que não ia mais suportar passar tanta vontade, sua boca voltou a me tocar. Ele a deslizou na minha, para me provocar. Roçou de um lado para o outro. Devagarzinho. Depois deixou um punhado de beijinhos nos cantos e voltou a resvalar os lábios nos meus. Eu ficava a cada segundo mais sedenta. Mais fora de mim. Arquejei uma vez. E depois outra.

Entrei na brincadeira. Eu gostava daquela tortura. Gostava de estar tão perto e tão longe. Gostava das regras do nosso jogo. Com a ponta da língua, tracei o contorno do seu lábio inferior, deixando um rastro úmido. Ele reagiu com um suspiro pesado, de quem estava usando tudo de si para se manter firme e, mesmo assim, perdia o controle. Júpiter se aconchegou um pouco mais contra o meu corpo. Seu quadril me empurrou contra a pia e senti seu desejo teso me pressionando. Soltei minhas mãos das suas, ansiosa por conhecê-lo, tocá-lo. Desci pelo pescoço, contornando os ombros, passando pelo tronco e barriga até chegar bem perto do cós da calça. Deslizei minhas mãos para dentro da sua camisa, querendo sentir um pouco de pele. Um pouco do seu calor. Um pouco dele. Cada partícula de mim clamava por mais, por muito mais. Eu estava ávida. Queria me acabar naquele homem...

Mas ele ainda estava focado em me inflamar, até que eu incendiasse. Ele não me deu o que eu pedia. Não ainda. Em vez disso, provocou um pouco mais, com mordidas fortes nos lábios, que os deixavam ardendo, para logo em seguida deslizar a bolinha do *piercing* por eles, enquanto seu quadril continuava me apertando, suas mãos me segurando, sua presença me enlouquecendo.

O tesão se espalhava em espirais pelo meu corpo todo.

Eu estava excitada.

Excitada pra cacete.

E a gente nem tinha *se beijado* ainda.

Eu poderia simplesmente rasgar suas roupas ali mesmo.

Mas, porra, ele me tinha nas mãos.

Eu estava sem forças. Minha pele fervia à espera do seu toque. Minha boca salivava pelo seu beijo. Deus do céu, o que Júpiter estava fazendo comigo?

Então, como se tivesse atingido o ponto que queria, ele segurou meu queixo e invadiu minha boca com o seu sabor. Ouvi seu gemido baixo e rouco e meu corpo reagiu com um tremor. A princípio, Júpiter me saboreou com calma. Sua língua buscava a minha com a exigência de quem havia esperado muito tempo por isso. O toque gelado do *piercing* provocava calafrios que desciam pela espinha e faziam com que eu me retorcesse inteira. Ele estava faminto por mim e, quanto mais eu dava, mais ele queria. Engolindo o gemido um do outro, passamos a nos entregar com a intensidade que nossos corpos clamavam. Cada vez mais desesperados.

Suas mãos desceram pela minha cintura, pararam no meu quadril e me apertaram com força. Ele me ajeitou no seu corpo, friccionando sua ereção em mim. Soltei o ar dos pulmões e enterrei os dedos no seu cabelo, segurando-o com força. Eu precisava liberar aquela energia de alguma forma. Precisava mostrar que meu corpo estava em ebulição e era tudo culpa dele.

Suas mãos passeavam por mim com agressividade, como se Júpiter tivesse pressa em conhecer cada centímetro do meu corpo. Eu entendia muito bem o que era passar tanto tempo alimentando aquele desejo lascivo. Ele havia se tornado grande demais para administrar. E a cada segundo seu tamanho dobrava e nos dominava. Alastrava suas chamas de anseio, envolvendo-nos.

— Você... é... deliciosa — sussurrou contra a minha boca, entre arfadas pesadas. Ouvir aquilo, sobretudo na sua voz embargada de desejo, retesou os músculos do meu ventre.

Engoli em seco, sem pensar em nada mais além do fato de que eu precisava dele.

Precisava *agora*.

— Júpiter... — falei baixinho. Meus dedos trêmulos foram parar nos botões da sua camisa e ele gemeu em resposta. Sua boca abandonou a minha. Lamentei por isso. Meus lábios formigavam. Pediam por mais. Muito mais.

Senti seus dedos segurando meu cabelo em um rabo, para tirá-lo do pescoço. Talvez a força que empregava nas mãos fosse uma pequena amostra da sua vontade, porque meus olhos lacrimejaram no mesmo instante, mas o tesão não me permitiu recuar.

Estávamos em sintonia. Ele sabia exatamente do que eu precisava. Sabia exatamente como me deixar ávida por ele, a ponto de não enxergar mais nada. Eu só sentia. Sentia seus lábios úmidos passeando pelo pescoço. Sentia seus dentes mordiscarem, deixando a pele já sensível em brasa. E depois sentia sua língua traçando círculos, me provando.

Arranquei sua camisa, apressada, e enterrei as unhas na sua pele.

— Puta merda... — ofeguei, quando meus olhos passearam pela sua barriga. Aquele tom bronzeado era desconcertante. Era tão linda, eu queria esfregar meu rosto nela. E outras coisas, se possível. — Você é bonito demais!

Ele abriu um sorriso maravilhoso, que era meio tímido, meio safado. Seus olhos brilharam. Com uma expressão travessa, ergueu as mãos no ar em sinal de rendição e aproximou o rosto da minha orelha.

— Sou todo seu — As palavras ricochetearam contra a minha pele. Foi um sopro morno. Mais senti do que ouvi. — Faça bom proveito.

Fechei os olhos por um momento, absorvendo o impacto das palavras.

— E eu vou fazer mesmo — respondi contra sua boca e voltei a beijá-lo profundamente, engolindo seu sorriso largo.

Desci minha mão pela sua barriga e repousei na sua ereção, esfregando-a sobre a calça. Ele soltou um som gutural. Sugando seus lábios, usei meu corpo para empurrá-lo em direção ao quarto. Em passos atrapalhados, cambaleamos até o final do corredor, vez ou outra trombando em alguma parede ou quina.

Empurrei-o até ele se sentar na cama. Espalmei minhas mãos no seu peitoral, admirando-o, sem conseguir acreditar que enfim estávamos ali.

Éramos *nós*.

Só então percebi quanto me enganei em todo aquele tempo, diminuindo a intensidade do sentimento que nutria por Júpiter. Nossa relação nunca foi convencional. Desde nossas primeiras conversas, eu sempre tive a sensação de que nos conhecíamos há muito tempo. A conexão entre nós era desconcertante, gigantesca. O sentimento que tentei bloquear por tanto tempo estava esmagando meu peito. Fui atingida em cheio por uma onda de felicidade e fiquei submersa naquela euforia deliciosa de estar no ápice de um sentimento tão bom. Eu nem conseguia colocar em palavras quão certo parecia estar ali, sentindo-o, provando-o, descobrindo-o aos poucos. Como deveria ter sido há muito tempo...

A eletricidade corria de um corpo para o outro. Quase dava para ouvir a estática. Meus pelos se eriçavam o tempo todo. Passei uma perna de cada lado do colo de Júpiter, e senti sua rigidez. Seus olhos se fecharam por um momento, quando ele deixou escapar um gemido sôfrego e cheio de entrega. Suas mãos subiram pelas minhas costas, puxando minha camiseta com facilidade. Ergui os braços para ele tirá-la e, em seguida, enlacei seu pescoço, cobrindo sua boca com a minha. Com uma das mãos, Júpiter me pressionava ainda mais contra seu colo. Eu sentia os movimentos rítmicos do seu quadril.

Indo e voltando. Apertando seu desejo contra mim e acabando com qualquer resquício de sanidade que ainda me restava.

Arquejei quando ele subiu seus dedos pela minha nuca e me obrigou a esticar o pescoço para ele. Ele me examinou sem pressa, como se mal conseguisse decidir por onde começaria. Então, depois de um momento me contemplando, seus lábios vieram parar no meu queixo. Ele subiu com mordidinhas pelo maxilar e sugou o lóbulo da minha orelha esquerda. *Isso*. Com chupões nada delicados, desceu pelo pescoço e se demorou na clavícula, deixando uma profusão de mordidinhas ali também, cuja intensidade só aumentava conforme ele media minhas reações. Meu quadril parecia ter vida própria.

— Ahhh, Sol... — suspirou com a voz falhando, como se estivesse sem forças até mesmo para falar. Eu abri um olho só para espiar sua expressão, que ficava mais linda ainda carregada de tesão. O vinco profundo na testa, as sobrancelhas unidas, a boca entreaberta... aquilo era por *minha* causa. Aquele homem... *eu* o deixava inflamado. Minha nossa, era excitante demais!

Ele desabotoou meu sutiã com calma e entendi que tinha voltado a me saborear. Gostei daquilo. Gostei bastante. Júpiter não estava afobado para aliviar aquele impulso latejante que corria pelas nossas veias. Não. Ele estava se controlando porque queria apreciar cada carícia, cada toque, cada momento. Queria sentir tudo. Queria fazer jus a todas as vezes nas quais imaginou o ápice do momento em que eu seria dele. Eu sabia bem disso porque comigo acontecia da mesma forma. Quando se deseja alguém tão intensamente e por tanto tempo, é preciso fazer valer a torturante espera e prolongar ao máximo o sentimento. Sentir com intensidade cada pequeno segundo.

Entregar-se.

Permaneci atenta ao seu rosto enquanto ele puxava as alças do sutiã pelos meus ombros. Júpiter mordeu os lábios, com uma expressão que era atormentada e cobiçosa. Apaixonada e subjugada. Era tudo ao mesmo tempo e resumia muito bem como eu estava me sentindo.

— Gostosa... — suspirou baixinho, sem nem perceber. Suas mãos se fecharam nos meus seios, apertando-os de uma maneira dolorosamente prazerosa. *Isso*. Ele me tocava como se meu corpo fosse um sonho muito bom do qual ele não quisesse acordar. Fechei os olhos, repousando minha mão no seu desejo pulsante e o acariciando por cima da calça. Júpiter abocanhou um dos meus seios e eu deixei escapar um gemido do fundo da garganta ao sentir sua língua contra minha pele, que fervia. *Tão, tão bom...*

Rebolei no seu colo, com a pele dando pequenos choques. Estava com *muita* vontade dele. Deus do céu, como estava! Era um impulso vindo de dentro. Eu estava cega de volúpia, é claro, mas ia muito além disso. Sentia um friozinho na barriga crescente. Era como se eu flutuasse. Arranhei sua pele e apertei seus bíceps retraídos apenas para ter certeza de que era real. De que ele estava *mesmo* ali, tão entregue e arrebatado quanto eu. Aquele sentimento parecia grande demais para comportá-lo dentro de mim. Era delicioso, extasiante. E eu queria mais.

Precisava de mais.

Procurei sua boca com a minha e forcei meu tronco contra Júpiter, fazendo-o se deitar na cama. Novamente, fiquei desesperada. Fui tomada pela pressa. Estava faminta e só ele podia me saciar.

Meus dedos procuraram o botão da sua calça, que não hesitei em abrir. Enfiei minha mão para dentro da cueca e o envolvi, acariciando-o. Nós arfamos juntos. Sua pele era quente e latejava. As sobrancelhas se entortaram para baixo.

A respiração ficou curta e rápida.

Seus músculos enrijeceram.

— Júpiter — chamei, deliciada com seus lábios entreabertos daquela maneira tão deliciosa. — Estou apaixonada por você — admiti, lembrando de quando ele me disse que não tinha problemas com sentimentos. Que não tinha medo deles.

Bem... eu *também* não tinha.

Seus olhos se fecharam e ele gemeu.

Faça esse som outra vez.

Me dê mais.

Eu quero.

Quero muito.

— De novo — pediu ele, com a voz embargada. — Fala de novo, Sol!

Aumentei a cadência e a força dos meus movimentos. Queria que ele contorcesse ainda mais o rosto. Era bom demais saber que eu podia proporcionar isso a ele. E não estávamos nem começando.

— Estou apaixonada, Júpiter. Louca por você. Não tiro você da minha cabeça nem por um segundo, eu... — minha voz morreu no ar quando ele me abraçou pela cintura e inverteu nossas posições. Foi um movimento um pouco rude, inflamado. Ele perdia para o tesão. Eu adorava essa derrota. Gostava do vislumbre animalesco dos seus gestos descontrolados.

Seus olhos se abriram e prendi a respiração no segundo em que as íris intensas encontraram as minhas.

Eu vi seu lado safado, cheio de planos para me consumir pelo resto da tarde.

Mas vi também carinho. Admiração.

Paixão.

Júpiter arrancou o que me restava das roupas e abriu minhas pernas com suas mãos firmes. Parecia um animal diante da presa, tal como no dia do elevador.

Era o mesmo olhar. De quem estava prestes a me devorar.

E ele *devorou*.

Começou deixando beijinhos nas canelas. Conforme rastejava sobre o meu corpo, os beijos evoluíram para lambidas e chupões. Quando chegaram na parte interna das coxas, já haviam se transformado em mordidas. Ele cravou os dedos na minha barriga e me obrigou a ficar parada quando a ponta dos seus dentes arranhava a pele tão macia daquela região.

Arqueei as costas antes mesmo de ele alcançar meu sexo. Júpiter sabia muito bem como trabalhar com a expectativa. Eu estava ficando louca. Sentia sua barba por fazer raspando muito perto da virilha, e não havia um único músculo no ventre que não se contraísse, implorando por ele.

Então, como se eu fosse o mais suculento néctar, do qual ele achava impossível se manter distante, Júpiter deslizou sua língua onde o meu desejo fervia, e foi como um bálsamo para a minha pele sedenta. Agarrei seu cabelo, puxando-o sem nem um pouco de dó.

— Porra, perdi a conta de quantas vezes imaginei seu gosto... — suspirou contra a minha pele.

Esse... safado!

Safado delicioso!

Eu me contorci inteira, elevando o quadril para que ele me desse mais. Júpiter entendeu o recado e me tragou. A princípio bem devagarzinho, com movimentos que se moldavam de acordo com meus gemidos. Suas mãos passeavam pelo meu corpo enquanto ele usava o toque geladinho do *piercing* para me enlouquecer. Júpiter raspava os dentes bem de levinho no ponto mais sensível do meu corpo e me deixava inteira arrepiada, para logo em seguida me chupar. Forte e suave, delicado e doloroso.

E, conforme meus suspiros se transformavam em gritos sôfregos, me dei conta de que ele estava me torturando! Me levando até bem perto do céu, para depois simplesmente arrancar minhas asas e me deixar em queda livre, com aquele maldito frio na barriga que era bom demais para suportar.

O ápice chegou quando ele passou a usar seus dedos para me martirizar também. Eu, enfim, toquei o céu. E me desmanchei em prazer. Pensei que fosse explodir em mil pedacinhos.

Suando frio, senti meu corpo todo convulsionar. Revirei os olhos, me deliciando com as correntes elétricas que se espalhavam por todas as direções.

Minha respiração entrecortada.

Os pensamentos silenciosos.

O coração batucando com violência.

Minhas mãos apertando os lençóis com força. Os lábios ainda abertos, enquanto eu tentava absorver o prazer gigantesco que Júpiter tinha me proporcionado.

Puta que pariu.

O que foi isso?

Distribuindo beijinhos pelo caminho, ele subiu até alcançar meu rosto e enfiou sua língua na minha boca. Estava salgada, era o meu gosto. Seu beijo foi fervoroso, exigente. Ele sugava minha língua e me lambia, gemendo nos meus lábios. Sorvendo todo o ar dos meus pulmões. Com um sorriso travesso, mordi a bolinha do seu *piercing* e a puxei com um pouquinho de força.

— É a minha vez — falei e minha voz saiu fraquinha.

Júpiter abriu um sorriso impagável e fez que não com a cabeça.

— Quem te disse? — perguntou, em tom de desafio. Tentei me desvencilhar dele, mas não consegui. Ainda não tinha encontrado energia suficiente.

— Eu quero retribuir! — Minhas mãos foram parar na sua calça, mas antes que eu pudesse fazer qualquer outro movimento, Júpiter levantou num rompante. Segurando minhas coxas com firmeza, ele me puxou para a beirada da cama e me encarou de cima com uma expressão deliciosa de superioridade. Então, com um sorrisinho torto, lançou uma piscadela para mim como se dissesse "sou eu que mando aqui". — Pensei que *eu* fosse a dominadora dessa relação... — provoquei, fazendo beicinho. Ele riu, divertido, e umedeceu os lábios. O brilho metálico do *piercing* apareceu, fazendo-me engolir em seco.

Nossa, nunca achei que uma coisinha tão inocente pudesse me deixar tão louca. Sobretudo agora que eu sabia do que ela era capaz.

— Vamos ter bastante tempo para isso — sussurrou, encaixando os dedos no cós da calça. Eu me enrijeci toda e meus olhos foram parar no meio das suas pernas. Estava *tão* ansiosa por aquele momento! Desde o incidente do banheiro, eu ainda me perguntava quanto do que eu lembrava realmente fazia jus à realidade. Porque, por Deus, se seu pau fosse como na minha memória, era muito, muito, muito... *suculento*. — Não consigo me segurar nem por mais um segundo...

— Então não se segure, Júpiter! — falei, olhando-o nos olhos. — Eu quero você. Quero agora — minha voz saiu tão baixa que consegui perceber a música que ainda tocava pelo apartamento: *Romeo*, do Thiago Pethit.

Baby, eu acho foda quando você passa
Vejo o mundo em chamas
E eu sou tua fumaça
E eu não sei pedir que queime devagar
Mas eu sei muito bem aonde quero chegar

Estiquei meu corpo para trás e abri a primeira gaveta do criado-mudo, tirando uma camisinha lá de dentro. Ele abriu um sorriso enorme no rosto. Um daqueles típicos de Júpiter, de roubar o ar dos pulmões e fazer as mãos suarem frio. Lançando uma piscadela para mim, deslizou a calça social bem devagarinho pelas coxas. Sua expressão era a mais ordinária possível.

Cretino, ele sabia quanto estava ávida por isso!

Engoli em seco quando meus olhos recaíram sobre sua ereção.

— Ah, meu Deus, Júpiter! — exclamei e ele soltou uma risada orgulhosa.

Procurei seus olhos, chocada, e depois voltei a olhar para o seu *comprimento*.

E, diga-se de passagem, que comprimento! Porra, era exatamente como eu me lembrava!

E-xa-ta-men-te!

Estive *mesmo* perdendo *isso* por tanto tempo?!

Fiquei com água na boca. E, percebendo isso, ele abriu a camisinha e a deslizou lentamente por sua rigidez, me incendiando com seu olhar penetrante. Uma onda de choque percorreu minha pele e, sem pensar muito no que fazia, passei o comando das minhas ações para meu corpo. Elevei o tronco, para procurar sua boca. Estava viciada no gosto do seu beijo. Obcecada pelo perfume forte e viril que sua pele quente emanava. Maluca pela maneira como meus membros ardiam quando ele me tocava, me devorava, me consumia.

Júpiter me puxou contra seu corpo, arrancando um gemido de mim, que se uniu aos suspiros graves que ele soltava com uma frequência cada vez maior. Ele encaixou uma das minhas pernas no seu ombro e seu polegar foi de encontro ao meu ponto pulsante e excitado, que estava dolorosamente sensível. Gemi um pouco mais alto quando ele me esfregou sem muita delicadeza. Apertei os olhos, me contorcendo.

— P-preciso... preciso... ahhhh... — tentei falar, mas só saíram ruídos. Isso deve ter servido como estopim, pois ele me empurrou contra a cama com seu tronco e se apoiou em um cotovelo.

Mal tive tempo de conceber o que acontecia.

Júpiter deslizou para dentro de mim com um movimento brusco que me deixou sem forças. Ele saiu devagarzinho e repetiu a estocada forte, como se tentasse chegar o mais fundo que pudesse.

— Olha só pra você! Está muito molhada, eu... hummm... — ele rosnou, manejando minha cintura para me puxar para si, fazendo nossos corpos colidirem.

Minha cabeça zunia. Fechei os olhos, deixando que o prazer avançasse sobre mim. Estava enfeitiçada pelo momento. E, se antes tive dúvida, agora estava certa de que Júpiter era definitivamente a minha tampa com válvula. Ele era o meu número. Certinho para mim. Na sua personalidade, no seu beijo delicioso e, principalmente, na maneira como me fazia ser dele.

— Ah, que gostoso te sentir! — gemeu, colocando minha outra perna sobre seu ombro. — Cacete, você é muito gostosa. Você é muito... porra, Sol. — Sua voz ficava cada vez mais arfante.

— Isso é tão bom! — arquejei, deslizando as mãos pelas suas costas e sentindo os músculos retraídos. Tudo naquele homem era bom demais.

Mordi o lábio inferior com força e espremi os olhos ainda mais, sentindo aquele friozinho na barriga que precedia algo muito maior. Ele percebeu meus músculos começando a convulsionar, mas não me deu alívio. Em vez disso, saiu de mim e suas mãos vieram parar na minha cintura, enquanto ele me elevava para cima.

— Não, Júpiter — pedi, entre arfadas, já no meu limite. — Não para. Continua. Por favor!

— Shhhh — Ele sentou na beirada da cama. — Fica calma — seu tom foi travesso. — Você ainda vai gritar muito para mim — afirmou e, de alguma maneira que não consegui compreender, fui arrastada para o seu colo, desajeitadamente, ficando de costas para ele. Suas mãos me prenderam pelo quadril e ele me pressionou para baixo, para me encaixar no seu comprimento.

— Ah, cacete! — gemi, tornando a fechar os olhos.

Ele subiu as mãos pela minha barriga, deixando apertões doloridos aqui e ali. Suas unhas se cravavam na minha pele febril até chegarem aos meus seios. Eu me apoiei na cama e resolvi que era a minha vez de mostrar do que uma escorpiana era capaz. Sorri com o pensamento e rebolei na sua ereção, ganhando um guincho grave como resposta.

— Gosta disso? — perguntei, remexendo o quadril sobre dele. Seus braços se fecharam em volta de mim, aprisionando-me. Arquejei ao sentir seus lábios úmidos contra a minha orelha.

— Minha safada... — sussurrou e aquele simples pronome provocou uma guinada forte no meu coração. *Dele.* — Rebola mais. Eu quero sentir você inteira.

Obedeci.

Tracei círculos com o quadril. Remexi de um lado para o outro. Cavalguei no seu colo. Entreguei-me inteirinha. Nossos sons se espalharam pelo quarto, e se sobressaíram à música, a todo o resto.

Eu sentia sua pele suada contra a minha.

Seu peito subindo e descendo nas minhas costas.

Sua respiração pesada e firme no meu ouvido.

— Adoro ouvir você gemendo — sussurrou com um hálito quente, fazendo eu me arrepiar inteira. — Ah, Sol... você me faz perder toda a razão.

Meu Deus.

Aquilo era apelação.

O jeito como ele segredava as palavras na pele sensível.

Ou como me apertava contra o próprio corpo.

A maneira como eu o *sentia* em mim.

Seu polegar voltou a me castigar no meu ponto mais sensível. Gritei alto.

— Isso, gostosa! — ele gemeu no meu ouvido. — Grita pra mim. Olha só como você me deixa excitado, porra. Eu estou louco por você, garota. Louco.

Joguei minhas costas para trás, pressionando-as contra ele. Escondi meu rosto no seu pescoço, tragando seu cheiro viril.

— Meu Deus, não vou aguentar — gemi, com a cabeça girando. Apertei os joelhos um no outro.

— Ah, vai sim! — A voz rouca dele roçou minha pele. — Vou te *levar* comigo.

E foi exatamente o que ele fez.

Júpiter me apertou ainda mais contra si, deixando beijos deliciosos na minha nuca. Seus gemidos vibravam na minha pele. Os meus estavam escandalosos. Eu nunca mais poderia criticar meu vizinho depois daquilo. E quer saber? Dane-se! Eu não dava a mínima. Estava gostoso demais. Não tinha como me controlar quando aquelas correntes intensas de prazer me extasiavam.

Senti ele pulsar dentro de mim ao mesmo tempo em que eu me contorcia inteira no seu colo. Amoleci, entorpecida. Entortei o pescoço procurando sua boca e o beijei com ardor. Ele correspondeu com igual paixão, o que só me deixou com menos forças. Estava molinha. Por culpa dele.

Ainda me abraçando, Júpiter arrastou o corpo para trás até que estivéssemos deitados na cama.

Nossa respiração no mesmo ritmo descompassado.

A pele cintilando de suor.

O cabelo dele ficou um pouco grudado na testa.

Girei o corpo para ficar de bruços sobre ele. Com a ponta dos dedos, tracei desenhos na pele do seu ombro. Júpiter fazia carinho no meu bumbum.

Eu estava exausta. Meus pulmões ardiam e os músculos ainda tremiam de levinho. Mas tinha certeza de que não sairíamos dali tão cedo. Aconcheguei o rosto na curva do seu pescoço e rocei o nariz ali.

— Tá bom, tá bom. Eu sei que você é uma escorpiana insaciável, mas você precisa me dar só um segundo... preciso me recuperar — ele brincou e ouvi o barulhinho do *piercing*. Ri contra sua pele.

— Não estou conseguindo parar de tocar em você — admiti, afundando a ponta do nariz atrás da sua orelha.

Seus braços me apertaram ainda mais.

— Nem eu. — Júpiter deixou um beijo no topo da minha cabeça. — E nem vou. Eu esperei muito por isso, vai ser difícil se livrar de mim.

— Quem disse que eu quero?

— Você é perfeita — falou baixinho. — Perfeita, Sol. Vai achar estranho se eu disser que não consigo parar de sorrir? — perguntou, com um tom divertido, e precisei me erguer para verificar se era verdade.

E de fato era. Júpiter tinha um sorriso torto estampado naquela boca linda. A covinha esquerda afundou na bochecha. Fisguei o lábio inferior, achando graça.

— Você é um bobo.

— Uhum. E mesmo assim você se apaixonou por mim. — Ele arqueou uma sobrancelha de maneira desafiadora.

— Me apaixonei — assenti, voltando a me esconder no seu pescoço. — Estou *a-pai-xo-na-da* por você, Júpiter — cantarolei na sua orelha, lembrando como ele tinha reagido quando falei a primeira vez. — O que você vai fazer, hein?

Ele segurou meu queixo e me forçou a erguer o rosto até que nossos narizes se tocassem.

— Tudo que você quiser, Sol — respondeu com a voz grave e rouca, e no mesmo instante senti uma comichão no meio das pernas. Nós definitivamente ficaríamos ali na cama o dia todo. — Também me apaixonei por você.

— Se apaixonou logo pela maluca com tara em paus — brinquei e ele gargalhou, divertido.

— E é claro que esse foi o principal motivo.

Esfreguei a mão no seu rosto, rindo com ele. Júpiter virou a cabeça para o outro lado, tentando fugir de mim, e foi só então que notei a tatuagem que ele tinha atrás da orelha.

Era tão pequena e discreta que eu não me surpreendi de nunca ter percebido o desenho antes. Além disso, o comprimento do seu cabelo a escondia muito bem.

Três planetas. Um embaixo do outro. O traço era fino e, apesar de ser um desenho simples, era muito bonito. Primeiro vinha Vênus, depois Júpiter e, por fim, Saturno. Na mesma ordem do sistema solar.

Surpresa, limitei-me a sorrir e contornar os traços com o indicador. Júpiter se deu conta de que eu tinha descoberto sua tatuagem e se adiantou em explicar:

— Meu pai era tatuador. Eu tinha dezesseis quando ele fez... foi pouco antes de morrer. Até hoje minha mãe não sabe. — Ele sorriu, com os olhos brilhando. — Do contrário, ele teria morrido pelas mãos dela.

— É muito bonita — falei. — Você tem mais alguma?

— Hum, hum. — Ele deu de ombros. — Gosto de ter esse vínculo com meu pai. Foi o nosso adeus.

Assenti, cruzando os braços apoiados no seu peito e repousando o queixo neles.

— Você é tão diferente... — pensei alto.

Júpiter fez uma careta confusa.

— Diferente...? — Fiz que sim. — Diferente do quê?

— Sei lá. — Crispei os lábios, pensando a respeito. — Do mundo. Você é bem único. Acho que você não é desse planeta. — Arqueei as sobrancelhas de maneira sugestiva, com um sorriso débil no rosto.

— Nossa, essa foi a pior piadinha que já fizeram com o meu nome. Em. Toda. A. Minha. Vida. De verdade. — Ele passeou a bolinha do *piercing* pelos lábios, sorrindo largamente. — Foi *horrível*. Nunca mais repita isso, pelo bem da nossa relação.

— Tem razão. Não vou mais repetir *isso* — ronronei, ficando de quatro em cima dele. Seu olhar se acendeu e ele me mostrou aquele sorriso tortinho que eu tanto amava. — Mas vou repetir *outra coisa*. Ah, como vou! — sussurrei, deixando beijinhos pela sua barriga e virilha e lançando uma piscadela para ele.

NO MUNDO DE ANDRÉ
Publicado em
21 de fevereiro de 2018

INSCREVER-SE: 1,2 MI

POLÊMICA COM A JUBA:
O MEU LADO DA HISTÓRIA

(O vídeo começa com André parado em frente a uma parede branca. Ele está com os braços cruzados sobre o peito e uma expressão irritada.)

    Salve, salve, André na área!
    E aí, tudo beleza?
    Esse vídeo será diferente de tudo o que já fiz aqui no canal. Hoje não tem brincadeira, desafio nem tags. Estou aqui para conversar sério com vocês porque sempre existem dois lados de uma moeda.
    Hoje, vou mostrar o meu.
    Então senta aí, que a treta é das grandes, hein.

VINHETA DE ABERTURA
(A imagem corta para uma tela fora do ar, ao mesmo tempo em que um chiado de estática alto começa. As palavras "No Mundo de André" aparecem na tela e se expandem até ocuparem todo o enquadramento.)

Bem, vou direto ao ponto.

Eu não sou muito de falar dos meus problemas. Quem acompanha o canal há mais tempo sabe, cara. Eu não sou assim. Essa não foi a base que meus pais me deram.

Só que tudo que conquistei até agora foi graças a vocês, por isso não acho justo fingir que não tem nada rolando. Vocês merecem saber a verdade. E eu vou contar! Porque aprendi que na vida honestidade e caráter não se compram. Quero deitar a cabeça no travesseiro sabendo que estou fazendo a coisa certa.

(*André esfrega o rosto e solta um suspiro derrotado.*)

Vocês não têm ideia de quantas mensagens recebo diariamente de gente me xingando sem fazer a menor ideia do que está acontecendo. Todo mundo só consegue enxergar o lado da Juba, como se ela fosse a coitadinha da história e eu fosse um monstro.

Tudo bem, eu fiz uma cagada, sei disso. Não posso negar, porque o vídeo está lá para quem quiser ver. Mas, porra, quem nunca fez merda na vida? Vocês pelo jeito são perfeitos, né? A traição foi uma coisa de momento que eu fiz sem pensar muito bem... eu sou homem! A menina deu mole... eu não consegui me segurar. Não deu.

Eu entendo que a Juba ficou chateada, mas precisava jogar fora toda a nossa história por causa de um deslize? Aquilo não significou *nada* para mim. Foi só sexo. O que nós construímos era muito mais bonito. Precisava ter fodido com a minha vida? (*Ele olha para a câmera com uma expressão chateada*) Precisava ter feito isso, *gatinha*? Depois de tudo?

(*André se inclina para pegar algo. A câmera foca na sua mão segurando vários envelopes rasgados.*)

Isso aqui (*ele balança os papéis no ar dramaticamente*) são multas!

Multas!

A Juba pegou meu carro sem eu saber e cometeu todas essas infrações. De propósito! Vocês têm ideia de quanto isso aqui vai me custar? Minha carteira vai ser cassada!

Porra, isso não se faz.

Isso foi muito baixo.

Sério, cara, ela não é como vocês pensam não, viu. Ela é *beeeem* diferente.

Sinto muito, Juba, mas chegou a hora de contar para seus seguidores quem você realmente é. Porque eu não te reconheço mais!

(André solta as multas e se aproxima um pouco mais da câmera, passando as mãos na cabeça.)

A Juba é uma *mentirosa*. Tudo que ela faz é pensando nas visualizações. É pensando no sucesso. É pensando em lucrar.

Ela mente que adora usar salto alto; morre quando precisa usar um.

Mente que é magra porque faz exercícios e tem uma alimentação regrada, diz pra Deus e o mundo que se ela conseguiu, vocês também conseguem. Mas a verdade é que ela se empanturra de porcaria em um dia e depois passa três com fome, para compensar.

O Instagram dela é cheio de fotos de mentira de uma vida de mentira.

Diz que ama morar em frente à praia e está sempre aproveitando o mar, quando nem lembra a última vez em que esteve lá.

Ela finge que é cheia de amor-próprio e que tem uma vida perfeita, mas é toda ferrada psicologicamente. Precisou fazer terapia por anos pra lidar com uma idiotice que aconteceu quando ainda era adolescente. E até agora não superou.

Isso ela não conta, né?

Por que, Juba?

Por que você não diz para os seus seguidores que se mijou inteira por causa de uma brincadeira no colégio?

Por que não conta para eles que é por causa disso que você dorme com filmes de desenho, não por gostar, mas por *precisar*. Faz isso porque tem medo de um *palhaço assustador* entrar no seu quarto para te pegar.

Eu sei a resposta!

Você não mostra quem é de verdade porque não pega bem.

É por isso.

É muito melhor fazer a caveira do seu noivo por causa de uma traição que não significou nada. Muito melhor se fazer de coitadinha, enquanto faz um milhão de dívidas no nome dele. Melhor fingir que é a santa, quando você mesma estava saindo com outra pessoa.

Você é uma *piada*, Juba.

Mas eu estou tranquilo, porque aqui se faz e aqui se paga.

Sua máscara está começando a cair.

As pessoas finalmente estão começando a ver quem é você, assim como eu.

VINHETA DE ENCERRAMENTO
(*As palavras "No Mundo de André" piscam na tela e, logo em seguida, as imagens do vídeo ficam em preto e branco.*)

Hoje não vou pedir para vocês se inscreverem, nem para curtirem e comentarem o vídeo.

Hoje meu único pedido é que fique a reflexão.

Eu errei, sim. Mas se tem uma coisa que ninguém pode me acusar é de não ter sido íntegro.

(*André estala a língua, balançando a cabeça.*)

Vejo vocês no próximo.

Falou!

729.104 visualizações
37.392 gostei 👍
11.514 não gostei 👎

PRINCIPAIS COMENTÁRIOS

Gabs Costa
André, eu acho é pouco! Boy lixo tem mesmo é que tomar no cu! Para de se vitimizar e pegar carona na treta e vai trabalhar para ter sucesso. Embuste!
👍 651 curtidas

Kálita
Os relacionamentos são "perfeitinhos" só nos *feeds* do Instagram.
👍 638 curtidas

Oswaldo Correa
Já dizia o ditado... homem quando não tem em casa, procura na rua. Não precisa se justificar, André. Nós sabemos que vc não se vende como ela. Ela já não é mais a mesma de antes. Isso foi um livramento... imagina só se vcs tivessem casado?
👍 127 curtidas

Janedson R
NUNCA GOSTEI DESSA JUBA, SABIA QUE CEDO OU TARDE OS PODRES IAM COMEÇAR A APARECER. ELA MERECEU O CHIFRE QUE LEVOU AO VIVO.
NÃO FIQUE TRISTE. NADA É POR ACASO.
VOCÊ CONSEGUE COISA BEM MELHOR.
👍 49 curtidas

CAPÍTULO 15

E U NÃO QUERIA ESTAR ALI. NÃO MESMO.
Insisti pra mamãe que preferia passar aquela noite em qualquer outro lugar — qualquer um —, menos ali. Meu colégio era o único lugar do qual eu tentava desesperadamente escapar.

Era o meu inferno.

Mas faltava apenas uma semana para o término das aulas e aquela era a noite do pijama — uma tradição de despedida na minha escola. E minha mãe considerava importante eu celebrar cada uma das etapas da minha vida. Participar de todas elas. Interagir com as outras pessoas. Ser uma adolescente normal.

Vendo pelo lado dela, era um propósito até bonito, afinal eu de fato estava fechando um ciclo. Estava contando os dias, as horas e os minutos que me separavam da liberdade. Depois de anos horrorosos, enfim me livraria dos meus colegas de classe. Enfim me livraria dos apelidos. Enfim me livraria da dor. Das lágrimas. Do ódio que sentia por mim mesma. Ficaria livre para sempre.

O problema era que minha mãe permanecia alheia a tudo isso. Ela não fazia ideia de que ninguém gostava de mim e, mais que isso, de que quase todos se divertiam às minhas custas. À custa das minhas lágrimas, do meu sofrimento. Ela não entendia que, ali dentro, eu era o animalzinho indefeso sendo caçado. Por dez malditos caçadores ao mesmo tempo. Estava exausta. Dolorida. Sozinha.

E era disso que eles gostavam.

E, por não saber de nada disso, ela ignorou minhas súplicas e me obrigou a ir. Era por isso que eu estava ali, encolhida naquela sala de aula repleta de colchões, fingindo não ser uma tortura precisar passar uma noite inteira ao lado das pessoas pelas quais eu nutria apenas repugnância.

Meu engano foi me agarrar à esperança de que a presença dos nossos professores fosse me manter segura. Era para isso que estavam todos lá, não? Como fui idiota... Se nenhum deles tinha percebido em todo aquele tempo, assim como a mamãe, por que perceberiam agora?

Eu deveria ter imaginado que algo muito ruim estava prestes a acontecer. Deveria. Não era preciso muito para perceber que aquele era o cenário perfeito para a tacada final. A brincadeira do ano. Era só a Juba, afinal. A gordinha esquisita de quem todos adoravam rir. A piada diária de que eles sentiriam tanta falta.

Era só eu.

A pessoa por quem eles nutriam asco, embora eu jamais tivesse dado motivos para isso.

Sempre tive sono pesado, mas, naquela noite, bastou um toquinho leve no meu ombro para me fazer despertar. Feixes de luz vindos do corredor invadiam a sala, permitindo que eu conseguisse enxergar um pouco do que acontecia ao meu redor. Pisquei os olhos algumas vezes, deparando com Mariana muito perto de mim. Ela estava sentada com as pernas cruzadas e tinha uma expressão sentida no rosto, como se estivesse prestes a chorar. Esfreguei os olhos e uni as sobrancelhas, com o cérebro funcionando devagar por causa do sono.

Seus dedos vieram parar outra vez no meu ombro, repetindo o toque leve que usou para me acordar.

— Sol? — chamou baixinho e estranhei um pouco. Eram raras as vezes em que ela falava comigo, e, quando acontecia, sempre usava o apelido.

— Hum? — resmunguei, olhando ao redor. As outras garotas pareciam estar no décimo sono. O único som ali dentro era o de várias pessoas ressonando ao mesmo tempo, o que me fez pensar que devia ser bem tarde mesmo. Estiquei o braço para pegar o celular embaixo do travesseiro, mas seus dedos se fecharam ao redor do meu pulso.

— Estou passando muito mal — sussurrou, desolada. — A-acho que preciso ir ao banheiro. Estou com vontade de vomitar.

Arregalei os olhos, sem esconder a confusão.

Não fazia o menor sentido que ela tivesse escolhido me acordar, dentre todas as meninas com quem tinha amizade.

— Será que você pode... hum... ir comigo? — Mariana perguntou, entortando as sobrancelhas para baixo.

— A Thaís não pode fazer isso? — perguntei despreocupadamente. — Ou então a Bruna?

Mariana balançou a cabeça de maneira enfática e, mesmo na penumbra, tive a impressão de que seus olhos ficaram cheios de lágrimas.

— N-não — choramingou, aumentando a força com que me segurava. — Não queria que elas soubessem que... — Ela engoliu em seco, desviando o olhar para baixo. — Bem, que não consigo dormir fora de casa. Eu... tenho muito medo.

— Você tem... medo? — indaguei, cética.

— Sei que tem um monte de gente aqui, eu tento dizer para mim mesma que não tem perigo, que está tudo bem, mas o pânico de ficar no escuro não vai embora. Eu só... sei lá... parece que algo ruim vai acontecer. Achei que você entenderia... — sua voz morreu no ar quando ela subiu o olhar outra vez.

Esfreguei o rosto, com o coração comprimido. Tudo, absolutamente tudo, me alertava de que tinha algo muito errado acontecendo ali, no entanto eu só conseguia dar ouvidos à minha empatia. Só conseguia pensar que, caramba, eu sabia muito bem como era a sensação de não se sentir segura para dormir. Também tinha medo do escuro, embora a presença de tanta gente estivesse me acalmando. E isso só aumentava minha afinidade com seu problema... Quer dizer, se mesmo assim ela sentia tanto medo, sua situação devia ser bem pior que a minha.

Eu era uma idiota.

Uma burra.

Uma pessoa com coração.

E por isso assenti, umedecendo os lábios.

— Por que você veio? — eu me ouvi perguntando. Não soube se a pergunta era para ela ou para mim mesma.

— Pensei que daria conta, eu... — Mariana soluçou baixinho e escondeu a boca com as duas mãos. — Meu Deus, quase vomitei. Não vou mais conseguir segurar.

Respirei fundo e olhei ao redor de novo. O silêncio era desconcertante. Até mesmo as professoras dormiam a sono solto. Eu entendia bem demais o lado dela.

Concordei a contragosto, tentando esquecer todas as vezes em que ela tinha sido maldosa comigo. Mariana era do tipo que tinha amizade com todo mundo. Eu tinha a sensação de que ela entrava nas brincadeiras apenas para se enturmar e isso me deixava chateadíssima. Ainda mais porque agora ela estava sendo hipócrita o suficiente para pedir logo a minha ajuda.

E eu era trouxa o suficiente para ajudar.

Mas que culpa eu tinha se meu coração mole falava mais alto?

— Tudo bem, vamos lá — murmurei, tomando impulso para me levantar. Ofereci as mãos para ela, que se levantou com dificuldade.

Mariana enroscou o braço ao redor dos meus ombros, usando-os como apoio. Pé ante pé, nos esquivamos desajeitadamente pela sala de aula, desviando dos colchões. Meu coração batucava rápido dentro da caixa torácica, ao passo que as mãos suavam frio.

Minha intuição berrava com todas as forças para eu dar meia-volta.

Volte para a cama. Mas eu não dava ouvidos.

Saímos da sala da maneira mais silenciosa que conseguimos. Do lado de fora, a escola parecia ainda mais sombria, mesmo com as luzes acesas, sem uma vivalma andando pelos corredores.

— Obrigada — ela quebrou o silêncio de repente, enquanto percorríamos o trajeto até o banheiro. — De verdade.

Meneei a cabeça, incapaz de falar. Isso porque o medo corria pelas minhas veias em uma velocidade preocupante. O alarme para perigo tinha sido acionado dentro de mim. Meu corpo todo tremia de leve. Eu me sentia em um filme de terror. Parecia que a qualquer segundo, um monstro horripilante ia surgir na nossa frente. O ar começava a ficar rarefeito.

Entramos no banheiro espaçoso e meu estômago revirou diante de todas as cabines fechadas. Eram tantas portas... Poucos metros à minha frente, o espelho refletia quanto eu me sentia assustada. Talvez mais que Mariana.

Ela empurrou uma das portas de metal com os dedos e sumiu para dentro. Andei até a pia mais próxima, abrindo a torneira para lavar o rosto, que estava febril. Tentei me convencer de que tinha sido uma boa ação. Eu não era a única assustada, não estava sozinha. Essa era a parte boa.

Os segundos se transformaram em minutos e o silêncio me deixou cada vez mais alarmada.

— Mariana? — perguntei, dando uma batidinha na cabine onde ela tinha entrado. — Está tudo bem aí?

Como resposta, tive apenas o silêncio.

Abri a boca para chamá-la outra vez quando ouvi o ranger suave da porta de entrada do banheiro e passos furtivos que vinham na minha direção.

Meu corpo todo se enrijeceu. A garganta apertou de uma só vez. Minhas mãos tremiam com violência.

Foi então que a luz apagou.

Deus do céu!

Eu quis gritar, mas fiquei tão chocada que não saiu som algum. Permaneci paralisada, com medo de descobrir o que estava acontecendo.

Os segundos seguintes abrigaram uma eternidade, mas me lembro muito bem de cada uma das sensações que me dominavam. Como o coração tão acelerado que até doía, assim como a fraqueza intensa nas pernas ou o formigamento no rosto.

Eu me esqueci de todo o resto.

Não havia mais escola, Mariana, nem nada além do que acontecia naquele momento. Fiquei atenta aos sinais, mesmo ao menor deles, como se dependesse disso para viver. Apenas disso.

Tive a sensação de sentir algo se movimentar às minhas costas e me virei, já com lágrimas nos olhos.

O que está acontecendo?

Cerrei os punhos, tentando aliviar a profusão de sensações correndo pelos meus membros. As palmas arderam quando as unhas se enterraram na carne.

Eu tinha medo de me mexer. Medo de acabar sentindo algo. Medo de que aquele terror fosse real. Nada mais fazia sentido. Meus pensamentos estavam rápidos e confusos. Conforme os segundos passavam, mais abalada eu ficava. Maior era o meu pânico. Maior era a insanidade daquilo tudo. Maior era a dor que eu sentia no peito.

Uma risada penetrou meus tímpanos. Era alta, desafinada, assustadora. E, na minha cabeça alterada pela adrenalina, foi muito mais apavorante. Eu não sei em que estava pensando. O medo me deixou perdida. De repente, me vi em um dos filmes de terror que tanto me assustavam. Que tanto me apavoravam.

Arrisquei um passo para trás, e me dei conta de que chorava. As lágrimas lavavam meu rosto. Ergui as mãos no ar, tentando me encontrar. Várias risadinhas abafadas pairavam ao meu redor, e nem mesmo isso foi capaz de me trazer para a realidade.

A luz piscou e me permitiu vislumbrar o ambiente.

Foi quando o vi.

Usava uma máscara de palhaço manchada de sangue e segurava uma faca na mão, também ensanguentada.

Saí do estado de choque e tomei impulso para correr.

— SOCOOOOORRO! — berrei com toda a minha força, tropeçando nos meus próprios pés e caindo de quatro no chão. — SOCOOOOORRO! — repeti, engatinhando para fora dali o mais depressa que consegui.

Minhas mãos patinavam, molhadas de suor.

Meu peito subia e descia em uma cadência frenética. O ar ardia nos meus pulmões.

— ALGUÉM! — berrei pela última vez, tateando as paredes para conseguir me levantar.

Abri a porta do banheiro com dificuldade, meus braços não tinham força. Eu chorava desenfreadamente quando consegui escapar de lá de dentro.

NÃO!

A guinada que senti na boca do estômago foi acentuada. O susto me aprisionou com suas garras de chumbo e me fez ficar estática no lugar. Do lado de fora, outros dois me esperavam, com suas máscaras de palhaço ensanguentadas e suas facas igualmente sujas.

Foi demais para suportar.

Com o corpo todo tremendo, senti a calça do pijama grudando no corpo, morna. Foi rápido demais. Senti o cheiro forte de urina, enquanto uma explosão de risadas e urros quebrava o silêncio.

— Caralho, ela se mijou inteira! — uma voz conhecida falou, sem fôlego de tanto rir. Não consegui reconhecer de quem era. Meus pensamentos permaneciam tão longe. Eu sentia como se nada daquilo estivesse acontecendo comigo.

Parecia um sonho. Apenas imagens se desenrolando diante dos olhos, sem que eu pudesse fazer algo a respeito.

— Que escrota!

— Ela está em estado de choque!

Meus olhos pulavam entre os rostos que me cercavam, sem de fato enxergarem. Minha visão ficou distorcida, tamanha era a intensidade com a qual as lágrimas jorravam. Eu sentia os ombros balançarem, como se isso fosse resolver alguma coisa.

Aos poucos, a ficha caía e eu começava a compreender o que estava acontecendo. Era de novo a realidade cruel que fui obrigada a aturar por todos aqueles anos. Só que pior, bem pior.

Era até difícil de compreender.

O que fiz para vocês?

Cedi ao peso das pernas, caindo na poça de urina.

A dor me acertou em cheio e era impiedosa.

Fui tomada por um misto de sensações paralisantes e muito, muito intensas. A humilhação. A raiva, tão amarga. E, sobretudo, a vontade de morrer.

Você é patética. Patética.

Deveria se envergonhar de sair de casa.

Deveria se envergonhar por existir.

— O que está acontecendo aqui?! — A voz preocupada do professor de história reverberou pelo corredor, pouco antes de eu perder a consciência e tudo ficar escuro.

Suspirei, enterrando os pés na areia. Meu cabelo voava para todas as direções com a brisa revolta que se agitava de um lado para o outro.

Cruzei os braços sobre os joelhos e escondi meu rosto, repensando os últimos acontecimentos na minha vida. Tudo estava mudando tão abruptamente... Eu sentia como se as coisas estivessem desabando ao meu redor. Logo agora, depois de ter lutado tanto para alcançar meus sonhos. E tudo por causa de um dedinho podre para homens. Tudo porque André era a droga de um interesseiro que só pensava em si mesmo.

Dei um longo suspiro e os olhos ficaram úmidos no mesmo instante. Ele era sujo. Não tinha nem uma semana que eu havia buscado as multas na sua casa. Eu paguei cada uma delas e perdi minha habilitação. Arquei com minhas consequências. Ele já devia ter deixado o vídeo pronto, só esperando o momento oportuno para continuar em evidência, do jeito que ele gostava. Agora ficava claro para mim como André só se envolveu comigo porque achou conveniente. Ele aproveitou a oportunidade que apareceu. Eu fui apenas um degrau para alavancar sua carreira.

Embuste!

Revirei os olhos, abraçando meus joelhos com um pouco mais de força.

As lembranças tinham voltado à tona com tudo. Cada vez que eu fechava os olhos, as cenas da maldita noite do pijama que me perseguiu por tantos anos me cercavam, vívidas, me fazendo acreditar que estava vivendo tudo outra vez. Aquelas pessoas estavam lá. E, de novo, eu era a garota frágil e desamparada.

Então, era preciso usar toda a minha força para buscar na memória os conselhos da terapeuta. Minhas armas contra as armadilhas que o pânico trazia. Eu repetia para mim mesma o que já estava cansada de saber. *Contemple as coisas ao seu redor. Reconheça o que é real. Respire. Uma coisa de cada vez. Você já chegou tão longe...*

Faça o dia bom.
Só esse.
Amanhã não importa.
Se concentre no agora.
Viva.

E o principal de tudo: eu tentava focar em uma coisa boa. A menor que fosse. A mais trivial e boba, por exemplo, o fato de estar sentada na praia por lazer, sem me preocupar com nada além de mim mesma. Eu me agarrava às sutilezas da vida, aos pequenos instantes que permanecem na memória para sempre, e fazia com que eles se sobressaíssem a todo o resto.

Afinal, por menor que fosse o motivo da felicidade, ainda assim era um motivo. Estava acontecendo, ali, naquele momento. Diferente do *bullying*, que tinha ficado no passado, tal como as pessoas que me perturbaram por tanto tempo.

Eu estava livre deles e, mais do que nunca, precisava deixá-los para trás. Eu não me permitiria fraquejar outra vez. Em uma coisa André tinha mesmo razão: era chegada a hora de superar aquela noite. Era hora de superar o passado e parar de me castigar por algo que jamais foi culpa minha.

Era a hora de mudar. Ser uma nova Juba.

Afinal, eu podia ser só mais uma *youtuber* preocupada em ter muitos seguidores e pouco conteúdo, ou podia ser alguém que faria diferença na vida das pessoas. Como fiz com Vênus.

E era isso que eu queria. Deixar uma marca do bem. Não queria ser apenas mais um número. Não queria fingir mais nada. Não queria ser ninguém além de mim mesma.

Aprumei a postura e peguei o celular, enquanto digitava com urgência um número tão conhecido. Logo no terceiro toque, a voz estridente que eu tanto amava falou um "alô" do outro lado da linha e, só com essa palavra, já me senti 50% melhor.

— Japa, você está ocupada? — perguntei, traçando espirais com o indicador na areia fofa.

— Para você, nunca, amiga. Fora que eu estava mesmo querendo uma desculpa para fugir de química analítica quantitativa.

— Sofrendo muito com a faculdade?

— Só não consigo compreender o que passava pela minha cabeça no momento exato em que decidi que era uma boa ideia escolher esse curso do Satanás. Mas, tirando isso, tudo certo. — Nós duas rimos juntas e a porcentagem na barra de felicidade aumentou um pouquinho mais. Era incrível como era preciso pouco para melhorar meu estado de espírito. — Enfim, vamos deixar isso para depois. Você está com a voz tristinha.

— Dá pra perceber? — indaguei, surpresa.

— Só um monte — respondeu, com a voz suave.

Assenti, agarrando um punhado de areia.

— André postou um vídeo no canal dele hoje cedo... — Respirei fundo, mordiscando o lábio inferior enquanto escolhia as palavras certas. — Contou sobre as multas, como se eu nunca tivesse procurado por ele, como se nunca tivesse me redimido. Ele é um escroto.

— ELE FEZ O QUÊ? — minha amiga berrou do outro lado da linha e precisei afastar o telefone alguns centímetros para não ficar surda.

— E ainda por cima contou para todo mundo o negócio que aconteceu na época do colégio... — minha voz morreu no ar, seguida por um profundo silêncio da Cla.

Era o tipo de silêncio de quem ponderava se tinha ouvido direito.

Um silêncio indignado.

Mas também um silêncio cheio de cumplicidade, de apoio, de amor.

Às vezes, o silêncio diz muito mais do que qualquer palavra.

Ele só foi quebrado minutos depois. Cla parecia estupefata.

— Sol... — Suspirou com desânimo. — Você tem como provar que ele está mentindo! Pode reverter isso e...

— Não — interrompi. — Não vou fazer nada — respondi categoricamente, dando de ombros. — Não quero mais que André participe da minha vida, nem mesmo dos meus pensamentos. Estou farta dele, japa.

— Amiga, eu sei — começou a falar com cautela, no mesmo tom que usaria para explicar a uma criança porque ela não pode falar com desconhecidos na rua. — Mas você sabe como as pessoas são machistas... um montão de gente ficou do lado dele mesmo depois de ter visto a traição ao vivo. Como se você tivesse obrigação de perdoar o André, e o noivado só tivesse chegado ao fim por sua causa. — Clarice estalou a língua no céu da boca. O assunto todo tinha mexido muito com ela também. Não só por minha causa, mas principalmente pela reação que a internet teve. Eu a entendia, é claro. Era desanimador. — Sol, acho que esse *não é* o momento de ser uma pessoa maravilhosa e madura. Se todo mundo já te crucificou antes, quando você era a vítima, imagina agora... Esse é o momento de jogar a bosta no ventilador. Fazer vexame mesmo. Exponha esse otário, faça-o desejar nunca ter se metido na sua vida! Por favor, cara!

Eu entendia a força nas suas palavras, mas não pude fazer nada quando fui tomada pela vontade de rir.

Jogue a bosta no ventilador.

Tombei a cabeça para trás e, quando dei por mim, gargalhava alto da minha amiga. Eu tinha tanta, mas tanta sorte por ela ter cruzado o meu caminho!

— Porra, eu estou aqui fazendo o maior discurso de apoio para você rir de mim? — perguntou, fingindo irritação. — Pior bff. De verdade. Não dá pra te defender assim, Sol.

Sequei as lágrimas que escorreram pelas minhas bochechas de tanto rir. Nunca entendi muito bem por que as risadas sem razão eram as mais gostosas. Talvez Júpiter estivesse certo e as melhores coisas da vida não fizessem o menor sentido mesmo.

Inspirei, sendo inundada pelo cheiro de praia que era tão terapêutico. Passar aquela tarde sozinha tinha sido uma boa ideia. Colocar os pensamentos no lugar, lidar com o passado... tudo aquilo foi necessário. Às vezes, o que mais precisamos é passar um tempo na nossa própria companhia. Não existe outra forma de se encontrar, no fim das contas.

— Eu entendo seu ponto, amiga. Só que... tanto faz. Se a internet toda achar que sou uma vaca sem coração e que ele é o coitadinho da história, foda-se. Superfoda-se! — As palavras saíram com facilidade da minha boca, como se estivessem entaladas há algum tempo. — Nada do que as pessoas acham de mim é o que sou, cara. E, francamente, estou cansada de fazer tudo pensando nos outros, sem nunca pensar em mim mesma. Vai ser cansativo demais lidar com uma briguinha idiota, até porque ele vai tentar de todas as maneiras possíveis continuar dando pano pra manga.

— Você tem certeza disso? — O tom da Clarice me fez entender que a pergunta não questionava minha decisão. Era apenas de preocupação com meu bem-estar.

— Japa, se fosse antes... eu *teria* ficado na *bad*. Teria mesmo. No começo, eu gostava tanto dele que essa traição teria me derrubado. Mas, agora, foda-se o André. Tem coisas boas acontecendo, vou focar nelas. — Sorri ao me lembrar do sorriso com covinhas e dentes ligeiramente separados. — O que eu mais quero é viver a minha vida. E também que André e seus seguidores escrotos tomem nos seus respectivos cus!

— É oficial... minha amiga virou *adultinha*. — Cla usou um tom pomposo e nossa risada saiu em uníssono.

— Sua amiga ficou cansadinha, isso sim.

— Não, é sério. Estou orgulhosíssima. Eu mesma estaria dirigindo para o apartamento dele com um lança-chamas nesse exato momento.

Balancei a mão no ar como se dissesse "deixa pra lá". Então, lembrei que ela não podia ver.

— Não vale o esforço. Prefiro ocupar meu tempo com coisas melhores.

— Hum... conte-me mais sobre essas *coisas melhores* — provocou. Respondi com uma risada calorosa. — Por acaso elas têm a ver com certo rapaz de olhos azuis e covinhas, Sol? São as *coisas melhores* que estou pensando, é?

— Não sei no que você está pensando, japa — não escondi meu tom cínico. — Mas se posso dar um conselho, procure um *crush* com *piercing* na língua. Pra ontem! — sugeri arqueando as sobrancelhas sugestivamente.

Foi preciso afastar o telefone da orelha de novo. Isso porque Cla deu um dos seus ardidos gritos que precediam uma risada. Ri junto com ela. Apesar de tudo, eu me sentia bem. As coisas estavam uma confusão, mas a parte boa era que agora eu poderia organizá-las da maneira como sempre almejei.

— Até hoje agradeço o dia em que você tentou desafiar a gravidade comigo, Sol — comentou ela, quando conseguiu parar de rir.

— Mas, diferente de você, falhei miseravelmente e ganhei uma cicatriz horrorosa na testa.

— Bem, você pode ter ganhado isso. *Eu* ganhei uma melhor amiga. E ela é só a pessoa mais incrível que já conheci — as palavras saíram com naturalidade. Meu corpo todo esquentou e me senti muito amada. Um sorriso sincero pincelou meus lábios quando respondi:

— Você ganhou uma amiga?! *Eu* ganhei uma irmã postiça. Ela pode até ser uma japa do Paraguai, mas é gente boa pra cacete.

— Te amo.

— Eu também te amo. — Levantei e bati a areia da calça com a mão livre. — E é por te amar que acho que você precisa voltar à química analítica quantitativa. Pretendo estar viva quando você se formar.

— Eu também, Juba. Eu também — respondeu, entre risadas. — Você vai ficar bem?

— Eu já estou bem — admiti, porque de fato estava.

Como poucas vezes na vida, eu me sentia tranquila e com um leque de possibilidades diante de mim. Talvez essa seja a parte boa de quando as coisas saem diferente do que se espera: as preocupações de antes parecem bobas.

Encerramos a conversa com uma sucessão de piadinhas e apelidos carinhosíssimos — "vaca", por exemplo. Quando desliguei o telefone, deparei com uma notificação de Júpiter.

Estremeci com sua foto de perfil.

Ele vestia uma camisa xadrez, abotoada até o colarinho e tinha um sorriso enorme no rosto. Havia um monte de ruguinhas em volta dos seus olhos, que brilhavam mais azuis do que nunca.

Ele era tão lindo.

Aquelas covinhas, aquele cabelo desgrenhado de um jeito charmoso, aquela boca corada que eu tinha vontade de morder a cada dois segundos...

Minha Nossa Senhora, Sol, controle-se!

Abri a conversa e um sorriso pincelou meu rosto instantaneamente.

> Sei q por estar com vc agora sou meio suspeito em falar mal do seu ex... mas, porra, q cuzão!!!!

> hahahaha tá liberado falar dele, embora eu ache um desperdício de tempo. Tem coisas mais interessantes pra gente discutir.

> Concordo! Como aquele lance de vc querer amarrar e lamber o corpo inteirinho de alguém... eu me candidato!

> Meu deus, quando foi que vc ficou assim tão safado?

> Desde o dia em que tive vc inteira pra mim. Vc acendeu algo aqui dentro... agora precisa arcar com as consequências.

> Se as consequências forem as mesmas daquele dia, eu super topo.

> Vc é beeem escorpiana mesmo.

> Hahahahaha bobo.

> Enfim... eu só queria dizer: não fica triste com isso, não. Prego que se sobressai leva martelada!

> O que seria do meu dia sem um dos seus ditados, hein?

> Exatamente como seria meu dia sem falar com vc: chatão.

> Quer passar aqui depois do trabalho? Talvez a gente possa resolver o negócio envolvendo pessoas amarradas e tudo mais. Talvez :)

> Ah, Sol... tô contando os segundos pra sair daqui!

Ainda sorrindo, coloquei o celular no bolso, inspirando um pouco de ar fresco. Senti alguém se aproximar de mim e olhei por cima do ombro. Me assustei ao deparar com Júpiter a poucos centímetros. Ele segurava o celular e estava munido de uma expressão impagável.

Ajeitei a postura, ignorando o coração acelerado.

— Nossa, você foi muito, muito rápido mesmo — brinquei, enquanto ele se sentava ao meu lado, com um sorriso debochado no rosto.

— O assunto envolvia cordas e nenhuma peça de roupa, Sol. É claro que fui rápido. — Ri alto, ao mesmo tempo em que seu braço esquerdo me enlaçou pelo pescoço para me puxar para mais perto dele. Júpiter piscou para mim e me mostrou suas covinhas mais uma vez. — Estava com saudade.

— Saudade, é? — perguntei, lisonjeada, e me aconcheguei no seu corpo. — Mas nós nos vimos ontem.

— Pra você ver o que me tornei... — sussurrou, para me provocar.

— O quê?

— Esse cara que não consegue passar um dia sem ver você. Acho que estou viciado nessa sua boca linda, sabia? — Ele já estava bem perto dos meus lábios e, claro, brincando com o *piercing* daquele jeito que só ele sabia fazer.

Meus olhos foram parar imediatamente no brilho prateado aparecendo e desaparecendo entre seus dentes. *Deus do céu, como você é gostoso!*

— Eu é que devia falar isso — sussurrei, acabando com a distância entre as nossas bocas porque, naquele momento, nada parecia mais errado do que estarmos tão próximos sem nos beijarmos.

 **DELÍRIOS DE JUBA**
Publicado em
18 de março de 2018

INSCREVER-SE: 7,4 MI

DIÁRIO DE FÉRIAS #1:
UM DOMINGO NA PRAIA

(*Uma filmagem caseira foca no mar por alguns segundos antes de Juba surgir na tela vestindo biquíni e segurando um coco com as duas mãos.*)

    Juba: (*Dando um gole na sua água de coco.*) Olá, leõezinhos, tudo bem com vocês?

    Eu estou ótima!

    Como vocês sabem, resolvi tirar uns dias de férias — muito merecidas, por sinal —, e acabei tendo essa ideia de fazer um diário de viagem. Não vou editar muito, não. O vídeo vai ser bem cru, só para vocês passarem esse domingo comigo também! (*Ela abre um sorriso largo.*)

    Então coloque seu biquíni ou sua bermuda, porque o vídeo de hoje... (*A voz dela morre no ar, dando lugar a uma voz masculina.*)

    Júpiter: Tá fazendo o quê? (*Ele a abraça por trás, repousando o queixo no seu ombro. Seus olhos azuis miram na câmera e ele esconde o rosto na curva do pescoço dela.*) Desculpa! Estraguei o vídeo?

Juba: É impossível você estragar alguma coisa. (*Juba abre um sorriso para ele, que deixa um beijo no nariz dela antes de se desvencilhar e sumir para a direita.*) Não, volta aqui! Vem cá! Tá com vergonha? (*Ela ri, olhando para a câmera.*) Esse aqui é o Júpiter!

Júpiter: (*Dando um tchauzinho.*) Olá, leõezinhos! (*Júpiter gira o corpo e fica de frente para ela, com uma expressão séria.*) Sério mesmo que eu te deixo sozinha por dois segundos e você já está trabalhando?!

(*Sol tomba a cabeça para trás e dá uma gargalhada alta, usando o coco para esconder seu rosto.*)

Juba: É só um vídeo rapidinho, Júpiter!
Júpiter: Estamos de férias! (Ele se abaixa para pegar o protetor solar no chão.)
Juba: Eu sei, mas...
Júpiter: Eu já não te disse para que servem as férias? (*Um sorriso divertido pincela os lábios dele enquanto passa protetor nas bochechas de Sol, deixando dois rastros brancos.*)
Juba: (*Colocando o coco no chão.*) Para relaxar, comer muita porcaria, ficar de pijamas a maior parte do tempo e... (*Ela faz uma careta pensativa.*) Qual era a última coisa, mesmo?
Júpiter: Se divertir! Não tem a opção *trabalhar* na lista. (*Ela abre a boca para responder, mas Júpiter aponta o dedo em riste na sua direção.*) Nem adianta dizer que está se divertindo sentada aqui sozinha! Olha só pra esse dia. (*Ele olha para a câmera com uma expressão perplexa.*) Sério, quem em sã consciência não aproveitaria esse dia?

(*Cruzando os braços sobre o peito, ela olha ao redor, pensando a respeito. Seus cachos voam para todas as direções.*)

Juba: Tem razão... Precisamos nos divertir. E sabe o que seria *muito* divertido?

(*Antes que ele possa dizer uma palavra, ela dá um passo para trás e chuta areia nele. A câmera cai no chão e, no canto da imagem, Sol aparece correndo em direção ao mar.*)

Júpiter: Ah, você está *tão* ferrada!

(*Júpiter corre atrás dela e, quando Sol está prestes a entrar no mar, ele a enlaça pela cintura e a levanta do chão. As pernas dela se debatem no ar enquanto ele a leva para dentro da água, soltando-a de uma vez. Ela o puxa para baixo e os dois somem em uma onda, emergindo segundos depois, em meio a risadas. Júpiter a segura pelo pulso e a busca para um beijo. Ele se afasta poucos centímetros, olha em direção à câmera e sussurra algo no ouvido dela. Então, corre para fora do mar e se aproxima cada vez mais. Seu rosto aparece bem próximo da tela.*)

Júpiter: Agora eu vou pegar a minha Sol e devolvo pra vocês em uns... dois dias. Ou talvez quatro. (*Ele olha em direção ao mar, onde ela agita as mãos freneticamente. Júpiter volta a olhar para a câmera com um sorriso largo no rosto.*) Ok, vamos ser francos: eu devolvo só semana que vem, tá bom?

(*Ele lança uma piscadela e toma a câmera nas mãos. A imagem roda e a tela fica inteira preta.*)

7.961.066 visualizações
692.681 gostei 👍
931 não gostei 👎

PRINCIPAIS COMENTÁRIOS

Millena Larih
SÓ EU QUE ESTOU COM O DEDO COLADO NO REPLAY? MELHOR VÍDEO DO CANAL!!!!! SOS!
👍 1,3 mil curtidas

Unicórnio colorido
Levei meia hora para ver o vídeo. Impossível assistir sem ficar voltando o tempo todo. Casalzão da porra!
👍 861 curtidas

Rodrigo Lira
Juba, você parece tão leve, tão feliz! Amando sua nova fase! Arrasa, garota! Você merece muito.
👍 713 curtidas

Camila Prado
ME ADOTEM, PFVR!
👍 133 curtidas

Este livro foi impresso pela Exklusiva em
2018 para a Harlequin.
O papel do miolo é Avena 80g/m²,
e o papel da capa é cartão 250g/m².